Malte Bastian

Die Sünden der Welt

Über den Autor

Malte Bastian arbeitete als Lokalredakteur, Werbetexter und Pressesprecher. 2009 erschien nach mehreren Sachbüchern unter dem Pseudonym Karoline Klötzing sein Krimi MORDSQUOTEN im Berliner MOS-Verlag, 2014 folgte der erste Band der Gutenachtgeschichten für die Generation Burnout unter dem Titel EIN SPÄTER FREUND bei BoD. Malte Bastian ist als Berater für TV-Produzenten und Wirtschaftsunternehmen im Bereich Kommunikation und als Blogger tätig. Er lebt und arbeitet in Köln und Bremen-Bremerhaven.

Über das Buch

Warum hat ein Therapeut eine pathologische Vorliebe für Umzugskartons? Was bewegt einen Mann dazu, mit einer Falzmaschine blutige Freundschaft zu schließen? Was macht ein krimineller Finanzberater mit einem Abschleppseil in seiner Kellerbar? DIE SÜNDEN DER WELT erzählt wie schon der erste Band EIN SPÄTER FREUND kleine böse Geschichten aus der Welt der Generation Burnout, in der es fast immer darum geht, seine Mitmenschen diskret über den Tisch zu ziehen oder direkt zu entsorgen.

DIE SÜNDEN DER WELT ist auch als E-Book erhältlich.

Malte Bastian

Die Sünden der Welt

**Neue Gutenachtgeschichten
für die Generation Burnout**

ISBN 9783752897050

Bibliografische Information der Deutschen Nationalbibliothek: Die Deutsche Nationalbibliothek verzeichnet diese Publikation in der Deutschen Nationalbibliografie; detaillierte bibliografische Daten sind im Internet über www.dnb.de abrufbar.

Herstellung und Verlag:
BoD – Books on Demand, Norderstedt
Lektorat Tina Schneider, Anita Rittmeyer
Nachdruck nur mit Genehmigung des Autors
©Titelbild: Malte Bastian

Der Spediteur

Das alte Psychiatrische Landeskrankenhaus lag ein gutes Stück von der Bundesstraße entfernt und würde noch so lange in Betrieb bleiben, bis der Neubau in der Nähe der Kreisstadt fertig war. Nur noch wenige Pfleger und Ärzte kümmerten sich um die schweren Fälle. Die örtliche Zeitung hatte immer wieder über den Neubau berichtet, und der lokale Rundfunksender spielte gern das Lied „Der goldene Reiter" von Joachim Witt, wenn es wieder einen Beitrag zum Thema Forensik gab – sehr zum Leidwesen des Landrates, der sich bei der Regierung für die komplette Verlegung der Klinik eingesetzt hatte. Doch da die zuständige Ministerin nicht seiner, sondern der Konkurrenzpartei angehörte und die Kreisstadt klein und unbedeutend war, gab es eben statt der Schließung den Neubau, an dem auch eine wütende Bürgerinitiative nichts ändern konnte.

An einem späten Novemberabend, einem Samstag, griff die Polizei eine offensichtlich verwirrte junge Frau auf. Sie war in *Dieters Schlemmerstube*, einem Imbiss in der Fußgängerzone der Kreisstadt, aufgefallen. Sie trug ein langes Kleid, hohe Stiefel und war über und über mit Schmuck behängt. Ihr Gesicht war weiß geschminkt, im Haar trug sie bunte Tücher und eine grelle gelbe Tasche hing über ihrer Schulter. Vielleicht hätte man ihre Gewandung als „Ethno-Look" bezeichnen können, vielleicht auch einfach als etwas extravagant. In den Großstädten liefen viele Leute so herum, hier in der Provinz aber grinsten die Menschen irritiert bei ihrem Anblick.

Drei halbstarke Burschen mit Basecaps, die im Imbiss lustlos an Burgern kauten, machten einige hämische Bemerkungen, doch sie reagierte nicht. Als aber einer der Jungen dann feixend versuchte, ihr Zwiebelringe über die Ohren zu hängen, riss sie sich plötzlich die Tasche von der Schulter und knallte ihm diese ins Gesicht. Der Junge stolperte und schlug lang hin und fing dann an zu heulen. Die anderen beiden Burschen erhoben sich verstört. Der Imbissbesitzer ging dazwischen. Auch er bekam die Tasche ins Gesicht geknallt. Dann warf die Frau mit der Cola nach einem der Jungen. Die Flasche traf ihn am Kopf und er rannte schreiend und blutend aus dem Laden und verschwand. Das Gerangel dauerte an, bis ein Streifenwagen eintraf, dessen Besatzung sich eigentlich auf eine ruhige Nacht gefreut hatte.

Einige Minuten später waren alle Beteiligten auf dem kleinen Polizeirevier und der korpulente wachhabende Beamte war völlig überfordert. Er trug einen Schnauzbart und hatte vorgehabt, die Nacht mit dem Legen von Patiencen mit der neuen App seines Smartphones zu verbringen. Nun saß hier stattdessen vor ihm eine mutmaßliche Irre samt Opfern. Die Frau hatte keine Papiere dabei und ignorierte seine Fragen. Stattdessen verlangte sie einen Anwalt und drohte damit, sich beim Bundespräsidenten zu beschweren, mit dem sie befreundet sei. Als der dicke Schnauzbart sie aber zweifelnd ansah und dann etwa nachsichtig grinste, schwieg sie plötzlich und sagte kein Wort mehr.

Aber nicht nur sie, auch die anderen Beteiligten waren auf Krawall gebürstet. Dieter, der fettige Imbissbesitzer, betupfte schimpfend seine Schrammen der Taschenattacke mit einer Serviette, und einer der Jungen hatte Verstärkung von seinen Eltern bekommen, die lautstark eine Strafanzeige verlangten.

„Ruhe!", brüllte der Schnauzbart und sagte ärgerlich zu der jungen Frau: „Der Bundespräsident interessiert mich nicht. Ich habe Sie gerade was gefragt! Wie heißen Sie, und was war da in der Schlemmerstube los?"

Aber er erntete nur ein stummes Kopfschütteln. Sie hatte jetzt offensichtlich beschlossen zu schweigen.

„Sie sitzen hier und erzählen erst alles Mögliche an Blödsinn und nun kriegen Sie die Zähne nicht mehr auseinander. Das geht so nicht! Also, ich höre!"

„Komisch, ich höre nichts", witzelte einer der Jungen vorlaut und sein Kumpel fügte kichernd hinzu: „Ich auch nicht!"

Der Schnauzbart raunzte sie böse an: „Ihr Burschen habt jetzt beide mal Sendepause!"

„Na, na, was ist denn das für ein Ton", greinte der Vater des einen Jungen.

Der Beamte ignorierte ihn und sah die junge Frau an. „Reden Sie! Das ist doch gar nicht so schwer, verdammt noch mal!"

Wieder Kopfschütteln und Schweigen.

„So geht das aber nicht! Sie sollten zumindest Angaben zur Person machen, sonst müssen wir Sie hier behalten, kapiert?", sagte ein zweiter Beamte, der jetzt hinzu trat. Er war lang und dürr und hoffte, noch einigen Papierkram, den er unter der Woche nicht geschafft hatte, zu erledigen. Aber diese schweigende Frau drohte sein Vorhaben scheitern zu lassen.

„Diese Person gehört doch hinter Gitter!", rief der Vater. „Die ist gemeingefährlich. Wie die schon aussieht! Solche Leute gehören für immer weggeschlossen!"

„Fick dich, alter schmutziger Mann!", zischte die junge Frau plötzlich giftig.

„Wie bitte??"

„Na, na!" Der wachhabende Schnauzbart wurde nun richtig ungemütlich. „Jetzt ist aber Schluss!"

„Und du kannst scheißen gehen, du fettes Arschloch", fuhr sie den Beamten an.

Die beiden Jungs kicherten, man hörte ein gedämpftes „Cool!".

Der Polizist glaubte, seinen Ohren nicht zu trauen. Sowas war ihm in seinen über 25 Dienstjahren noch nicht passiert. Er hatte von manchen derben Pöbeleien aus sozialen Brennpunkten gehört, aber hier in der Provinz waren selbst die Betrunkenen umgänglich und hatten noch einigermaßen Respekt vor der Polizei.

Sein Kopf bekam eine ungesunde Farbe. „Wie bitte? Was haben Sie da eben gesagt?! Wie war das?? Das ist Beamtenbeleidigung!"

„Ich habe es genau gehört, ich bin Zeuge!", rief der Vater aufgebracht und erhob sich.

„Ich auch! Und ich bin außerdem von ihr brutal geschlagen worden", rief Dieter, der Imbissbesitzer, empört.

„Fick dich, habe ich gesagt!", brüllte die junge Frau erneut und stand jetzt auch auf.

„Wie reden Sie eigentlich mit meinem Mann!", rief empört die Mutter. „Sie widerliche Schlampe!"

„Ekelhaft, diese Person", sekundierte Dieter und stand zitternd auf. „Ich blute immer noch wie ein Schwein! Und niemand kümmert sich um mich!" Verzweifelt versuchte er, mit dem Tupfen seiner Serviette den Kratzern noch ein paar Tropfen Blut abzugewinnen.

„Das wird hier alles gleich geklärt. Aber jetzt: Hinsetzen!", brüllte der dürre zweite Polizist, „alle wieder hinsetzen!"

Die Eltern des Jungen und der Mann aus dem Imbiss gehorchten murrend, doch anstatt sich auch wieder zu setzen, sah die junge Frau den Dürren einen Moment lang mit einem sonderbaren Lächeln an und spuckte ihm dann herzhaft ins Gesicht. Sie traf seine

Brille und machte ihn für einen Moment mit einem großen Mundvoll zähen Schleimes blind. Dann trat sie blitzschnell nach ihm, und er stürzte. Der Wachhabende sprang auf und kam seinem Kollegen zu Hilfe. Er warf sich auf die Frau, drückte sie zu Boden und rang mit ihr. Doch sie hatte unglaubliche Kräfte. Sie biss um sich, trat, kratzte. Die Eltern und der Imbissbesitzer standen fassungslos dabei und sahen hilflos zu, die Jungen feixten und filmten mit ihren Handys das Gerangel. Endlich war die Frau gefesselt. Schwer atmend saßen die Polizisten auf ihr.

„Jetzt sehen Sie selbst, was die anrichtet", empörte sich Schlemmerstuben-Dieter schadenfroh, „das geschieht Ihnen ganz recht!"

„Und ich will jetzt endlich Anzeige erstatten!", rief der Vater. „Das ist hier alles nicht zumutbar!"

„Ja, gern", ächzte der Schnauzbart, „aber bitte kommen Sie Montag wieder. Sie sehen ja, es ist gerade unpassend. Ich habe niemanden, der hier gerade jetzt eine Anzeige aufnehmen kann."

„Was?" Der Vater war ungehalten. „Dazu werden Sie ja wohl noch in der Lage sein! Sie wollen mir doch nicht erzählen, dass Sie nicht mit dieser albernen Person fertig werden!"

„Fick dich, dich und dein Dreckstück von Sohn", röchelte die junge Frau schwer atmend.

„Da! Haben Sie das gehört?" Der Vater zeigte empört auf die Frau. „Sie hat es schon wieder gesagt! Ich verlange, dass Sie sofort eine Anzeige wegen Beleidigung gegen mein Kind aufnehmen!"

Das arme Kind des Mannes grinste indessen fröhlich und filmte die Situation immer noch mit dem Handy, während seine Mutter fassungslos das Geschehen beobachtete.

„Nimm das Handy endlich weg, Junge!", rief der dürre Beamte und dann zum Vater: „Wie denn? Sie sehen doch, was hier los ist!"

„Ich bestehe darauf!"

„Es geht nicht. Erst am Montag!"

„Ich verlange, dass Sie Ihre Pflicht tun!!"

„Montag!" Und erneut zu dem Jungen: „Handy weg, sonst kassiere ich das Ding ein!"

„Sie kassieren hier gar nichts ein! Statt für Ruhe und Ordnung zu sorgen, wollen Sie sich an unschuldigen Kindern vergreifen? Schämen Sie sich! Ich werde mich über diesen Saftladen beschweren!"

„Fick dich, alter Mann!", röchelte die Frau wieder.

Dieses Mal stimmten ihr die beiden Beamten innerlich von ganzem Herzen zu.

„Ich zeige alle hier an, alle! Diese unflätige Person – und Sie beide wegen Strafvereitelung im Amt!"

„Machen Sie das – aber erst am Montag!" Der wachhabende Schnauzbart schwitzte, er wusste nicht mehr, ob es am Kampf mit der Frau lag oder ob es vor Wut war.

„Das ist ein Skandal! Ich bin Jurist, ich kenne meine Rechte!", rief der aufgebrachte Vater. „Ich arbeite beim Landratsamt, so kommen Sie mir nicht davon!"

Seine Frau schüttelte immer wieder den Kopf und murmelte „Oh Gott, oh Gott" und Dieter aus der Schlemmerstube schnaufte empört vor sich hin.

Erneut rief die junge Frau „fick dich".

„Am Montag!", riefen die Polizisten.

„Unerhört! Das hat Folgen für Sie alle hier!" Der Jurist vom Landratsamt herrschte seine Frau und seinen Sohn an, ihm unverzüglich – er sagte wirklich unverzüglich – zu folgen und gemeinsam verließen sie türenschlagend das Polizeirevier. Der andere Junge und der Imbissbesitzer sahen sich an, zuckten die Schultern und verkrümelten sich ebenfalls. In der Tür murmelte Dieter noch etwas von „bekloppter als ein Schnitzel", dann waren beide weg.

Die beiden Beamten blieben mit der sich immer noch windenden aber stummen jungen Frau zurück.

Der Schnauzbart schnaufte. „Ja, ja, der schmierige Dieter. Von wegen bekloppter als ein Schnitzel. Schön, dass der olle Giftmischer auch mal was auf die Fresse gekriegt hat."

„Und jetzt?", fragte der Dürre. „Was machen wir mit der hier"?

„Ruf im alten Landeskrankenhaus an, noch ist der Laden ja in Betrieb", sagte der Schnauzbart, „die sollen sich mit der blöden Irren rumärgern."

Gegen Mitternacht hielt ein Streifenwagen vor dem Landeskrankenhaus. Die Beamten hatten die Frau mit Hand- und Fußfesseln und einer Spuckhaube versehen, obwohl sie seit geraumer Zeit ruhig und völlig teilnahmslos war. Sie hatte kein Wort mehr gesprochen.

Ein älterer weißbärtiger Mann im zerknitterten Kittel und mit bunten Filzpantoffeln an den Füßen eilte aus dem Portal auf die Polizisten zu. Gemeinsam wurde die Frau in das Gebäude gebracht. Auf den Fluren der Klinik standen Unmengen Umzugskartons, Betten, Matratzen und Regale. In einem Ruheraum fixierte der Weißbärtige die Frau auf einer Liege mit Riemen. Dann bat er die beiden Beamten, einen jungen Polizeimeister und einen älteren Kommissar, in sein Dienstzimmer. Er nahm seine kleine Nickelbrille einen Moment ab und fuhr sich leise seufzend durch den Bart. Er sah etwas müde aus. Doch er lächelte freundlich, als er den Beamten Kaffee eingoss.

„Nun, meine Herren, ich habe mich noch gar nicht vorgestellt. Prof. Dr. Dr. Klaus Rosendahl. Ich bin der Leiter dieser Anstalt – noch bis Montag. Da ist dann endlich der Umzug in das neue Gebäude und mein Nachfolger kommt. Ich scheide aus und werde mich wieder meinen Forschungen widmen. Ich habe einen Lehrstuhl für klinische Psychologie. In zwei Jahren werde ich emeritiert, bis dahin möchte ich ein wichtiges Projekt über Halluzinationen bei depressiver Schizophrenie abschließen. Ein Meilenstein in der Forschung, wenn Sie verstehen, was ich meine."

„Ah, ja. Interessant.", nickten die Polizisten.

Rosendahl gab seinen Besuchern mit leicht zittrigen Händen die Tassen. „Erzählen Sie mir bitte etwas mehr zu der eingelieferten Person. Ihr Kollege am Telefon hatte vorhin gesagt, sie sei gewalttätig. Eben aber schien mir ihr Zustand eher katatonisch. Ich werde gleich nach ihr sehen müssen, unsere Pfleger sind leider anderweitig beschäftigt. Aber jeder Kranke hat das Recht auf einen Arzt, nicht wahr?"

„Moment – was sagten Sie – was für einen Zustand hat die Frau? Kata… was?" Der jüngere Beamte sah den Professor fragend an. „Dieses kata… ist das vielleicht ansteckend? Sie hat immerhin einen Beamten angespuckt und gebissen."

„Katatonisch. Sie ist katatonisch", sagte sein älterer Kollege und sah von seinem Smartphone auf. „Nicht ansteckend. Steht bei Wikipedia."

Der Professor geriet ins Dozieren. „Sehr gut! So ist es! Ja, nutzen Sie das Internet als großartige Bibliothek des menschlichen Wissens! Katatonie ist ein psychomotorisches Syndrom. Auftreten kann es als Begleiterscheinung von psychischen Erkrankungen wie schweren Depressionen und Schizophrenie, aber natürlich auch von Stoffwechselstörungen, Einwirkung von Alkohol und anderen Drogen. In diesem Fall ist eine Ruhigstellung unumgänglich. Erst nach einer Anamnese ist hier eine Behandlung möglich."

„Äh, ja, ja, natürlich, jetzt wo Sie es sagen." Eifrig nickte der junge Beamte.

Der Weißbärtige lächelte. „Aber ich will Sie wirklich nicht damit langweilen. Was wissen Sie also über die Patientin? Ist sie von hier aus der Stadt oder dem Landkreis? Und wo sind die Angehörigen? Sind die Herrschaften informiert über die Einweisung? Sowas ist oft ein Schock für die Familie."

Der junge Polizist zuckte die Schultern und versuchte, sich dunkel an die Dienstvorschriften zu erinnern. „Wir wissen leider rein gar nichts über sie. Papiere hat sie keine. Eine Streunerin, vermute ich mal. Hier bei uns bisher völlig unbekannt. Vermutlich erst vor kurzem zugewandert."

Der Arzt lachte kurz auf. „Wie denn zugewandert? Eine Streunerin, sagen Sie? Na, na, was ist denn das für ein Ausdruck. Sie ist doch keine Katze oder ein Hund!"

Der ältere Beamte grinste einen Moment. „Wenn es ums Kratzen und Beißen geht, passt der Begriff auf jeden Fall. Sie hat in *Dieters Schlemmerstube* eine Schlägerei angezettelt und rumgepöbelt. Dazu kommt noch Widerstand gegen Vollzugsbeamte, inklusive Körperverletzung."

„Eine Prügelei in – wie sagten Sie, heißt dieses Lokal?"

„*Dieters Schlemmerstube*."

„Was für ein harmloser Name für eine Brutstätte heimtückischer gehärteter Fette. Wissen Sie eigentlich, wie viele Menschen sich damit so ganz nebenbei in den Pommes- und Wursthöllen dieses Landes umbringen?" Er schüttelte den Kopf. „Na schön. Also eine Schlägerei in einem Imbiss. Und deshalb kommen Sie zu uns in die Klinik? Sollen wir hier jetzt denn auch noch die Opfer ungesunder Ernährungsweisen dieser langsam sterbenden Industriegesellschaft behandeln?"

Der junge Beamte räusperte sich. „Naja, das hier ist eben eine rechtlich erforderliche Zwangseinweisung nach dem Psycho-Krankheitsgesetz, die wir ordnungsgemäß durchführen und die Sie bitte bescheinigen wollen."

Der Anstaltsleiter sah den jungen Beamten etwas mitleidig an. „Na, Sie meinen wohl das Psychisch-Kranken-Gesetz, mein lieber junger Freund. Das gern auch so genannte Psych-KG. Nicht Psycho-Krankheitsgesetz. Da müssen wir doch aber schon ganz korrekt in der Definition sein, nicht wahr? Ich sehe schon, Sie haben damit vielleicht noch etwas wenig Erfahrung." Er zwinkerte ihm freundlich zu und stand auf. „Schauen Sie das auch mal bei Wikipedia nach. Möchten Sie Milch oder Zucker, meine Herren?"

„Äh, für mich nur Zucker. Drei Löffel bitte", sagte der junge Beamte, der einen roten Kopf bekommen hatte.

Rosendahl lächelte milde. „Gern. Aber nehmen Sie nicht zu viel Zucker. Er schadet dem Organismus."

„Sie meinen wohl Karies. Ja, das stimmt."

Der Kopf des jungen Polizisten war noch roter geworden.

„Ich trinke meinen Kaffee schwarz. Aber keine Angst, Professor", sagte der ältere Beamte. „Ich passe auf, dass sich der junge Kollege jeden Tag auch wirklich dreimal täglich gründlich die Zähne putzt."

„Sehr witzig. Lass das." Der rote Kopf des anderen leuchtete jetzt wie ein Ampelsignal.

Der Professor drohte lächelnd mit dem Zeigefinger. „Sie müssen mehr auf Ihre Ernährung achten. Ich erwähnte vorhin schon die heimtückischen gehärteten Fette. Also, Vorsicht, mein junger Freund. Ihr Kollege hat Recht mit seinem Hinweis. Aber nicht nur die Zähne sind in Gefahr." Er begann wieder zu dozieren: „Zucker kann auch schon in frühen Jahren einen gefährlichen Diabetes begünstigen. Außerdem kann er über die Blutbahn innere Organe schädigen. Etwa das Gehirn. Ein wenig Zucker regt unser Denkorgan an, zu viel aber lässt das Gehirn schrumpfen. Seine Leistungsfähigkeit nimmt schweren Schaden. Die Dosierung, mit der Einfachzucker nicht mehr schneller, sondern deutlich langsamer im Kopf machen, wird von den meisten Menschen in ihrer Ernährung regelmäßig überschritten. Viele leiden als Folge eines Diabetes unter dieser Schrumpfung des Gehirnes, ohne es zu ahnen. Wussten Sie das nicht, meine Herren?"

„Nein. Das wussten wir tatsächlich nicht. Schrumpfende Gehirne sind nicht gerade unser Fachgebiet.", brummte der ältere der Polizisten.

„Das überrascht mich. Ich hätte gedacht, bei der Polizei würden Sie sich damit auskennen." Maliziös lächelte der Weißbärtige.

Der ältere Beamte ignorierte die Bemerkung und zog einige Formulare aus seiner Uniformjacke. „Herr Professor, wir müssen jetzt noch die Einweisungsunterlagen der jungen Frau ausfüllen und dann weiter. Wir haben in der ganzen Stadt nur diesen einen Streifenwagen nachts im Einsatz."

Das maliziöse Lächeln wurde jetzt mitfühlend.

„Ja, ja, der Personalmangel. Das ist hier nicht anders. Nur ich und zwei Pfleger sind heute Nacht hier. Dabei haben wir immer noch zwei Dutzend Patienten hier, davon einige mit schweren Defekten wie Wahnvorstellungen mit äußerst aggressiven Komponenten." Er trank einen Schluck Kaffee. „Sie wissen vielleicht, dass seit vielen Jahren auch Jürgen Hadermann, ein Mörder, hier lebt. Jürgen Hadermann hat vor 20 Jahren mehrere junge Frauen getötet. Streunerinnen, wie Sie wohl vermutlich sagen würden. Ich bin froh, wenn er endlich in der neuen Klinik sicher untergebracht ist. Ich halte ihn momentan zwar für harmlos aber unberechenbar. Er kann sich unglaublich verstellen. Hadermann ist immer noch ein Faszinosum. Er ist einer der vermutlich gefährlichsten Triebtäter, die wir kennen. Aus unerfindlichen Gründen kam er damals ausgerechnet hier zu uns in die Sicherheitsverwahrung. Ich wollte ihn nicht. Aber das kann man sich leider nicht aussuchen." Er seufzte.

Der ältere Beamte nickte. „Ja, ich habe mal davon gehört. Wusste gar nicht, dass der hier untergebracht ist. Grässliche Geschichte. Hat er nicht seine Opfer zerstückelt in Umzugskartons verpackt?"

18

„So ist es. Er hieß deshalb bei Psychiatern und in der Presse auch der Spediteur. Aber er ist eine hoch sensible Persönlichkeit." So etwas wie Begeisterung klang mit einem Male in den Worten Rosendahls. „Ein kluger und gebildeter Mann. Er war übrigens ein aufopferungsvoller Krankenpfleger, bevor er wahnsinnig wurde, wussten Sie das? Vermutlich löste nach dem Unfalltod seiner Frau ein Schuldkomplex mit Gewaltfantasien seine aggressiven Schübe aus. Sein erstes Opfer war ausgerechnet eine seiner Kolleginnen, die seiner Frau wohl ähnlich sah und seine Annährungsversuche abgewiesen hatte."

„Puh...", machte der jüngere Beamte, „man kann wirklich in niemanden hineinsehen. Man sitzt jemandem gegenüber, der klug redet und völlig normal aussieht, und doch steckt ein Irrer dahinter, der einen dann einfach in Stücke hackt."

„Die Formulare, Herr Professor. Wir müssen jetzt weiter", sagte der ältere Polizist. Er hatte genug von den sonderbaren Geschichten über schrumpfende Hirne und zerstückelte Leute in Umzugskartons.

„Natürlich. Die Formulare." Der Arzt nahm die Papiere und legte sie auf seinen Schreibtisch, machte aber keinerlei Anstalten, sie auszufüllen. „Sagen Sie bitte nicht irre. Das ist ein übler Begriff aus der dunkelsten Frühzeit der Psychiatrie. Er diskriminiert viele hilfsbedürftige Kranke, in denen eine ungeheure Intelligenz schlummern kann, die sich nur einen völlig falschen Weg gebahnt hat. Der Serienmörder Jürgen Hadermann ist eine dieser äußerst faszinierenden Persönlichkeiten."

Er nahm etwas zitternd die Brille ab. „Er kann sich unglaublich verstellen. Seine Augen sehen Sie ehrlich an, er wirkt wahrhaftig und strahlt Kompetenz und Ruhe aus. Und doch schlummert Entsetzliches in ihm. Der Wahnsinn. Sehen Sie, auch sprachlich ist das faszinierend. Wahn-Sinn. Auch hier liegt immer noch ein Sinn in der wahnhaften Handlung – ein Sinn, der sich natürlich nur dem erfahrenen Arzt erschließt."

„Die Papiere. Bitte, Herr Professor. Wir müssen los."

Der Professor redete einfach weiter. „Wissen Sie, in wie viele Gesichter ich geschaut habe, die offen und freundlich waren? Und doch nistete das Böse heimlich in den Augenwinkeln. Wobei man sich das natürlich nicht wortwörtlich vorstellen darf. Man kann einen Menschen nicht am Gesicht erkennen."

„Ich finde, bei einigen Leuten geht das schon", sagte der jüngere Beamte und zog sich einen bösen Blick seines Kollegen zu, der auf die Einweisungsformulare zeigte und keinerlei Lust mehr zu diesem Gespräch hatte.

Professor Rosendahl lehnte sich zurück. „Früher allerdings war das noch anders. In der Kriminalbiologie ging man tatsächlich davon aus, dass Verbrechen angeboren ist. Und ein großer italienischer Anatom, Cesare Lombroso, behauptete vor über 100 Jahren in einer umfangreichen Schrift, dass sich bestimmte körperliche

Eigenschaften wie vorspringendes Kinn, Augenwülste oder auch zusammengewachsene Brauen mit niederen geistigen Leistungen und Trieben verbinden."

„Völliger Blödsinn."

„Wie bitte?"

„Kein ernsthafter Mensch würde das heute noch behaupten", grunzte der ältere Polizist. „Wir müssen los, Professor."

Der ignorierte den Einwand und dozierte ungerührt weiter. „Wissen Sie, in strafrechtlichen Angelegenheiten sollte damals die Zuständigkeit zwischen Juristen und Medizinern zugunsten der Medizin verschoben werden. Lombroso ging es dabei keineswegs um eine mildere Beurteilung oder geringere Bestrafung des geborenen Verbrechers, sondern nur um die Deutungshoheit im strafrechtlichen Prozess. Er war übrigens auch der Ansicht, der Verbrecher und sein Metier seien optisch zu erkennen. Feine Gliedmaßen bei Taschendieben, starke Muskeln bei Tresorknackern. Aber das ist längst überholtes Denken."

„Na also. Dann können wir ja jetzt wohl endlich zum Wesentlichen kommen. Die Papiere!"

„Natürlich, natürlich. Aber spinnen Sie einfach mal den Gedanken weiter, nur so zum Spaß. Sehen Sie mich an. Wissen Sie, wer ich bin? Weiß ich, wer Sie sind? Auch ein wahnsinniger Mörder wie Jürgen Hadermann wäre nicht durch sein Äußeres zu erkennen. Und er imitiert das Verhalten von Autoritäten perfekt. Er verfügt über ein ungeheures Fachwissen, das er sich in vielen Jahren bei Wikipedia angelesen hat und fast wortwörtlich zitieren kann. Er könnte jetzt mit Ihnen hier sitzen und sich ganz normal mit Ihnen unterhalten und doch bereits heimlich Ihren Tod planen."

Der junge Beamte schluckte. „Wie meinen Sie das?"

Genervt richtete sein Kollege den Blick zur Decke.

Der Professor lächelte schelmisch. „Nun, er könnte Ihnen etwa einen Kaffee anbieten und mit Ihnen über die Probleme der modernen Psychiatrie plaudern. Sie würden interessiert zuhören, an Ihren Tassen nippen und nicht auf die Idee kommen, dass Sie vielleicht gerade mit Strychnin vergiftet werden. Wenn Sie dann für immer eingeschlafen sind, würde er Sie kaltblütig ohne jede Erregung zerstückeln und in einem seiner Umzugskarton verpacken."

„Wie bitte?"

Das Funkgerät am Gürtel des älteren Beamten fing an zu quäken. Er griff danach. „Ja, wir sind hier noch in der Psychiatrie. Wir kommen aber sofort. Ich melde mich vom Unfallort!" Er stand auf. „Das ist alles sehr interessant, Herr Professor. Aber wir müssen jetzt los. Ein schwerer Verkehrsunfall auf der Bundesstraße."

„Ja, selbstverständlich. Ich fülle nur rasch die Papiere aus."

Der Professor nahm einen Kugelschreiber, aber er schrieb nicht. Seine Hände zitterten. „Ich, ich … ich weiß nicht, was ich hier so genau reinschreiben soll. Ich habe das seit Jahren nicht mehr gemacht. Hier kommt doch niemand mehr her. Niemand."

Die Beamten sahen sich irritiert an.

Das Zittern der Hände des Weißbärtigen wurde stärker. Der Kugelschreiber rutschte ihm aus der Hand.

„Alles in Ordnung, Herr Professor?"

„Meine Hände. Sie zittern immer wieder bei Formularen. Allergisch bedingt. Ich habe einen leichten stressbedingten Tremor, deshalb höre ich auch in dieser Anstalt auf und gehe zurück in die Forschung an die Universität. Dort macht das Zittern nichts aus." Sein Blick begann zu flackern. „Ich bin schon zu lange hier, viel zu lange. Ich muss hier endlich weg."

„So, so." Der ältere Polizist stützte die Hände in die Hüften. „Sie zittern bei Formularen. Zittern Sie vielleicht, weil sie gar nicht wissen, was Sie hineinschreiben sollen in dieses Formular?"

„Ich – äh, doch, doch, natürlich …" Der andere sah auf seine Hände. „Sie müssen entschuldigen, ich mache das nie selbst."

„Ich will Ihnen nicht zu nahe treten, Herr Professor. Aber warum tragen Sie kein Namensschild am Kittel? Und warum haben Sie diese albernen Pantoffeln an?"

„Es ist die letzte Nacht für mich in dieser Anstalt. Ich habe es mir doch nur bequem gemacht und etwas gelesen. Es sind übrigens meine Lieblingspantoffeln. Ich habe mehrere Paare davon. Sie sind bequem, einfach so bequem. Deshalb trage ich sie. Ich habe nicht mit einer Einweisung gerechnet. Vor allen Dingen nicht mit einer jungen Frau. Einer – äh – einer Streunerin, wie Sie sagen."

Der ältere Beamte legte langsam eine Hand auf den Griff seiner Dienstwaffe. „Interessant. Ein allergisch bedingter Tremor bei Formularen. Und bunte Pantoffeln. Gleich mehrere Paare. Dafür fehlt aber Ihr Namensschild. Na, wo ist das Schild? Ärzte in Kliniken tragen doch ein Namensschild am Kittel, ist es nicht so?"

„Oh ja, das stimmt. Ich muss es wohl verlegt haben." Rosendahl fing an, fahrig auf dem Schreibtisch danach zu suchen.

„Sie haben es nicht verlegt. Sie haben überhaupt kein Namensschild. Und ich vermute mal, Ihr wahrer Name ist auch nicht Rosendahl, habe ich recht?"

In diesem Moment wurde die Tür aufgerissen. Ein großer und stattlicher Mann stürmte herein. An seinem Kittel war ein Schild mit der Aufschrift *Prof. Dr. Dr. Rosendahl.*

„Mein Gott, ich habe überall gesucht! Ich hätte es ahnen müssen!" Die Augen des Mannes mit den Pantoffeln weiteten sich vor Angst. „Da, da, das, das ist er! Tun Sie was!!" Er fing plötzlich unkontrolliert an zu zittern.

„Natürlich ist er das! Gott sei Dank ist er das!" Zu den Polizisten sagte der Arzt mit dem Namensschild: „Halten Sie den Mann fest! Er gibt sich immer wieder als Leiter der Anstalt aus. Leider ist er nicht nur sehr klug, sondern auch sehr gefährlich."

Die Polizisten zögerten einen winzigen Moment, dann packten sie energisch zu. Der Arzt setzte dem zitternden Mann mit den Pantoffeln eine Spritze währenddessen dieser unaufhörlich irgendwas von „Mörder, Mörder" schrie und sich wehrte. Dann erschlaffte er ganz plötzlich. Er versuchte zu sprechen, doch nur ein paar undeutliche Laute kamen über seine Lippen.

Die Beamten und der Arzt hoben ihn vom Schreibtischstuhl und legten ihn auf die Couch.

„Danke meine Herren. Das tut mir hier sehr leid. Es ist furchtbar. Der Umzug. Viel zu wenig Personal und dementsprechendes Chaos. Hier wurde dauernd überall gepackt und irgendwie hat er das Durcheinander geschickt genutzt."

Der junge Polizist zeigte irritiert auf den Mann im Besuchersessel.

„Das ist dann gar nicht der Anstaltsleiter, oder?"

„Blitzmerker", entfuhr es seinem Kollegen. „Du hast es ja wirklich drauf."

Der Arzt schüttelte energisch den Kopf. „Nein, natürlich ist er das nicht. Würden Sie sich so etwa den Leiter einer Psychiatrischen Landesklinik vorstellen?"

„Pah", der ältere Polizist lachte kurz auf. „Der kam mir doch gleich etwas komisch vor. Mit dieser Nickelbrille, dem Bart und den albernen Pantoffeln. Eine Mischung aus dem Weihnachtsmann und Professor Brinkmann von der Schwarzwaldklinik. Er bedient wirklich alle Klischees."

„Er liebt diesen Look. Er war früher einmal Krankenpfleger. Eigentlich wollte er Psychiater werden. Er war sehr beliebt und kompetent. Natürlich war das, bevor er hierher kam. Er verfügt über ein geniales Fachwissen, das er sich in vielen Jahren bei Wikipedia angelesen hat und stundenlang zitieren kann. Seien Sie froh, dass Sie seine traurige aber auch furchtbare Geschichte nicht kennen."

„Er hat völlig wirres Zeug über schrumpfende Gehirne und vergifteten Kaffee geredet. Und dann dieses sonderbare Zittern des Mannes. Eine Allergie gegen Formulare. Was für ein Quatsch!"

„Wir haben wirklich Glück gehabt, meine Herren." Der Arzt nahm den Hörer vom Telefon und wählte eine Nummer. „Professor Rosendahl hier. Bitte kommen Sie rasch in mein Dienstzimmer. Ich habe den Patienten H. gefunden und sediert. Er muss aber sofort wieder unter ständige Beobachtung auf Station II."

Er legte auf. Dann atmete er durch. Seine freundlichen Augen strahlten Erleichterung aus. „Es kommt gleich jemand. Sie wissen ja zum Glück nicht, wer dieser Mann ist. Ich bin so froh, dass Sie zufällig hier mit ihm saßen und er nicht geflohen ist."

Der ältere Polizist nickte. „Oh doch. Ich glaube, ich weiß, wer er ist. Er ist der wahnsinnige Mörder Jürgen Hadermann, vor über 20 Jahren wegen mehrfachen Mordes verurteilt und dann auf unbestimmte Zeit sicherheitsverwahrt."

Der Arzt seufzte. Es klang bekümmert. Er schwieg eine Weile.

„Ja. Sie haben leider Recht", sagte er dann.

„Er ist tatsächlich Jürgen Hadermann, einer der vermutlich gefährlichsten Triebtäter der Nachkriegszeit. Aus unerfindlichen Gründen ausgerechnet hier bei uns in der Sicherheitsverwahrung. Ein ganz furchtbarer Fall menschlichen Abgrundes. Er hat sich offenbar vorhin während eines Abendspazierganges von seinem begleitenden Pfleger befreit und einen Arztkittel gestohlen und sich dann hier in meinem Dienstzimmer breit gemacht, während ich auf Visite war."

„Wir müssen das melden, Herr Professor Rosendahl. Es geht nicht an, dass sich so jemand hier frei bewegt und auch noch als Arzt ausgibt. Er hätte fliehen können. Wir können da leider nicht zur Tagesordnung übergehen. Ich hoffe, Sie verstehen das."

„Ja, gewiss, das verstehe ich. Aber vielleicht hat das bis Montag Zeit? Dann bin ich hier fertig und übergebe die Leitung an meinen Nachfolger. Ich gehe an die Universität zurück."

„Natürlich hat das bis Montag Zeit. Wir müssen jetzt ohnehin dringend los, ein schwerer Verkehrsunfall auf der Bundesstraße. Aber Sie müssten noch die Einweisung der jungen Frau gegenzeichnen. Die Formulare liegen auf dem Schreibtisch."

„Eine junge Frau? Eine Zwangseinweisung?" Der Arzt blickte erstaunt auf. „Warum weiß ich denn nichts davon? Mir hat niemand etwas davon gesagt. Aber das ist ja auch egal. Wo ist die Patientin denn? Sie braucht doch ärztliche Hilfe!"

„Der Herr Professor", der ältere Beamte korrigierte sich, „also der Mann dort, hat sie nebenan auf ein Bett gelegt und dann mit Riemen fixiert. Das sei dringend erforderlich, behauptete er."

„Ja um Himmels willen! Wo kommt denn diese Frau überhaupt her?"

„Sie hatte in *Dieters Schlemmerstube* eine Schlägerei angefangen."

„Bitte wo?"

„In *Dieters Schlemmerstube*, einem Imbiss."

„Ein wirklich herzerfrischender Name für einen Ort mit Fleischabfällen und gefährlichen ungesättigten Fettsäuren. Aber Entschuldigung, ich habe Sie gerade unterbrochen."

„Die Frau war auf der Wache äußerst aggressiv, hat rumgepöbelt, einen Kollegen gebissen und gekratzt."

Der jüngere Beamte fügte hinzu: „Kaum zu bändigen. Bei der Einlieferung hier aber war sie dann völlig kata - äh… na, wie heißt das doch noch gleich?"

„Katatonisch", sagte sein Kollege, „merk es dir endlich, es heißt katatonisch und steckt immer noch nicht an."

„Sehr gut! Sie kennen sich ja aus!", freute sich der Arzt. „Ein psychomotorisches Syndrom. Hier muss sofort medikamentös eingegriffen werden, sonst verschlimmert sich der Zustand des Patienten. Da ist eine gezielte Behandlung der zugrundeliegenden psychischen Störung, etwa mit Neuroleptika bei schizophrenen Störungen indiziert. Sie sagen, Hadermann hat fixiert?"

„Äh – ja. Warum fragen Sie das?"

Der Arzt griff nach den Formularen. Er seufzte. „Diese Fesselung von Patienten – oder besser gesagt Opfern – ist typisch für ihn. Wir haben unglaubliches Glück gehabt, meine Herren, unglaubliches Glück. Er hat alle seine Opfer vor der Tötung fixiert. Fixiert und dann... es ist zu grauenvoll, ersparen Sie mir die Details." Er schüttelte den Kopf. „Ich weiß nicht, was passiert wäre, wenn er seinem manischen Drang nach medizinischer Selbstdarstellung nicht gefolgt wäre und Sie mit seinem zugegebenermaßen sehr geistreichen Geschwätz aufgehalten hätte, bis ich kam."

„Er sprach davon, dass auch der Wahn einen Sinn habe. Deshalb hieße es ja auch Wahn-Sinn", sagte der jüngere Polizist.

„Eine seiner typischen wirren Argumentationen, um die Schuld am eigenen Handeln zu verleugnen. Er ist verrückt, im wahrsten semantischen Sinne des Wortes. Wie ein Möbelstück, das jemand verrückt hat. So ist eben auch der psychisch Kranke in seinem Umfeld ver-rückt."

„Sozusagen ein Möbelstück an der falschen Stelle." Der junge Beamte nickte eifrig.

„Ganz genau! Wenn Hadermann nicht so gern reden würde, wäre die Patientin nebenan vermutlich längst tot und in einem der Umzugskartons. Furchtbar. Ich darf gar nicht daran denken."

„Sie meinen im Ernst, er hätte sie ermordet und dann womöglich noch zerstückelt?"

„Ich befürchte es, ja. Ich kann das nicht ausschließen. Der Umzug unserer Klinik. Die Kartons überall. Das könnte ihn animiert haben. Ein neuer Schub seiner Wahnvorstellungen vermute ich."

„Der Spediteur. Da kam er dann wieder durch."

„Ja, der Spediteur. So hieß er einst in Fachkreisen und in der Presse. Er adressierte die Umzugskartons an Personen aus seiner Adoleszenz und stellte sie im Wald ab."

„Personen aus seiner Ado...?

„Adoleszenz, die Phase des Heranwachsens. Sie kennen vermutlich eher den Begriff Pubertät. Adoleszenz und Pubertät beschreiben primär den gleichen Lebensabschnitt. In der Adoleszenz macht der Mensch wichtige physische wie auch psychische Entwicklungsprozesse durch. Er erreicht zu Beginn im Teilabschnitt der Pubertät die Geschlechtsreife. Es geht also hier deutlich um einen größeren Zusammenhang, da die Pubertät bereits vor der Lebensspanne der Jugend beginnt und die Adoleszenz ..."

„Danke, danke, wir sind bestens im Bilde ..." Der ältere Polizist winkte müde ab.

„Nun ja, ich dachte, Sie hätten noch Fragen dazu."

„Nein, wirklich nicht. Vielen Dank, Professor Rosendahl."

Rosendahl begann jetzt, routiniert die Formulare auszufüllen. „Na prima. Dann haben wir das ja auch geklärt. Alles bei Hadermann deutet nämlich darauf hin, dass er sich nicht verändert hat. Er ist auch jetzt noch unberechenbar. Durch seine Wahnvorstellungen könnte er seine Taten auch nach Jahren wiederholen. Aber ein äußerst faszinierender Fall, sage ich Ihnen!" Er griff erneut zum Telefonhörer und wählte. „Wo bleiben Sie denn? Was heißt hier ein kleines Problem auf der Station I? Ich brauche Sie hier, ganz dringend! Bringen Sie auf jeden Fall das EEG mit für eine Hirnstrommessung."

Er warf den Hörer auf die Gabel und sah plötzlich sehr müde aus.

„Wir sind leider völlig unterbesetzt. Eine Katastrophe. Aber die öffentliche Hand spart überall, auch dort, wo viel mehr Personal gebraucht wird. Dieses Land gibt Unmengen an Geld für unfertige Flughäfen und anderen Unsinn aus. Politiker bewilligen Geld für jeden Blödsinn. Jeder Wirtschaftszweig hat seine Lobbyisten. Wie Metastasen sind diese Leute. Aber in der Psychiatrie wird immer mehr gespart. Gespart – bis im wahrsten Sinne des Wortes der Arzt zu spät kommt. Irgendwelche Triebtäter landen dann ohne Behandlung auf freien Fuß oder fliehen einfach. Katastrophale Zustände haben wir inzwischen, das sage ich Ihnen aus leidvoller Erfahrung. Kaum Therapie, nur noch die Verwahrung der Kranken. Aber politisch ist das ja so gewollt. Sie glauben gar nicht, wie gern ich diesen Gesundheitsminister mal trepanieren würde. Ich weiß manchmal nicht mehr, wo mir der Kopf steht."

„Das mit dem Sparen kennen wir leider nur zu gut. Kein Personal, alte Ausrüstung, Überstunden ohne Ende. Nur die Verwaltungen mit den Sesselfurzern werden immer noch größer."

„Ja, das ist wirklich bitter." Der Arzt seufzte.

„Naja, da werden wir wohl nichts ändern. So, ich muss jetzt sofort zur Patientin. Sie braucht mich dringend. Jeder Kranke hat ein Recht auf einen Arzt. Hier soll sich jeder in guten Händen fühlen. Und ich werde mit ihr gleich alle Hände voll zu tun haben." Er knallte zwei Stempel auf das Formular und unterschrieb. „Bitte füllen Sie den Rest selbst aus. Ich habe vollstes Vertrauen zu Ihnen – diese Einweisungen sind ja ohnehin eine reine Formsache, bis das zuständige Amtsgericht eine Entscheidung trifft."

„Natürlich." Der ältere Polizist nahm die Formulare. „Wir sind jetzt weg, Herr Professor. Und das mit dem da", er zeigte auf den sedierten Weißbärtigen, „haben wir nicht gesehen. Sie haben hier genug Ärger um die Ohren. Alles Gute für Sie."

Der Arzt blieb nachdenklich zurück und lächelte wehmütig.

Draußen setzte sich der junge Polizist hinter das Steuer des Streifenwagens, schaltete das Blaulicht ein und fuhr los. Sein Kollege saß schweigend auf dem Beifahrersitz und tippte auf dem Smartphone herum, während sie im Eiltempo zur Unfallstelle auf der Bundesstraße fuhren. Es hatte angefangen zu regnen, und die Nacht war nebelig. Nach einer Weile kratzte er sich am Kopf. „Irre Freaks, diese Psycho-Doktoren. Das sind selbst komplett neurotische und dysfunktionale Paranoiker, steht hier in einem Internetforum. Quatschen schizoides Zeug, stundenlang. Von denen verfällt nie einer in Katatonie und hält mal seine Klappe."

„Bin ich froh, dass bei uns nur völlig normale Verrückte arbeiten."

„Allerdings. Und alle harmlos im Vergleich zu diesen Ärzten."

„Wohl wahr. Und auch noch so vergesslich. Richtig zerstreut."

„Wieso vergesslich?"

„Naja", der jüngere Beamte machte das Martinshorn an. Sie erreichten die Bundesstraße, auf der noch reger Verkehr war. „Der Wachhabende hatte doch vorher mit der Anstalt telefoniert und denen gesagt, dass wir mit einer jungen Frau wegen einer Zwangseinweisung kommen. Davon wusste der zerstreute Professor aber gar nichts mehr. Aber der war wohl einfach nur froh, seinen entwischten Mörder endlich wieder eingefangen zu haben. Im eigenen Dienstzimmer. Schon echt peinlich."

„Moment mal – was sagst du da? Der Wachhabende hat in der Klinik angerufen und uns mit der Frau vorher angekündigt?"

„Ja klar."

„Und?"

„Er sagte, man würde uns erwarten und alles wäre vorbereitet. Aber der echte Professor war doch dann ganz überrascht, uns zu sehen."

„Verdammt. Ja, das stimmt."

Im Kopf des Älteren arbeitete es, und ein unangenehmer Gedanke nahm langsam Gestalt an. Dann sah er den jüngeren Kollegen an: „Sag mal, wie meinst du das, der echte Professor?"

„Naja, der alte Knacker war doch der verrückte Mörder Jürgen

33

Hadermann, der mit den schrumpfenden Gehirnen, dem Wahn-Sinn der Sinn hat und den bunten Pantoffeln. Der hatte uns erwartet. Aber der echte Professor Rosendahl …"

„Wenden! Zurück zur Psychiatrie!"

„Bist du jetzt auch gaga geworden?"

„Tu was ich sage! Vollgas!!"

Der andere wendete kopfschüttelnd den Wagen und raste zurück in Richtung der Landesklinik.

Dort stellte Jürgen Hadermann gerade vorsichtig einen großen Koffer mit chirurgischen Instrumenten neben die Liege mit der fixierten jungen Frau – während der weißbärtige alte Professor Rosendahl bereits in einem Umzugskarton lag und auf den Spediteur wartete.

Kein Händchen

Das Zocken, sagte Detlef Harders Frau immer, das Zocken wird noch einmal unser Ruin sein. Er habe kein Händchen dafür, das müsse er doch endlich mal kapieren. Und Harder warf ihr dann vor, das sei Blödsinn. Detlef Harder war sich völlig sicher, wie weit er gehen konnte – egal, ob er pokerte, am Spielautomaten war, Lottoscheine ankreuzte oder sich in Schale warf und ins Casino ging. Bisher war noch immer alles gut gegangen, also jedenfalls meistens. Lehrgeld hatte er allerdings zahlen müssen – und zwar nicht zu knapp. Wobei Lehrgeld eigentlich der falsche Ausdruck war, denn Harder hatte nichts gelernt. Und so war seine Frau Britta der festen Überzeugung, er würde die Familie irgendwann an den Bettelstab bringen. Leider war diese Überzeugung nicht nur durch Brittas permanentes Misstrauen begründet. Deshalb war die Diskussion in der Wohnung der Harders an diesem Nachmittag auch alles andere als angenehm.

„Britta, das ist doch komplett aus der Luft gegriffen. Ich bin weder spielsüchtig, noch habe ich jemals irgendwelche größeren Summen verplempert. Immer nur ein paar kleine Spielchen mit wenig Geld. Und damit ist doch schon lange Schluss. Ich bin raus aus dem regelmäßigen Gezocke, das weißt du doch! Alles ist gut, wirklich gut. Ich habe jetzt alles unter Kontrolle. Nur etwas Lotto, paar

Fußballwetten, vielleicht noch das eine oder das andere Pferd. Hin und wieder bisschen Online-Poker. Das war`s doch aber auch. Du musst dir keine Sorgen machen. Alles ist gut, wirklich."

Das war leider komplett gelogen. Gar nichts war wirklich gut. Er hatte das Konto schamlos überzogen, weil er bei einer Pokerpartie im Hinterzimmer seiner Stammkneipe gerade mal wieder 1.500 Euro verspielt hatte. Für seine Mitspieler – zwei stadtbekannte Türsteher und einen smarten Steuerberater – eine läppische Summe, doch für ihn, der sich seit Jahren mehr schlecht als recht als Hilfsarbeiter in einer Druckerei durchschlug, eine gute Stange Geld. Früher, als er noch Leiter der Buchhaltung bei Meyer & Söhne, dem größten Autohaus der Stadt, gewesen war, da waren 1.500 Euro auch für ihn eine Kleinigkeit gewesen. Aber er hatte sich damals etwas zu viele Kleinigkeiten dieser Art geleistet.

„Detlef, ich war heute Morgen bei der Bank, um Geld abzuheben. Aber der Bankautomat rückte keinen Cent raus! Warum wohl?"

„Vielleicht kaputt? Wenn es einen Stromausfall gegeben hat, dann kann das passieren. Das hat was mit dem Datentransfer zu tun. Ich hatte mal einen Fall, da …"

„Detlef! Erzähl mir bitte keinen Blödsinn." Britta Harder stemmte die Hände in die Hüften. „Es gab keinen Stromausfall. Ich bin zum Schalter gegangen. Das Konto ist schlicht bis zum Anschlag überzogen. Wie kann das denn sein, Detlef? Warum ist das schon wieder so, frage ich dich!"

Er beschloss, die Flucht nach vorn anzutreten. „Naja, ich brauchte etwas Geld. Da habe ich wohl das Limit gerissen."

Britta schüttelte resigniert den Kopf. „Du brauchtest etwas Geld! Siehst du, genau das hatte ich befürchtet. Wofür?"

Der Schweiß brach ihm jäh aus, es wurde feucht unter seinen Achseln. Was sollte er sagen? Dass er das Geld verspielt hatte? Dass er ein Trottel war, weil er sich nach zwei Stunden Gewinnsträhne hatte überreden lassen, noch eine allerletzte Runde zu zocken und nicht nur alles, was er gewonnen hatte, verlor, sondern auch noch drauflegen musste?

„Wofür, habe ich gefragt! Hast du wieder gespielt? Du weißt doch, dass du dafür kein Händchen hast!"

Er atmete tief durch. Es war eigentlich egal, ob er jetzt weiter leugnete oder nicht. Also entschloss er sich für konsequentes Lügen. „Ich habe etwas angezahlt."

„Was? Du hast etwas angezahlt?" Britta sah ihn völlig verständnislos an. „Was denn?"

„Schatz, es sollte doch eine Überraschung sein."

Die Feuchtigkeit unter den Achseln breitete sich rasend schnell aus und Harder hatte plötzlich panische Angst, riesige Schweißflecken würden ihn verraten – so wie einst Pinocchio von seiner langen Nase als Lügner enttarnt wurde. Die konsequente Umgehung der Wahrheit gestaltete sich weitaus anstrengender, als viele Leute glaubten, das hatte Harder schon lange gemerkt.

„Detlef, du weißt, was passiert, wenn du jetzt wieder richtig zockst. Wir haben darüber lange gesprochen. Ich warne dich!"

Er zuckte zusammen. „Natürlich. Ich bin doch nicht blöd. Deshalb mache ich das ja auch schon lange nicht mehr." Die Schweißflecken wurden immer noch größer, das fühlte er deutlich.

Damals, im Autohaus, hatte er sich aus der Kasse hin und wieder etwas Geld ausgeliehen. Im Tresor lagen immer einige tausend Euro für den Ankauf von alten Wagen, die ausgeschlachtet wurden, um Teile davon bei Reparaturen zu verwenden. Das war zwar nicht ganz legal, denn den Kunden wurden neue Ersatzteile in Rechnung gestellt, doch niemand in der Werkstatt nahm daran Anstoß. Zu Harders Aufgabe gehörte es, diese Kasse zu hüten. Immer wieder nahm er heimlich eine Handvoll Hunderter hinaus und legte sie meist nach ein paar Tagen wieder zurück, wenn er beim Spielen gewonnen hatte. Eines Tages allerdings kam sein Chef auf die Idee, selbst einmal etwas Geld aus der Kasse zu nehmen, weil ein Lieferant darauf bestand, in bar bezahlt zu werden. Harders Chef griff ins Leere, denn sein Buchhalter hatte eine große Summe beim Pferderennen verspielt und leider in den Tagen danach weder beim Pokern, noch im Casino Glück gehabt. Zur Rede gestellt, beichtete Harder alles. Man warf ihn hinaus, verzichtete aber auf eine Anzeige, weil Harder gedroht hatte, über den zweifelhaften Handel mit den gebrauchten Ersatzteilen bei der Polizei zu reden. Sogar die „geliehene" Summe konnte er in kleinen Raten zurückzahlen. Aber seinen gut bezahlten Job im Autohaus war er dennoch für immer los gewesen.

Sie sah ihn aus schmalen Augen an. „Detlef, wenn du wieder zockst, verlasse ich dich. Ich habe dich gewarnt! Und die kleine Jenny nehme ich mit! Also lüg mich nicht an. Sag die Wahrheit!"

„Schatz!" Harder hatte das Gefühl, seine Schweißflecke müssten jetzt die Größe von Erdteilen haben, „Aber Schatz, ich lüge doch nicht. Es ist für eine Urlaubsreise zu unserem Jahrestag!"

„Was? Ach, du bist doch ein Spinner!" Britta Harders strenge Miene wich einem ungläubigen Stirnrunzeln. „Für unseren Jahrestag? Da willst du eine Reise mit mir machen?"

„Ja."

„Wirklich?"

„Ja, Britta, wirklich."

Sie entspannte sich und lächelte. „Wie süß von dir! Ich hätte nie gedacht, dass du tatsächlich mal von allein daran denkst. Das ist ja toll! Ich freu mich!"

„Ich denke doch immer daran, wirklich. Es ist schließlich der wichtigste Tag meines Lebens, mein Schatz!" Krampfhaft versuchte er, sich daran zu erinnern, wann eigentlich dieser verdammte Jahrestag war. Es musste eigentlich irgendwann im Herbst sein, da war er sich immerhin doch ziemlich sicher.

„Komm, verrat mir, was machen wir denn an unserem Jahrestag schönes? Wo fahren wir hin? Ich freue mich ja so!"

Er hatte das Gefühl, der Schweiß müsste inzwischen wie ein Gebirgsbach von seinen Achseln durch das Hemd hinab in die Tiefen seines Hosenbundes rauschen. Jetzt galt es, einen kühlen Kopf zu bewahren. Wenn er nicht weiter überzeugend log, gab es eine Katastrophe. Schon einmal war Britta mit der kleinen Tochter Jenny zu ihren Eltern gezogen und hatte ihn vier Wochen lang schmoren lassen. Nur der Schwur, nie wieder zu zocken, hatte damals die Beziehung gerettet. Als erstes musste er jetzt im Gespräch vorsichtig herausfinden, wann dieser elende Jahrestag war und dann sein Reiseversprechen entsprechend daran anpassen. Alles Weitere würde sich irgendwie finden. Schließlich hatte sich in seinem Leben immer alles irgendwie gefunden.

„Naja, ich dachte mir, zu der Jahreszeit müsste es schon etwas Besonderes sein …"

„Ja, das stimmt!" Seine Frau strahlte. „Jetzt sag schon!"

„Es soll doch etwas spannend sein! Ich sage nichts." Er lächelte sie an, bis ihm die Wangenmuskeln wehtaten. Sein Hirn raste durch den Kalender. Wann war nur dieser verdammte Jahrestag?

„Aber ich möchte es doch schon wissen! Bitte!!" Sie schmachtete ihn an. Wenn Britta etwas konnte, dann jemanden anschmachten.

„Mmmhh", er tat sehr geheimnisvoll, „was ist es denn eigentlich für ein Wochentag? Also unser Jahrestag?"

Sie zog einen Flunsch. „Och, Detlef! Das solltest du aber wissen! Der 25. Juni ist dieses Jahr ein Freitag!"

Es traf ihn wie ein Schlag. Von wegen Herbst! Schöner Mist. Der 25. Juni war in nicht einmal zwei Wochen. Nur noch eine Handvoll Tage Zeit, das Konto auszugleichen und dann irgendeinen albernen Urlaub zu buchen. Ihm lief es kalt den Rücken hinunter. Spätestens am 25. Juni würde Britta samt der kleinen Jenny vermutlich über alle Berge sein. Verzweifelt suchte sein Hirn nach einer Antwort, während die Schweißdrüsen unbarmherzig Flüssigkeit pumpten, als wollten sie ihn direkt ersäufen.

„Ja, klar, natürlich, ein Freitag …"

„Fahren wir schon vorher? Oder direkt am Freitag? Kommt Jenny mit oder soll sie zu den Großeltern? Hast du schon mit ihnen gesprochen? Jetzt lass dir doch nicht jedes Wort aus der Nase ziehen, Detlef!"

„Ich habe alles wunderbar geplant, alles ist bestens organisiert. Aber es ist doch ein Geheimnis, von dem du noch gar nichts wissen solltest. Und so soll es auch noch ein paar Tage bleiben. Überlass alles mir und freu dich schon mal! Und jetzt muss ich endlich zur Spätschicht, meine Liebste." Mit diesen Worten küsste er sie zärtlich auf die Stirn, lächelte und ging dann gemessenen Schrittes aus dem Wohnzimmer, allerdings mit dem unguten Gefühl, sie müsste den Schweiß in seinen Schuhen gluckern hören.

Die Spätschicht war langweilig wie immer. Eintönig stampften die Druckmaschinen. Prospekte für irgendwelche Tageszeitungen.

Detlef Harder stand heute an der Falzmaschine und packte. Neben ihm schob sein Kumpel Hamid Sadi die gefalzten Prospekte vom Band. Hamid Sadi war aus dem Libanon und hatte dort mal erfolglos Physik und Germanistik studiert. Jetzt bearbeitete er immerhin Prospekte deutscher Supermärkte, lästerte er gern. In der Pause gingen Harder und Sadi in den Aufenthaltsraum und zogen sich einen übel riechenden Kaffee.

„Hamid, ich habe ein echtes Problem", sagte Harder zwischen zwei Schlucken aus dem Pappbecher mit dem widerlichsten Kaffee aller Zeiten, der offensichtlich in einem Chemielabor speziell für die Großdruckerei produziert wurde.

„Was denn?"

„Kohle."

Sadi gab ein schnaubendes Geräusch von sich. „Alter, das ist ja mal was Neues … Kohle. Du hast immer ein Geldproblem, Detlef. Das ist dein Problem. Du hast ohne Kohle ein Problem und mit Kohle auch, weil du nur dran denkst, sie zu verzocken."

„Dieses Mal geht's um alles. Dicke Luft mit Britta."

Sein Kollege schüttelte den Kopf. „Mann, Detlef, auch das ist immer dasselbe. Es geht immer um alles. Egal, ob bei der Zockerei oder in deiner Beziehung. Was hast du wieder für Mist gebaut?"

Harder stellte den Becher ab. „Ich habe mein Konto total überzogen. Und Britta einen Urlaub zu unserem Jahrestag versprochen. Der ist in zwei Wochen. Ich brauche so in etwa 3.000 Euro um meine Schulden zu bezahlen und um irgendeinen blöden Urlaub zu finanzieren. Sonst haut sie nämlich mit Jenny ab."

„3.000 Euro! Das ist verdammt viel. Und wo soll das herkommen?"

„Kannst du mir was leihen?"

Sadi schüttelte den Kopf. „Ich kann dir einen Hunderter leihen, aber keine 3.000 Euro!"

„Ich habe eine totsichere Sache am Laufen, Hamid. Da ist für dich auch was drin. Das Beste, was du je gesehen hast! "

Sein Kollege lächelte. „Die besten Dinge im Leben sind nicht die, die man für Geld bekommt."

„Ist das aus deinem Koran?", fragte Harder.

„Nee", Sadi grinste, „das ist von Albert Einstein. Der hatte aber wohl nix mit dem Koran am Hut, er war Jude."

„Ich dachte immer, er war Physiker."

„Auch das. Physiker und Jude. Das kommt auch bei denen vor."

„Naja, egal, ob Jude oder Koran – Hauptsache, du bist dabei!"

„Wobei?"

„Ich habe ein super System entwickelt, wie man beim Roulette gewinnt. Es ist wirklich absolut sicher!"

„Aha. Und? Wie funktioniert dieses absolut sichere System?"

„Naja…", Harder sah sich um, ob auch keiner zuhörte, „es ist so simpel wie genial: Du suchst dir eine Farbe aus, rot oder schwarz. Mit `nem Euro fängst du an. Setzt dabei auf einfache Chancen.

Verlierst du, verdoppelst du den Einsatz. Gewinnst du, hast du 100 Prozent im Sack!" Er strahlte. „Na? Ist das ein endgeiles System? Jetzt biste aber platt, was Hamid?"

Sadi zog einen Kugelschreiber aus seiner Arbeitshose. „Moment mal", er nahm von einem Stapel Altpapier einen Zettel und schrieb ein paar Zahlenkolonnen auf. Dann schüttelte er den Kopf. „Sorry, Detlef, das ist Blödsinn. Kumulierst du die Einsätze und rechnest ehrlich, ist dein realer Profit maximal ein Euro."

„Unsinn. Lass das mal mit dem Kumulieren. Das wird immer völlig überschätzt. Das braucht man dabei nicht. Da kann nix passieren. Glaube mir! Ich habe das genau durchgerechnet!"

Sadi seufzte und zeigte Harder den Zettel. „Leider hast du dich vertan. Da sich die Wahrscheinlichkeit für das Ziehen einer bestimmten Farbe nicht verändert, liegt die Gewinnchance immer wieder bei nur annähernd 50 Prozent. Hier, sieh selbst."

Harder nahm den Zettel und besah die Zahlen. Dann brummte er missmutig: „Wirklich nicht?"

„Nee, wirklich nicht. Im günstigen Falle bekommst du nur deinen Einsatz zurück, im ungünstigsten geht dir die Kohle aus."

Harder kratzte sich am Kinn. „Kacke. Leihst du mir trotzdem die 100 Euro?"

„Weil du mein Kumpel bist", seufzte Sadi und fummelte zwei 50 Euro-Scheine aus dem Portemonnaie. „Weil du mein Kumpel bist und ich leider ziemlich dämlich bin."

„Nein, bist du nicht! Es wird alles gut!", sagte Harder, „du wirst echt überrascht sein! Mir fällt was richtig Cooles ein. Und dann bekommst du für die 100 Euro locker 200 zurück, versprochen, mein Freund!"

Hamid Sadi lächelte und schüttelte den Kopf. „Ach, Detlef. Ich bin schon froh, wenn ich die 100 Euro zurückbekomme. Solltest du allerdings tatsächlich was gewinnen, kannste mir auch noch mal bei Gelegenheit ein Bier ausgeben."

„Du bist ein echter Freund, Hamid", Harder klopfte dem kleinen Kollegen auf die Schulter, „das wird viel mehr als ein Bier!"

Zwei Tage später kam Detlef Harder mit langem Gesicht zur Arbeit. Wortlos stopfte er seine Sachen im Umkleideraum in den Blechspind und zog sich um. Seine Mundwinkel hingen nach unten und er sah finster aus.

Hamid Sadi merkte sofort, dass irgendetwas schief gegangen war. „Was ist passiert, Detlef?"

„Scheiße ist passiert. Echte große Mega-Scheiße. Jetzt bin ich richtig am Arsch."

Der andere sah ihn beunruhigt an. „Britta?"

„Ja, auch Britta. Aber nicht nur. Schlimmer."

„Erzähl."

Der Vorarbeiter kam in den Umkleideraum. „He, ihr zwei Spezis! Nicht lang quatschen! Wir zahlen jetzt Mindestlohn, auch für so arbeitsscheue Gesellen wie euch, also raus an die Arbeit."

45

„Leck mich", brummte Harder.

„Du kannst gleich den Umschlag für deine Kündigung lecken und das Ding direkt mit nach Hause nehmen!"

„Ist jetzt auch egal."

„Mann, Detlef, deine Scheißegal-Stimmung geht mir schon lange auf den Sack. So ein Arschloch wie dich würde ich sofort an die Luft setzen, wenn hier nicht so viel los wäre!"

„Mach's doch", trotzte Harder.

„Jungs, macht ran. Ihr seid an der Falzmaschine, wir haben in dieser Nachtschicht 50.000 Prospekte für Multi-Küchen und ich will damit morgen früh durch sein. Also, auf geht's, ihr Faulpelze!" Er rempelte Harder an und verließ den Aufenthaltsraum.

„Scheißkerl", brummte Harder.

„Na, los, komm wir gehen. Mit dem Typ brauchen wir heute Nacht nicht auch noch Ärger", sagte Sadi.

Er schloss seinen Spind ab und legte dem Kollegen eine Hand auf die Schulter. „Na komm, erzähl mir an der Maschine, was los ist." Harder brummte etwas und gemeinsam liefen sie in den Drucksaal hinaus.

„Ich habe einen Scheißdeal gemacht", rief ihm Harder über den Lärm der Falzmaschine zu. „Ich habe echt gepennt."

„Was denn für einen Deal?"

„Würfeln. Ich dachte, das müsste doch ganz gut gehen."

„Was??" Sadi sah ihn fassungslos an. „Würfeln??"

„Ja. Schöner Mist."

„Wo denn?"

„In einem Laden in der Neustadt. War eine Empfehlung von 'nem Typen aus der Pokerrunde. Schnelles Geld, kleines Risiko."

„In der Neustadt haben die Rumänen fast überall die Hand drauf", rief Sadi, „da musst du vorsichtig sein. Die ziehen jeden ab. So sind die nun mal. Geh da nicht wieder hin!"

„Rumänen, Deutsche, Türken und ein Italiener – in dem Laden waren anscheinend die Vereinten Nationen am Zocken. Nette Atmosphäre, echt. Gab sogar ein paar Drinks aufs Haus. Ich fühlte mich wohl."

„Aber?"

„Was aber?"

„So ein Satz geht immer mit einem 'aber' weiter", sagte Sadi durch den Lärm der Falzmaschine und schob einen Packen Prospekte in den nächsten Karton.

„Stimmt", Harder schob mürrisch den Karton zum Stapel auf der Palette neben sich. „Du hast Recht. Es gibt ein Aber. Aber irgendwie hatte ich kein Glück. Trotz der netten Atmosphäre."

„Du hast meine 100 Euro verzockt."

„Ja, verdammte Kacke, ich habe sie verzockt. Das tut mir leid." Sadi schüttelte lächelnd den Kopf. „Wie heißt dieses schöne deutsche Sprichwort? Du hast eben kein Händchen."

„Kein Händchen?"

„Sagt man das nicht so? Du hast kein Händchen fürs Spielen, Detlef."

„Ach so. Ja, das hat Britta auch gesagt. Kann sein." Er nahm den nächsten Karton und packte ihn auf die Palette.

„Damit hat sie ja wohl Recht. Lass einfach die Finger von Würfeln, Karten und anderem Kram."

„Und der Jahrestag von Britta und mir? Und meine ganzen Schulden? Und deine 100 Euro? Es muss was passieren."

„Meine Kohle kannst du von mir aus abstottern. Aber zieh endlich einen Schlussstrich. Gestehe ihr alles. Sie wird dann eine Woche stinksauer sein aber sich dann wieder beruhigen."

Harder schüttelte finster den Kopf. „Das geht nicht. Sie wird gehen. Für immer. Denn dieses Mal habe ich richtig Mist gebaut. Ich habe nicht nur die 100 Euro von dir verbrannt."

„Was denn noch?"

„Ich habe einen Schuldschein unterschrieben. Über 5.000 Euro."

„Ach du Scheiße", Sadi fielen fast die Prospekte aus der Hand, die er gerade aus der Maschine genommen hatte. „5.000? Warum denn das? Bist du irre, Detlef?"

„Ich hatte 'ne Glückssträhne. Hatte schon über 4.000 gewonnen!"

„Und warum bist du nicht gegangen? Du wärest doch alle deine Geldprobleme auf einen Schlag los gewesen! Warum hast du Blödmann denn bloß weiter gemacht?"

„Weil ich ein dämlicher Vollidiot bin", rief Harder grimmig und knallte den nächsten Karton derart grob auf die Palette, dass die Hälfte der Prospekte herausfiel. Fluchend sammelte er sie wieder ein. „Ich wollte die Kohle ganz locker verdoppeln und dann erst gehen."

„Alter, was willst du denn jetzt machen?" Sadi bückte sich und half ihm, die Prospekte vom Boden zu nehmen.

Harder zuckte die Schultern. „Ich muss zahlen. Sonst machen die mich alle. Vorgestern hätte ich schon zahlen müssen. Gestern habe ich einen von den Typen bei uns in der Straße getroffen. Der war nicht besonders nett. Hat mich ziemlich angerempelt und mir ein paarmal in den Magen gehauen, bis ich kotzen musste. Eine popelige Woche Aufschub, mehr nicht. Sonst macht er mich richtig fertig. Aber die wollen jetzt schon Zinsen. Zehn Prozent!"

„Geh zur Polizei!"

„Pah, was sollen die machen? Meine Schulden bezahlen? Oder Britta überreden, sich nicht zu trennen?"

„Nee, aber den Jungs in der verdammten Zockerhöhle in der Neustadt mal einen Besuch abstatten! Vielleicht hilft das!"

„Und anschließend können die meine Überreste aus der Wohnung fegen und im Massengrab beisetzen. Nee, Hamid, das wird nix. Ich muss das irgendwie anders lösen."

„Aber wie?"

„Ich habe gestern überlegt, was ich machen kann."

„Und?"

„Es gibt vielleicht eine Lösung. Eine einzige."

„Welche?"

„Kann ich nicht sagen. Ich hab Schiss davor."

„Jetzt rede. So schlimm wird's doch nicht sein."

Doch Detlef Harder sagte nichts mehr und stellte den Rest der Schicht die Kartons schweigend auf die Paletten. Egal, was Hamid Sadi versuchte, um noch etwas zu erfahren, Harder schwieg und schüttelte nur ein paar Mal abweisend den Kopf. Sein Gesicht hatte sich in eine versteinerte Maske verwandelt. Grußlos zog er sich zum Feierabend um, klopfte Sadi nur etwas unbeholfen auf die Schulter und drückte lange dessen Hand, um dann zu verschwinden.

Der kleine Libanese schaute ihm bekümmert hinterher. Ob Harder womöglich auf die Idee kam, seine Widersacher aus dem Weg zu räumen? Würde er sich mit der Spieler-Mafia aus der Neustadt anlegen? Das könnte tödlich enden. Aber was sollte er schon tun, er, ein kleiner Hilfsarbeiter in einer Druckerei? Harder hatte Recht, die Polizei konnte nichts für ihn tun und ein Gespräch mit Britta, die er nur ein einziges Mal auf dem Betriebsfest gesehen hatte, traute er sich nicht zu.

Sadi fuhr mit dem Bus nach Hause und vergaß die Probleme von Detlef Harder, denn daheim erwartete ihn mit seiner pubertierenden Tochter und seiner seit drei Jahren arbeitslosen Frau genug eigener Kummer. Zum Glück hatte er ein paar Tage frei und konnte die Arbeit zumindest für den Moment hinter sich lassen.

Drei Tage später kam Sadi wieder in die Druckerei. Das heißt, er wollte hinein, doch auf dem Hof standen mehrere Wagen der Feuerwehr und der Polizei, drum herum ein Teil der Belegschaft. Gerade als er einen Kollegen fragen wollte, was denn passiert sei, gab es über ihm ein lautes Getöse. Polizisten drängten die Menschen auseinander, denn ein Rettungshubschrauber landete auf dem Betriebsgelände. Papierfetzen, Laub, Zigarettenkippen und Staub wirbelten wie von einem riesigen Staubsauger angezogen herum. Aus der Druckhalle kam eine fahrbare Trage, geschoben von Feuerwehrmännern. Ein Sanitäter hielt einen Tropf. Sadi versuchte einen Blick auf den Verletzten zu erhaschen, doch er war zu klein, den Kollegen vor ihm über die Schulter zu schauen. Die Trage verschwand im Hubschrauber und dieser hob unter heftigen Windböen ab.

Als der Lärm abgeebbt war und die Fahrzeuge der Feuerwehr abrückten, hielt Sadi den Vorarbeiter, der gerade über den Hof kam, am Ärmel fest.

„Chef, warte mal! Was ist denn passiert? Das sieht ja gar nicht gut aus!"

Der andere nickte finster. „Allerdings. Richtig üble Sache. Dein blöder Kumpel Detlef Harder war das."

„Was? Detlef? Er ist der Mann im Rettungshubschrauber?"

Sadi fühlte, wie es ihm plötzlich kalt den Rücken herunterlief.

„Was ist denn bloß passiert?"

Entsetzt sah er, dass der Vorarbeiter Blut an seiner Arbeitshose hatte. War er auch verletzt worden? Hatte sich Harder womöglich mit ihm in die Haare bekommen? Hatte es eine Messerstecherei gegeben? Dass die beiden sich hassten, war bekannt.

„Die große Papierstanze. Er ist gegen Ende seiner Schicht irgendwie mit der Hand hineingekommen. Rumms – und seine Hand war ab. Einfach ab. Furchtbar."

„Das gib es doch nicht! Seine ganze Hand? Von der Maschine abgehackt?" Sadi schwindelte es plötzlich. „Einfach ab – das ist ja grauenhaft!"

„Sag ich ja. Wie mit dem Schlachterbeil, sauberer Schnitt. Er hat geschrien wie am Spieß und taumelte ohne die Hand durch die Halle. Fürchterlich. Geblutet hat er wie ein abgestochenes Schwein. Er brüllte entsetzlich. Ich habe ihn dann verbunden, sonst wäre er bestimmt verreckt." Er schüttelte sich. „Bah, den Anblick von dem Stumpf werde ich so schnell nicht vergessen. "

„Wie konnte das denn passieren? Die Maschine hat doch einen Sicherheitsmechanismus! Da kann man doch eigentlich gar nicht mit der Hand reinkommen."

„Keine Ahnung, was da mit dem Sicherheitsmechanismus passiert ist. Ich habe mich auch gewundert. Aber deshalb ist garantiert die

Polizei noch hier und untersucht die Stanze. Ich denke, du kannst erstmal wieder nach Hause gehen, Hamid. Die Druckhalle ist komplett gesperrt. Ich rufe dich an, wenn es wieder weitergeht. Heute läuft hier gar nichts mehr."

„Aber ich brauche das Geld! Ich kann ja auch was anderes machen – leere Paletten stapeln oder sowas."

„Tut mir leid – solange hier die Arbeit komplett ruht, gibt's auch keine Kohle. Die Firma kann ja nix dafür, dass jetzt alles steht. Bedank dich bei deinem Freund Detlef, der mal eben mit einer Hand die ganze Schicht gestoppt hat. So ein blöder Penner. Und meine Klamotten hat er mit seinem Blut auch eingesaut. Immer nur 'ne große Schnauze, der Kerl, und ich rette den Vollarsch auch noch. Nix als Ärger…" Der Vorarbeiter stapfte grimmig davon.

Sadi blieb betroffen zurück. Der Vorarbeiter war ein garstiger Geselle. Doch immerhin hatte er Harder offensichtlich ohne viel Federlesens Erste Hilfe geleistet und ihm das Leben gerettet. Sadi warf einen Blick in die Halle, wo Polizeibeamte Fotos machten, dann ging er zur Bushaltestelle, fuhr nach Hause und ließ sich von seiner Frau die üblichen Vorwürfe machen, warum jemand mit seiner Qualifikation eigentlich nur einen Hilfsarbeiterjob hatte.

Am nächsten Tag ging die Arbeit weiter. Nur die große Papierstanze war noch von der Polizei abgesperrt und mit einem rotweißen Plastikband umwickelt. Sadi hatte in Erfahrung gebracht, in welchem Krankenhaus Detlef Harder lag. Es war eine Unfall-klinik außerhalb der Stadt. Für einen Besuch war es noch zu früh, er war direkt operiert worden und lag noch im künstlichen Koma.

Sadi stand am Nachmittag an der Sortiermaschine mit einem an-deren Kollegen, als der Geschäftsführer mit zwei Männern und dem Vorarbeiter kam. Der Geschäftsführer zeigte auf Sadi und die beiden Männer nickten. Sadi hatte sofort ein ungutes Gefühl.

„He, Hamid!", rief der Vorarbeiter ungehalten gegen den Lärm der Falzmaschine. „Sperr mal deine Lauscher auf!"

„Ja?"

„Du sollst zum Chef, Hamid."

„Alles klar, ich komme sofort nach der Schicht, Chef", rief Sadi dem Geschäftsführer zu, „ich kann hier jetzt ja nicht weg."

Der schüttelte energisch den Kopf. „Nein Sadi, du kommst jetzt sofort, aber bisschen dalli!"

Sadi sah sich irritiert um, aber da war der Vorarbeiter schon an seiner Seite. „Geh sofort mit dem Alten mit, ich übernehme das hier solange", sagte er. „Die beiden Typen da sind von der Kripo, die wollen was von dir. Hast du Scheiße gebaut?"

Im Büro setzten sich die beiden Kripoleute und der Geschäfts-führer, für Sadi war kein Stuhl mehr frei. Das allerdings schien niemanden zu stören.

„Herr Hamid Sadi?", fragte einer der Männer, vor dem offensicht-lich die Personalakte des kleinen Libanesen lag.

„Ja. Das bin ich. Was ist denn?" Er stand vor dem Schreibtisch hinter dem der Mann saß und kam sich vor wie ein Schüler, der zum Direktor zitiert worden war.

„Sie wohnen in der Falkenbergstraße 69 und sind am 6. April in Beirut geboren und seit fünf Jahren deutscher Staatsbürger?"

„Ja, ja, richtig. Worum geht es?"

„Die Fragen stellen wir, Herr Sadi, nichts für ungut." Er blickte von den Unterlagen hoch. „Sie sind doch ein Freund von Detlef Harder, ist das richtig?"

„Freund ist vielleicht übertrieben, aber wir sind gute Kollegen, ja."

„Sie gehen auch schon mal ein Bier trinken oder reden über private Dinge?"

„Ja, klar. Ich sagte ja, wir sind gute Kollegen."

Der Mann lehnte sich zurück und sah den Geschäftsführer an. „Hätten Sie vielleicht eine Sitzgelegenheit für Herrn Sadi? Ich kriege hier sonst noch Nackenstarre vom Hochgucken."

Der Geschäftsführer zog die Augenbrauen hoch. „So groß ist der Hamid doch gar nicht", brummte er, ging aber los und brachte aus dem Nebenraum einen Stuhl.

„Herr Sadi, hat Herr Harder Ihnen gegenüber jemals erwähnt, dass er spielsüchtig ist? Oder andere schwerwiegende Probleme hat?" fragte der Polizist, nachdem Sadi Platz genommen hatte.

In dessen Ohren summte es. Was war das denn für eine sonderbare Frage? „Naja, nicht so genau." Er fühlte sich unwohl. Harder hatte hier in der Druckerei eine Hand verloren, was hatte das wohl mit seiner Spielsucht zu tun? „Er hat mal erwähnt, dass er hin und wieder Karten spielt, sonst hat er aber nichts erzählt."

„Wurde er mal bedroht von Leuten, die illegale Glücksspiele organisieren? Oder kennen Sie die Kneipen, die er aufsuchte?"

Sadi überlegte angestrengt. Auf keinen Fall wollte er Harder mit seiner Antwort irgendwie schaden, der hatte schließlich schon genug Ärger am Hals. Seine missgünstige Frau Britta, Schulden ohne Ende, Geldeintreiber – und jetzt auch noch den Verlust einer Hand. Andererseits kam der allein aus diesem Schlamassel ohnehin nicht mehr raus. Vielleicht war es sogar gut, dass sich jetzt die Polizei eingeschaltet hatte. Vorsichtig formulierte er: „Also, ich weiß nichts Genaues. Irgendwas von der Neustadt hat er mal erzählt."

„Nichts Genaues?"

„Nein, sonst nichts. Nichts Genaues."

Der Mann am Schreibtisch sah seinen Kollegen an und der sagte zum Geschäftsführer der Druckerei: „Seien Sie doch so gut und lassen uns ein paar Minuten allein, ja?"

Mit verkniffenem Gesicht ging der Geschäftsführer und bemerkte kurz bevor er die Tür schloss: „Halten Sie den Hamid nicht zu lange auf. Der wird hier nicht fürs Reden bezahlt." Er zog die Tür etwas zu laut ins Schloss.

Sadi fühlte sich sehr unwohl und kaute auf seiner Lippe herum.

Was sollte diese komische Befragung? Das brachte doch nur Ärger mit dem Chef und wahrscheinlich auch für Harder. Er beschloss, nichts Konkretes mehr zu sagen.

„Sie sagten gerade, Sie wüssten nichts Genaues. Stimmt das?"

„Ja."

„Dann erzählen Sie uns doch mal, was Sie denn so Ungenaues über Detlef Harder und seine Besuche in der Neustadt wissen – wenn Ihnen schon nichts Genaues einfällt."

„Nichts. Ich weiß nichts."

Der Mann beugte sich vor: „Herr Sadi, Detlef Harder liegt schwer verletzt im Krankenhaus. Er hätte ums Leben kommen können, wenn sein Vorarbeiter nicht eingegriffen hätte. Außerdem ist Harder hoch verschuldet. Und er wurde von einem Geldeintreiber eines Familienclans aufgesucht, der ihm massive Gewalt angedroht hat, wenn er nicht zahlt. Es ist normalerweise unmöglich, mit der bloßen Hand in die Maschine zu kommen. Da stimmt was nicht."

„Aha. Woher wissen Sie das alles?"

„Die Fragen stellen wir", sagte der zweite Mann.

„Ich weiß – aber die Nummer mit dem Geldeintreiber?"

„Es gab einen Zeugen, der gesehen hat, wie Harder geschlagen und bedroht wurde."

Sadi kratzte sich nachdenklich am Kopf. „Aha." Offensichtlich wussten die beiden Kripoleute gut Bescheid, da konnte er eigentlich auch auspacken.

„Na, Herr Sadi? Haben Sie uns vielleicht doch etwas zu sagen?"

„Ja. Detlef, also ich meine Herr Harder, hat in einem Club in der Neustadt gespielt. Dabei hat er wohl sehr viel Geld verloren."

„Wie viel? Wissen Sie, wie viel?"

„Er hat mir erzählt, es seien 5.000 Euro, mehr weiß ich nicht."

Der erste Mann beugte sich vor: „Herr Sadi, wir ermitteln in dieser Sache schon seit über zwei Jahren. Da geht es um weitaus mehr, als nur Ihren Kollegen. Mehrere Schuldner dieser Zockerhöhle sind nicht nur bedroht, sondern auch schwer misshandelt worden, weil sie nicht zahlen wollten. Einem Mann wurde vor sechs Wochen mit einem Messer brutal ein Ohr abgeschnitten, einem zweiten mit einem Beil der Daumen abgehackt. Das sind keine normalen kleinen Gangster, die da in der Neustadt ein bisschen illegal zocken und ein paar Leute über den Tisch ziehen. Das ist die Mafia vom Balkan. Das sind üble Großfamilien, die fett im kriminellen Geschäft sind."

Der kleine Libanese wurde blass. „Mafia? Ernsthaft? Sie meinen, das mit dem Unfall könnte vielleicht gar kein Unfall gewesen sein?"

„Wir wissen es nicht. Aber es ist denkbar. Wir ermitteln momentan in alle Richtungen. Wenn Sie also noch etwas wissen oder Ihnen etwas einfällt, dann rufen Sie uns an und wir machen einen Termin." Er schob eine Karte über den Tisch. „Und kommen Sie bitte morgen um neun zu uns in die Polizeidirektion, die Adresse steht hier drauf. Bringen Sie etwas Zeit mit. Sie müssen das Protokoll unseres Gespräches von heute unterschreiben."

„Ich kann hier aber nicht so einfach weg."

„Sie können. Wir sprechen mit Ihrem Chef, keine Sorge. Und wir sagen ihm auch, dass wir Sie nur als Zeugen vernommen haben."

„Kann ich dann jetzt gehen?"

„Ja, danke Herr Sadi. Das war's."

Eine Woche später hatte Sadi es immer noch nicht geschafft, Harder im Krankenhaus zu besuchen, er machte Überstunden ohne Ende. Er brauchte das Geld, denn er wollte seiner Familie in diesem Jahr endlich mal einen Urlaub gönnen.

Am Montagmorgen, nach dem Ende einer anstrengenden Wochenendschicht, musste er erneut zum Geschäftsführer. Dieses Mal holte der ihm keinen Stuhl aus dem Nebenzimmer und ließ ihn vor seinem Schreibtisch stehen. Auch das kumpelhafte „Du" ließ er weg. Stattdessen siezte er Sadi. Genau das machte den kleinen Libanesen misstrauisch.

„Herr Sadi, haben Sie inzwischen etwas von Ihrem Freund Detlef Harder gehört?"

„Nein."

„Dann sage ich Ihnen, was passiert ist."

„Geht es ihm schon etwas besser? Ich wollte ihn eigentlich an meinem freien Tag Ende dieser Woche besuchen."

Der Geschäftsführer schüttelte den Kopf. „Das können Sie sich sparen. Harder ist schon besucht worden. Und zwar mehrfach. Er ist jetzt in einem Zustand, in dem er vermutlich wenig Wert auf weitere Besuche legt."

Sadi schluckte. Sollten die Geldeintreiber so dreist gewesen sein, selbst noch in die Klinik zu kommen? Man kannte das aus Krimis, wo auch im Krankenhaus niemand sicher vor Verbrechern war.

„Ist ihm denn was passiert?"

„Das kann man wohl sagen", nickte der Geschäftsführer. „Er hat einen Schwächeanfall erlitten und musste reanimiert werden."

„Nein!" Sadi stieß dieses Wort fast wie einen Schrei aus. Es war den Geldeintreibern also tatsächlich offensichtlich gelungen, selbst am Krankenbett aufzutauchen. Diese Sachen passierten eben wohl doch nicht nur in Fernsehkrimis.

„Hat die Polizei ihn denn nicht beschützt?" Er sah einen Beamten, der mit der Zeitung vor Harders Zimmertür saß und einschlief – während sich ein als Arzt verkleideter Mörder ins Zimmer schlich und Schläuche von Infusionen und Sauerstoffapparaten abriss.

„Wie bitte!?"

„Ob die Polizei ihn nicht beschützt hat?"

„Sie reden Unsinn, Herr Sadi. Er musste nicht beschützt werden. Detlef Harder hat im Beisein der Kriminalbeamten diesen Schwächeanfall erlitten."

Sadi sah verstört aus. Er verstand jetzt gar nichts mehr.

Ein Schwächeanfall im Beisein der Polizei? Wie passte das zusammen? „Das verstehe ich nicht. Was haben die mit ihm gemacht?"

Der Geschäftsführer lachte, aber es war kein besonders fröhliches Lachen. „Was die gemacht haben? Die haben ihn verhört! Und dann hat er gestanden. Und nach dem Geständnis wäre er fast kollabiert. So sieht es aus, Herr Sadi."

„Ein Geständnis? Was hätte Detlef denn gestehen sollen?"

„Seinen Betrug natürlich. Diesen völlig irren Betrug. An uns allen – und vor allen Dingen an der Versicherung."

„Aha" Sadi verstand nur noch Bahnhof.

„Kapieren Sie das immer noch nicht?"

„Äh – nein. Was denn für ein Betrug an der Versicherung?"

„Ich erkläre es Ihnen, Herr Sadi. Sie scheinen ja etwas begriffsstutzig zu sein. Also, Harder war haushoch verschuldet durch seine dämliche Spielerei. Als er keinen Ausweg mehr wusste, hat er seine Hand in die Stanze gehalten. Offensichtlich wollte er sich selbst verstümmeln, um von der Unfallversicherung Geld zu bekommen. Das hat aber nicht geklappt. Zum Glück."

Sadi verstand jetzt gar nichts mehr. „Er hat sich selbst die Hand in der Stanze abgeschlagen? Das glaube ich nicht!"

„So ist es aber. Er hat den Sicherheitsschalter blockiert und so konnte er mit der Hand unter die Schneide der Stanze kommen und sie sich abhacken lassen."

„Aber das kann doch trotzdem ein Versehen gewesen sein!"

„Nein, das kann es nicht sein. Die Kripo hatte festgestellt, dass Harder einen Stapel Druckbögen zu weit unter die Stanze geschoben hat. Und zwar mit der linken Hand. Harder ist aber Rechtshänder. Das war kein Zufall. Er wollte offensichtlich als Krüppel zumindest seine rechte Hand behalten – und mit der Versicherung für seine linke Hand seine Schulden bezahlen."

„Mein Gott…", stammelte Sadi. „Und das kann nicht alles doch nur ein Zufall sein?"

„Es ist kein Zufall möglich. Die Kripo hat ihn nämlich mit diesem Verdacht konfrontiert. Und Harder hat direkt im Krankenhaus gestanden. Sogar unterschrieben hat er das Geständnis. Die rechte Hand hat er ja noch." Der Geschäftsführer lachte kurz auf. „Danach fing er an zu japsen und kollabierte. Um ein Haar wäre er verreckt. Was ihm nur Recht geschehen wäre. Wie kaltblütig muss jemand sein, der sich selbst für Geld verstümmelt!"

„Oder verzweifelt."

„Was sagen Sie da? Verzweifelt?"

„Ja, verzweifelt, sowas macht man doch nicht aus einer rationalen Überlegung heraus."

„Das glauben Sie doch selbst nicht. Selbst in Ihrem Kulturkreis macht man sowas doch nicht. Der Kerl hat sich vor der Verantwortung gedrückt. Und das nicht zum ersten Mal. Er hat seit Jahrzehnten eine Unsumme Geld verspielt und seine Familie mit dieser elenden Spielsucht ins Unglück gestürzt. Die arme Frau und die Kinder! Haben Sie daran mal gedacht? Sie kommen doch aus einem Land, wo die Familie angeblich im Vordergrund steht. Bei Ihnen wird doch andauernd über Ehre und Respekt geredet."

Der Geschäftsführer schlug mit der flachen Hand auf den Tisch. „Nein, keine Moral, der Harder. Ein Schwächling. Wir haben ihm heute gekündigt. So jemand gehört nicht in dieses Unternehmen."

Sadi sagte nichts. In seinem Kopf arbeitete es. Konnte jemand so abgebrüht sein und sich selbst verstümmeln, nachdem er vorher ausgerechnet hatte, wie viel er daran verdienen würde? Oder war es die Tat eines Mannes, der sich so vom Schicksal in die Enge getrieben fühlte, dass er nur noch diesen Weg gesehen hatte?

Der Geschäftsführer stand auf. „Ich will es kurz machen. Herr Sadi, gehen Sie jetzt bitte direkt in die Personalabteilung und lassen Sie sich Ihre Papiere geben. Wir kündigen auch Ihnen fristlos aus wichtigem Grund."

Sadi glaubte, nicht richtig zu hören. „Wie bitte? Sie wollen mir jetzt auch kündigen?"

„So ist es. Spielen Sie nicht den Unschuldsengel. Sie haben Detlef Harder Geld geliehen, damit er seiner Spielerei nachgehen konnte. Damit haben Sie seine Spielsucht unterstützt und sich mitschuldig an dem gemacht. Das ist schon ein starkes Stück!"

„Aber ich …"

Der andere winkte ungeduldig ab und redete weiter: „Ich bin noch nicht fertig. Aus diesem Grunde sind Sie – wie auch Herr Harder

– für uns als Mitarbeiter moralisch nicht mehr tragbar. Da wir aber Ihre mehr als achtjährige, bisher tadellose Betriebszugehörigkeit positiv berücksichtigen, erhalten Sie noch für den kommenden Monat Ihren Lohn. Ich hoffe, Sie wissen dieses Entgegenkommen zu schätzen. Weitere Ansprüche wären allerdings völlig unzulässig, entsprechend habe ich eine Verzichterklärung für Sie vorbereiten lassen, die Sie bitte gleich in der Personalabteilung unterschreiben werden."

„Ich habe doch nichts getan! Nur einem Kollegen etwas Geld geliehen! Ich habe ihm auch oft genug gesagt, dass er kein Händchen für Karten und Würfel hat, doch auf mich hörte er leider genauso wenig wie auf seine Frau!"

„Herr Sadi, ich habe Sie nicht rufen lassen, um mit Ihnen hier über Moral zu diskutieren."

Der Geschäftsführer stand auf und öffnete die Tür zum Flur. „Gehen Sie jetzt bitte sofort in die Personalabteilung. Dort erfahren Sie alles Weitere. Und vergessen Sie nicht, sich umgehend beim Arbeitsamt zu melden. Sie haben ja jetzt viel Zeit. Ich wünsche Ihnen viel Erfolg und alles Gute für Ihren weiteren Lebensweg. Guten Tag, Herr Sadi."

Sadi ging wie in Trance durch die Tür, dann über den Flur ins Personalbüro, erhielt dort in einem Umschlag seine Unterlagen und wurde dann vom Vorarbeiter zum Umkleideraum der Arbeiter begleitet. Der Libanese räumte traurig seine Sachen aus dem

Spind und der Vorarbeiter brachte ihn zum Tor. Er schüttelte ihm kurz die Hand und wies ihn darauf hin, dass er das Betriebsgelände nicht wieder betreten durfte, denn die Druckerei hatte ihm sofortiges Hausverbot erteilt.

„Nichts für ungut. Kannst ja nix dafür. Halt die Ohren steif, Kleiner."

Sadi war raus, einfach raus nach über acht Jahren.

Am nächsten Morgen fragte sich Hamid Sadi, ob er Detlef Harder im Krankenhaus besuchen sollte, entschied sich aber dann, doch lieber zur Arbeitsagentur zu gehen. Auf dem Weg dorthin kam ihm Britta Harder entgegen. Mit einem anderen Mann. Sie nickte ihm kurz zu. Sadi musste unwillkürlich lächeln und überlegte, ob er nicht vor dem Besuch in der Arbeitsagentur noch einen Kaffee trinken sollte. Den hatte er sich wirklich verdient.

Das Herz eines Boxers

Alfred Beisheim war immer ein harter Hund gewesen. Er wusste nicht, wie oft er am Boden gelegen hatte und wieder aufgestanden war. Und er hatte bald aufgehört zu zählen, wie oft seine Augenbrauen aufgeplatzt waren und wie oft sein Nasenbein zertrümmert worden war. Er hatte keine Erinnerung mehr, ab wann seine Ohrmuscheln sich in Blumenkohlohren verwandelt hatten und seine Knöchel dauerhaft verwachsen waren und bei jeder Bewegung knackten und schmerzten. Aber er konnte sich stets daran erinnern, wie er 1991 in der letzten Runde trotz eines Blutschleiers vor den Augen und eines Milzanrisses vom Ringboden wieder aufstand und mit einem unglaublichen Uppercut in London den Engländer Wilson Tiger ausgeknockt hatte. Die Sache mit dem Milzanriss war ihm natürlich in dem Moment nicht bewusst gewesen, das hatten die Ärzte später im Krankenhaus festgestellt. Doch die völlig zertrümmerte Nase und eine angerissene Ohrmuschel wären sicherlich für manchen anderen Boxer Anlass genug gewesen, sich in der 13. Runde nicht wieder zu erheben und auf den Trainer zu hören, der ohnehin im Begriff war, das Handtuch zu werfen. Doch für Alfred Beisheim, genannt *Iron-Freddie*, war das kein ernsthaftes Argument. Es ging schließlich um eine fette Börse von

400.000 britischen Pfund, damals über eine Million Mark. Als Verlierer wäre Freddie Beisheim zwar immerhin mit 20.000 Pfund nach Hause gegangen, doch das war natürlich nur ein lächerliches Trinkgeld. Er wollte die ganze Sieger-Börse und den Titel als Europameister. Und gern hätte er Wilson Tiger auch komplett den Schädel zu Brei geschlagen, denn der Brite hatte nicht nur ein großes Maul, sondern auch ein Faible für angeblich versehentliche Tiefschläge. Trotz Suspensorium hatte Freddie in einem früheren Kampf gegen Tiger einst einen Hoden verloren. Der Engländer war danach lange gesperrt gewesen, doch irgendwann stand er wieder im Ring und wurde sogar Europameister, während Freddie lange brauchte, bis er wieder zu alter Form auflief.

Dann aber bekam er 1991 in London diese Revanche und nahm Wilson Tiger in einem sensationellen Kampf den Europameistertitel ab. Der entscheidende Uppercut, so erzählten es sich noch Jahre später die Sportjournalisten, sei trotz des grölenden Publikums überall in der Halle deutlich zu hören gewesen. Ein trockenes Krachen, wie der Schuss aus einem Revolver. Danach verbrachte Wilson Tiger mehrere Stunden mit einem Bruch der Schädeldecke auf dem OP-Tisch im Charing Cross Hospital - während *Iron-Freddie* Beisheim es sich trotz fieser Leibschmerzen wegen des Milzanrisses nicht nehmen ließ, mit seinem Team und Sportreportern ausgelassen zu feiern. Erst am nächsten Tag ging auch er ins Krankenhaus, um sich kurz behandeln zu lassen. Und blieb dann zwei Wochen. Keine Stunde später hätte er kommen dürfen, sagten die Ärzte mit ernstem Gesicht, aber Freddie gab nicht viel auf Ärzte. Wenn er ihre Warnungen stets ernst genommen hätte, würde er vermutlich immer noch nach einer abgebrochenen Maurerlehre als Hilfsarbeiter auf dem Bau jobben – zwar mit intakten Ohrmuscheln und gerader Nase aber auch ohne Geld.

Der Kampf in London gegen Wilson sollte der Höhepunkt seiner Karriere bleiben, denn nach dem Weltmeistertitel griff Freddie Beisheim zwei Jahre später vergebens. Zwar kam 1993 ein Kampf in Durban gegen einen großartigen schwarzen Südafrikaner namens Spencer Wittman zustande, doch nicht nach den Bestimmungen des führenden Weltverbandes, sondern irgendeines anderen Reglements. Beisheim hasste diese ganzen konkurrierenden Verbände, nie war man sich sicher, wer eigentlich mit welchem Recht welchen Titel trug. Und ausgerechnet dieser, sein einziger Weltmeisterkampf, zählte plötzlich nicht.

Er hatte nach neun Runden Spencer Wittman gnadenlos zu Boden geschickt, obwohl der Kontrahent ein wahres Dampfhammer-Gewitter auf Freddies Schädel hatte niederprasseln lassen. Doch wie beim Fight gegen Wilson Tiger war er – schon angezählt – wieder aufgestanden und hatte einen seiner berüchtigten Uppercuts im Gesicht von Wittman gelandet. Wittmans Kiefer krachte wie einst der von Wilson Tiger und er plumpste wie ein nasser Sack zu Boden. Freddie jubelte, allerdings nur drei Tage, dann war ihm der Titel aberkannt worden. Er und Wittman wurden beide für ein Jahr gesperrt. Spencer Wittman war ein fairer Gegner, er schickte Freddie später seine Handschuhe mit der Widmung „Made for Iron-Freddie – The King of Boxing" und sie freundeten sich flüchtig an, doch die Entfernung zwischen beiden ließ nur selten ein Treffen zu. Ein paar Fotos in der Zeitung, der Vergleich mit Max Schmeling und Joe Louis, etwas Werbung für die Whisky-Marke Black & White, das war's dann eigentlich auch schon. Spencer Wittman ging in Durban ins Immobiliengeschäft – und Freddie Beisheim wieder zurück ins Milieu, aus dem er einst als kleiner Junge gekommen war.

Sein zweites Leben begann in einer nicht besonders vornehmen Gegend mit einer Boxschule, die er aus der Siegbörse des Kampfes gegen Wilson Tiger finanzierte. Mit großem Behagen las er eines Tages, dass Tiger schwer an Parkinson erkrankt war und nur noch kopfwackelnd durch Talkshows tingelte. Das wollte er sich ersparen. Freddie war älter geworden und die Ärzte hatten ihm geraten, seinen vielgeprügelten Leib lieber aus dem Ring zu nehmen. Bekanntlich gab er wenig auf Ärzte, doch er war nicht nur älter, sondern auch klüger geworden. Vor allen Dingen sein Kopf hatte in den vielen Jahren des Profi-Boxens so einiges einstecken müssen und er hatte keine Lust, auch eines Tages rund um die Uhr so idiotisch herum zu wackeln wie Wilson Tiger. Er bestritt hin und wieder noch einen harmlosen Schaukampf, aber die großen und gefährlichen Fights ließ er vorsichtshalber sausen. Immerhin, er war als ungeschlagener Europameister im Schwergewicht aus dem Profiboxen ausgeschieden. Den Ruhm konnte ihm niemand mehr streitig machen.

Freddie lud die Gegner von einst zur feierlichen Eröffnung seiner Boxschule ein, Spencer Wittman kam aus Südafrika, sogar Wilson Tiger reiste mit seinem Manager aus London an. Mit viel Tamtam wurde die Schule eröffnet, alles, was Rang und Namen hatte, war dabei. Auch der Bürgermeister erschien, was aber vermutlich daran lag, dass er keine Party ausließ, um sich mit Prominenten zu zeigen und sich später an den Bildern in den Boulevard-Magazinen zu ergötzen. Er stieg mit Freddie Beisheim in den Ring und beide tauschten ein paar höfliche unbeholfene Schläge für die Presse aus. Natürlich ließ Freddie ihn gewinnen und mimte theatralisch einen K.O. Später schob er dann den lädierten Wilson Tiger im Rollstuhl vor die Fernsehkameras, tätschelte gönnerhaft dessen Schultern und machte mit Wittman hinter dem Rücken des einstigen Gegners stehend das Victory-Zeichen während Wilson munter mit dem Kopf wackelte, grinste und ihm ein Speichelfaden aus dem Mundwinkel lief. Eine bescheidene Genugtuung für den fehlenden Hoden, dachte Freddie grimmig.

Doch Freddies alter Ruhm war verblasst. Die Typen, die in seine Boxschule kamen, waren weniger am Sport als an Prügeleien auf der Straße interessiert. Die Besuche von Prominenten wurden seltener, dafür stieg die Zahl monströser Autos mit übergroßen Reifen auf dem Parkplatz. Freddie war das egal. Mit seinem letzten Geld aus der Börse gegen Wilson Tiger baute er die Räume in einem Hinterhof weiter aus und installierte zusätzlich eine Nachtbar, der er den sinnigen Namen *Faustpfand* gab. Eigentlich hätte er keine Konzession bekommen dürfen, doch Freunde in der Lokalpolitik setzten sich für Freddie ein, schließlich war er ein – wenn auch etwas herunter und in die Jahre gekommenes – Idol. Er feierte rauschende Feste mit seinen Freunden, die Bordelle oder Spielhallen betrieben und bildete ihre Türsteher-Brigaden aus. Bald war seine Boxschule ein angesagter Treffpunkt für Zuhälter, Türsteher, Schläger und anderes zwielichtiges Volk, manchmal ergänzt durch Polizeibeamte, die nach Feierabend hier Bier tranken, in den Ring stiegen und dort gegen die Typen antraten, die sie eigentlich im Auge behalten sollten. Hin und wieder kamen auch noch ein paar Prominente oder zumindest solche, die sich dafür hielten, Reporter, Schauspieler mit jungen Mädchen, Fußballer aus der zweiten Liga und der eine oder andere erfolglose Abgeordnete. Sie erfreuten sich an seinen alten Geschichten aus der Boxerzeit und ließen sich gern für die übergroße Fotowand mit den ungezählten Bildern ablichten, die alle irgendwelche Leute mit einem stets grinsenden und gut gelaunten Freddie zeigten, der immer einen Gin Tonic oder eine Zigarre in der Hand hielt.

Ziemlich bald tauchte dann auch Horst Özkan auf, Spross einer deutsch-türkischen Beziehung, der von seinem Vater das gute Aussehen und von seiner Mutter den ausgeprägten Geschäftssinn geerbt hatte. Die Eltern führten den ältesten Kebab-Imbiss der Stadt und entsprechend wurde der Sohn wenig originell *Kebab-Hotte* genannt. Özkan war Sport-Promoter, außerdem gehörte ihm das *Big Bamboo*, eine riesige Diskothek in den Katakomben des Hauptbahnhofs. Freddie und Horst Özkan verstanden sich auf Anhieb. Der elegante Promoter und der ruppige Boxer wurden rasch Freunde. Kebab-Hotte war liebenswürdig und charmant, ein gern gesehener Gast auf allen Partys der Stadt, er unterstützte soziale Projekte und ging dafür beim Bürgermeister ein und aus. Er wurde regelmäßiger Besucher in Freddies Boxschule, trainierte zweimal in der Woche und saß anschließend im Bistro, schlürfte Energy-Drinks oder Eiweiß-Shakes. Gern kamen auch seine Freunde mit, die wie er stets gut gekleidet waren, schwere Autos fuhren und alle Freundinnen im Alter ihrer Töchter hatten. Freddie setzte sich oft dazu, man plauderte über Urlaub, Motorräder, Heavy Metall-Bands und Eigentumswohnungen auf Mallorca. Eine nette Truppe schwerer Jungs, die sich aber immer anständig benahm, ihre Barrechnungen korrekt bezahlten und nie versuchte, ihre krummen Geschäfte hier bei Freddie abzuwickeln.

Özkan hatte viele Freunde und Geschäftspartner – dazu gehörte auch Birgit Kramer – oder *Sweet Biggi*, wie die Boulevardpresse sie nannte. Biggi hatte eine kleine aber feine Künstleragentur. Sie organisierte mit Özkan hin und wieder Events für die Mitglieder der High-Society oder zumindest für alle, die sich dafür hielten. Sie war von einem Bauunternehmer erfolgreich geschieden worden und hatte von ihm eine wirklich schöne Abfindung erhalten, bevor ein Finanzskandal den Exmann zwei Jahre in Haft gebracht hatte, in der er plötzlich verstarb. Ihr nächster Mann war dann der Besitzer eines großen Autohauses gewesen, der bei einer Schießerei auf dem Kiez ums Leben gekommen war, als er völlig betrunken eine Bar verlassen hatte. Wieder kam Biggi zu Geld und betrauerte den nächsten Mann. Fortan sah man sie immer wieder in Begleitung von Horst Özkan, der ein Faible für Blondinen und vor allen Dingen gesellschaftliche Kontakte hatte. Manche Klatschreporter munkelten, Özkan würde ihr nächster Mann werden, doch dazu war es bisher nicht gekommen. Kebab-Hotte vermischte ungern Privates und Geschäftliches.

Als Freddie Beisheim Sweet Biggi das erste Mal bei einer Sportgala sah, war es um ihn geschehen. Sie war zwar bereits Anfang vierzig, hatte aber die Figur einer 20-Jährigen. Der angeheiterte Bürgermeister trank zu vorgerückter Stunde aus Biggis Pumps Champagner und Freddie sah ihre entzückenden Füße mit den rot lackierten Nägeln und vor allen Dingen ihre langen Beine, als sie den Schuh auszog und dafür das Kleid kokett ein Stück in die Höhe raffte. Er löste sich aus einem alkoholgeschwängerten Smalltalk mit einigen anderen Ex-Boxern, die mit schwerer Zunge über die verlorenen Kämpfe von Henry Maske diskutierten, schob die Fotografen zur Seite und hielt Biggis Hand, während der Bürgermeister den Schuh mit Schampus füllte und sie lachend auf einem Bein balancierte.

Noch in derselben Nacht lag er auf der gigantischen Spielwiese ihres Schlafzimmers in einem Penthouse über den Dächern der Stadt. Sie blieb Siegerin nach Punkten und fortan waren Freddie und Biggi ein Paar, dessen regelmäßige Ausflüge ins Nachtleben gern von der Boulevardpresse begleitet wurden.

Ein paar Monate später heirateten sie mit pompösem Aufwand und Horst Özkan, Stifter dieser Ehe, war Trauzeuge. Der vierschrötige Boxer mit den Narben und die attraktive Blondine schafften es immer wieder auf die Titelseiten der Yellow-Press. Sie feierten in den Clubs und Bars von Freddies Freunden, scherten sich einen Dreck um deren Verbindung zur Unterwelt und auch die Leser interessierte das nicht. Freddie ließ man alles durchgehen, er war ein Junge der Stadt und hatte das Herz am rechten Fleck. Horst Özkan war mit seinen vielen wechselnden Freundinnen oft dabei – und an einem dieser Abende entstand die Idee zu einem letzten großen Fight mit Freddie, einem „sportlichen Megaevent", wie Özkan es nannte. Özkan hatte seine gerade aktuelle Begleiterin – angeblich ein erst 19-jähriges Model aus Slowenien

– in einer Taxe nach Hause geschickt und saß noch mit Freddie und Sweet Biggi in irgendeiner inzwischen ziemlich leeren Nachtbar in der Innenstadt. Er war leicht beschwipst und sehr guter Laune.

„Es fehlt noch der Schlussstein deiner Karriere. Die Krönung deines Boxer-Lebens! Da müssen wir ran, ganz schnell, sage ich dir!" Er nippte an seinem Martini. „Der ganz große finale Fight, dein persönliches *Rumble in the Jungle*."

„Vergiss es, Hotte", sagte Freddie, der den vierten Gin Tonic in Arbeit hatte, „ich bin nicht der junge Muhammad Ali und schon viel zu lange raus. Die kloppen mich zu Matsch. Darauf bin ich nicht scharf."

„Alter, keine Angst, wir versichern vorher deine hübschen Ohren und das kleine zarte Näschen ganz hoch. Dann bist du richtig reich, wenn da jemand drauf kloppen sollte." Özkan lachte und knuffte ihn in die Seite.

„Du bist ein echtes Arschloch." Freddie unterdrückte halbherzig einen derben Rülpser. „Mit der Idee kommst du leider 25 Jahre zu spät."

Özkan wiegte den Kopf hin und her. „Im Ernst. Man müsste mal sehen, wen wir als Gegner bekommen. Wenn der richtige Mann gegen dich antritt, könnte es ein echtes Highlight werden. Ich kenne da ein paar Jungs vom Fernsehen, die sollen den Fight live übertragen."

Freddie brummte. „Ach, diese blöden Fernseh-Heinis kenne ich doch auch. Den Waldi, den Ulli, den Rudi und diese ganzen anderen Typen. Mit denen war ich oft genug was trinken oder in der Sportschau. Und hinterher wollten die immer auf meine Kosten in irgendeinen Puff oder sich gepflegt volllaufen lassen. Nee, nee, Hotte, nix für ungut. Lass mich mal weiter meine kleine Boxbude machen, das kann ich noch am besten. Fernsehen ist nix mehr für mich."

„Freddie", schnurrte Biggi, „Freddie, das würde ich so gern sehen: Du wie früher mit freiem Oberkörper im Boxring. Mit deinen tollen Muskeln und der starken Brust. Mein starker Mann! Mein tapferer Held!"

„Ach Biggi, Du kennst doch die ganzen alten Aufnahmen, das haben wir alles auf DVD. Kannst du jeden Abend gucken, wenn's dich juckt, Süße."

„Nein, ich will dich mal live sehen! Welche Frau hat schon so einen berühmten und starken Ehemann!"

Freddie schüttelte lächelnd den Kopf. „Mausi, ich bin dieses Jahr 50 geworden, da steigt man nicht mehr mal so eben in den Ring. Es sei denn, man will sich die Fresse noch mal so richtig zerkloppen lassen. Darauf bin ich nicht scharf. Ich will keine Visage wie Frankensteins Sohn."

Nachdenklich kratzte er sich an seiner knorpeligen Nase, die einen ziemlich starken Linksdrall hatte. „Aber es geht auch noch `ne

Nummer schlimmer als Frankenstein. Du erinnerst dich an Greg Page, Hotte? Ich will nicht enden wie er. Davor hätte ich echt Schiss."

„Nie gehört, den Namen. Wer ist denn dieser Greg Page?", fragte Biggi und sah ihn fragend unter ihren langen Wimpern an. „Ein früherer Freund von dir?"

„Kollege trifft es wohl etwas besser. Amerikaner, war mal Schwergewichtsweltmeister. Er kriegte so dermaßen die Fresse voll, dass er davon später einen Schlaganfall bekam. Sein Hirn war völlig im Eimer. Er laberte nur noch Schwachsinn, sabberte alles voll und sah richtig beschissen aus – wie durch den Fleischwolf gedreht. Irgendwann gab er dann so richtig elendig den Löffel ab. Mit gerade mal 50 Jahren. Habt ihr gehört? Mit 50! So alt wie ich jetzt bin." Er schüttelte den Kopf. „Nee, Freunde, auf so 'nen Abgang wie Greg Page habe ich keine Lust."

Horst Özkan lächelte. „Ich kenne die Geschichte. Ja, das war schon traurig. Aber Freddie, das war doch wirklich viel Pech bei Page. Sowas passiert nur einmal in hundert Jahren. Und wenn ein Kampf richtig korrekt geplant ist, bleibt das Risiko doch überschaubar! Das muss ich dir als Profi doch nicht erzählen."

Freddie grunzte. „Geht so. Das denkt ihr euch als Zuschauer immer. Diskreter kleiner Smalltalk zwischen den Managern. Aber so richtig planen, wie du wohl denkst, ist schwer und gar nicht mein Ding. Ich bin ein ehrlicher Fighter. Ich will kein Fallobst und war auch nie selbst welches. Absprachen sind unsportlich. Bei anständigen Jungs geht's immer hart und ehrlich zur Sache. Ich sage deshalb: Finger weg von den Handschuhen."

Özkan winkte ab. „Bleib locker. Wir reden ja nur von einem einzigen Kampf! Ein einziges letztes Mal!"

„Ein einziger Kampf ist auch ein Kampf."

„Weißt du, ich kenne die wirklich wichtigen Leute beim Fernsehen, nicht diese Knalltüten von Moderatoren wie den Waldi, den Ulli, den Rudi und die anderen Trottel. Ich mache dir das Ding beim ZDF oder bei RTL klar. Alter, da geht so richtig was ab! Glaub mir, wir kriegen das hin."

„Und gegen wen soll ich da antreten, du blöder Komiker? Stefan Raab? Oder Regina Halmich?" Freddie rümpfte die knollige Nase. „Das ist doch alles Käse, Hotte. Nochmal: Ich bin 50 Jahre alt und bin vor über 14 Jahren aus dem Ring gestiegen. Meint ihr, das wäre nicht ohne Folgen geblieben?" Er griff in seinen Bauch. „Da, alles Fett. Trotz viel Training. Wenn du als Sportler alt wirst, kommt das Fett, glaubt mir, das ist so. Und das Zeug ist hartnäckiger als das Finanzamt. Nee, nee, ich bin doch altes Eisen. Wenn du echt starke Fighter brauchst, schau bei den Jungs, die in meiner Bude trainieren. Da sind einige richtige Bullen dabei, die Blut sehen wollen und groß rauskommen möchten."

Biggi legte eine Hand auf seinen Bizeps: „Schatz, du bist doch selbst immer so stark!" Ihre Hand rutschte zwischen seine Beine.

„Überall. So mächtig und stark. Auch wenn ein klitzekleines Teilchen fehlt." Sie zog die Hand lächelnd wieder weg und kraulte sein am Hinterkopf dünner werdendes Haar.

Freddie brummte unwirsch und nippte an seinem Gin Tonic. Sein Kopf machte sich bemerkbar. Seit ein paar Jahren dröhnte ihm immer wieder der Schädel, wenn er trank.

Özkan lachte. „Wir machen dich wieder richtig flott. Der letzte große Kampf von Fred Beisheim. *Iron-Freddie!* Die Legende von der eisernen Faust kehrt in den Ring zurück! Das wäre das Sportereignis des Jahrhunderts! Wir nehmen am besten direkt die Olympia-Arena, da gehen 20.000 Leute rein! Ich mache mich morgen direkt mal schlau, was der Spaß so kosten würde."

„Schwachsinn", sagte Freddie, „Wer soll denn da alles hin kommen? 20.000 Zuschauer, du hast wirklich ´ne Meise, Hotte." Insgeheim aber fand er den Gedanken, noch einmal in den Ring zu steigen, plötzlich gar nicht mehr so schlecht. Er sah im Geiste jubelnde Menschen, spürte das so lange vermisste Gefühl eines Sieges. Meinte Özkan das ernst mit dieser Riesenhalle?

Freddie überlegte und nuckelte an seinem Glas. Vielleicht war tatsächlich an dem Plan was dran. Man könnte einen harmlosen Showkampf arrangieren, er würde ein paar Monate hart trainieren und hätte endlich mal einen Grund, weniger zu trinken. Vor allen Dingen wäre er finanziell wieder flüssig, denn seine Boxschule war seit ein paar Monaten in Schieflage geraten. Seine und Biggis teure

Wohnung, die beiden Autos, die Harley Davidson – das alles kostete viel Geld. Lange würde er auch Biggi nicht mehr mit teuren Klamotten und Schmuck verwöhnen können. Ein paar Mal hatte es schon einen Streit über Geld gegeben, bei dem er sie von einer ganz anderen Seite kennen gelernt hatte. Es musste etwas passieren, sonst war er in spätestens einem halben Jahr blank. Vermutlich schwirrte Biggi dann ab und hängt sich womöglich an Özkan. Dann wäre er allein, pleite und würde sich alt und nutzlos fühlen. Er musste in Ruhe nachdenken, ob der Plan trotz seiner nicht so berauschenden Gesundheit eine Lösung sein könnte.

„He, bist du noch da? Aufwachen! Also, wie sieht's aus, Freddie?" Özkan stupste ihn lächelnd an. „Das wäre ein Riesending. Wir würden richtig Kohle machen, wir drei."

„Weiß noch nicht. Vielleicht ja, vielleicht nein." Er winkte dem Barmann. „Jetzt will ich noch einen Gin Tonic und dann ab nach Hause. Muss in Ruhe mal darüber bei einer Zigarre nachdenken."

Am nächsten Abend saß Fred Beisheim lange im Büro seiner Boxschule und arbeitete bei mehreren Gin Tonic die Abrechnungen des vergangenen Monats durch, die seine Sekretärin gemacht hatte. Es sah nicht besonders gut aus. Das vergangene Quartal war eine einzige Pleite gewesen. Wären da nicht die Amphetamine, die unter der Hand gut weggingen, hätte Freddie längst den Laden schließen müssen. Boxen war als Breitensport schon lange nicht mehr in – nur im Fernsehen und bei den Kiezgrößen galt ein Boxer noch etwas. Wer aber den Sport ernsthaft betrieb, hatte schlechte Karten. Freddie hatte zwar eine Mixed-Martial-Arts Gruppe ins Leben gerufen, doch Käfigkämpfe zogen nicht gut. Zwei Turniere hatte er mit Özkan organisiert, aber dabei hatte die Stadt Ärger wegen der großzügigen Regeln gemacht und irgendwelche Gesundheitsfreaks wollten mit einer Demo sogar die Veranstaltungen verhindern. Es gab eine Schlägerei mit ein paar Spinnern, die ein Transparent mit der Aufschrift „Käfigkämpfe sind Menschenverachtung" über der Eingangstür der Boxschule montieren wollten. Einige Käfigkämpfer landeten anschließend auf dem Polizeirevier, wo die Beamten gleich drei einbuchteten, die im wahren Leben gesucht wurden.

Eine teure PR-Agentur bog Freddies ramponierten Ruf mühsam wieder hin und er verbrauchte seinen letzten gesellschaftlichen Kredit beim Innensenator. Es dauerte Monate, den Politiker mit ein paar Einladungen in eine verschwiegene Sauna wieder für sich zu gewinnen.

Nein, Freddie musste etwas Besseres einfallen. Vielleicht war Özkans Idee mit dem Schaukampf tatsächlich gar nicht so schlecht. Natürlich müsste es um eine richtig fette Börse gehen, damit ordentlich was für ihn heraussprang. Und wenn Kebab-Hotte mit seinen Verbindungen zu den Wettbüros, den offiziellen und den inoffiziellen, noch etwas nachlegte, könnte auch dort so mancher schöne Euro hängenbleiben. Freddie mischte sich einen neuen Gin Tonic und sah auf die Flasche, die bereits zur Hälfe leer war. Schon wieder eine Heimfahrt unter Alkohol. Bereits zweimal war er den Führerschein losgeworden. Vielleicht sollte er nicht mit dem auffälligen *Thunderbird* nach Hause fahren, der Wagen zog Polizisten an wie ein Kuhfladen die Schmeißfliegen. Er rülpste abwesend und kratzte sich im Schritt an seinem verbliebenen Hoden. Seine Kopfhaut kribbelte. Gleich würden vermutlich wieder die dämlichen Kopfschmerzen anfangen. Auf dem Schreibtisch lagen seine Migränetabletten. Er nahm zwei und spülte sie mit dem letzten Gin hinunter. Dann löschte er das Licht und ging auf den Parkplatz.

Der *Thunderbird* schien ihn im Licht der Straßenlaternen hinterhältig anzugrinsen. Freddie ging auf das Auto zu. „Scheißkerl", brummte er, „mach dich nur lustig." Er trat gegen die Stoßstange und trollte sich dann Richtung Straße auf der Suche nach einem Taxi. Als keines kam, beschloss er, zu Fuß zu gehen.

Die Kopfschmerzen ließen in der kühlen Abendluft langsam nach. Er atmete ein paar Mal kräftig durch. Das beruhigte. Er schüttelte Arme und Beine. Es war eine gute Idee gewesen, zu Fuß zu gehen.

Ganz früher hatte er alles zu Fuß erledigt – die Einkäufe für seine Mutter, den Weg zur Schule, auf die Baustellen und ins Boxzentrum. Außerdem war er im Training jeden Tag mehrere Kilometer gelaufen. Aber das war lange her. Er war längst kein Maurerlehrling mehr und seine Mutter lebte seit Jahren in einem Heim.

Freddie begann leicht zu tänzeln. Hin und wieder teilte er Luftschläge gegen Laternenpfähle und Litfaßsäulen aus. Je länger er lief, desto besser ging es ihm. Er fühlte sich großartig, fit wie schon lange nicht mehr. Offensichtlich war Gin kombiniert mit kalter Luft ein gutes Mittel gegen Kopfschmerzen. Munter lief er die Hauptstraße hinab, bog in eine Nebenstraße ein.

Plötzlich traten aus einer Toreinfahrt einige vermummte Gestalten und stellten sich ihm in den Weg.

„He, Alter, hier kannste nich so einfach durch", sagte eine der Gestalten mit lauerndem Unterton, „das is 'n Privatweg."

Freddie blieb stehen, kniff die Augen zusammen und blinzelte in die Dunkelheit. „Was? Seit wann denn das? Wer sagt das?"

„Ich", sagte die finstere Gestalt, deren Gesicht im Dunkel eines Kapuzenpullovers lag, „ich sage das, Alter. Das ist ein Privatweg. Denn hier ist unsere Hood."

„Eure was?"

„Unsere Hood, Arschloch. Hast du was mit den Ohren, alter Mann? Hier ist unsere Hood!"

Freddies Augen wurden schmale Schlitze und er rülpste vernehmlich. Es schmeckte nach Gin Tonic und kratzte etwas bitter im Hals. „Was das auch immer ist, zu mir sagt keiner Arschloch, du Pimpf. Steck dir deine Hutt in den Hintern."

„Ich was? Pimpf?" Die Gestalt sah ihn jetzt ratlos an. Die anderen gruppierten sich unauffällig um Freddie, der es jedoch aus den Augenwinkeln sah. „Was ist das, ein Pimpf?", fragte die Gestalt.

„Eine kleine Filzlaus wie du. Verpisst Euch, aber zackig sonst gibt's hier was auf die Glocke!"

Der Bursche ließ ein Messer aufschnappen. „Du redest totalen Scheiß. Weißt du was? Ich schneid dir die Nase ab, du Opfer. Dann regnet es in deine verkackte Birne rein."

Die anderen dunklen Gestalten lachten hässlich und kamen jetzt immer näher.

Aber Freddie lachte auch. „Großartig! Mit dem popeligen Brotmesser bist du wohl so ein richtig harter Junge, was? Haste das deiner Mutti weggenommen?"

Der mit dem Messer hörte auf zu lachen. „Ich stech` dich ab, Alter! Ich mach dich sofort alle, wenn ich will, kapiert?"

Freddie lachte immer weiter – und während er noch herzlich lachte, landete er ganz plötzlich eine wunderbare knallharte Gerade ins Sonnengeflecht des Burschen. Der klappte zusammen wie ein Taschenmesser und japste laut nach Luft. Die anderen stürzten sich sofort auf Freddie. Doch der hatte damit gerechnet und war bereit. Unzählige Schlägereien auf dem Kiez – mal mit, mal ohne Messer – hatten ihn jahrzehntelang trainiert. Ihm machte kaum einer was in Sachen Gewalt vor, erst recht nicht diese lächerlichen Penner mit den albernen Kapuzenpullovern.

Zwei weitere von ihnen streckte er in Sekundenbruchteilen nieder, einen mit seinem einst gefürchteten Uppercut, der dem armen Kerl den Unterkiefer mit lautem Knacken spaltete und dessen Zähne in einem surrealen Muster auf dem Bürgersteig verteilte, einen weiteren mit einem teuflischen Leberhaken. Gurgelnd ging der zu Boden und kotzte sich die Seele aus dem Leib. Die beiden verbliebenen unversehrten Gestalten stoben auseinander und gingen auf Distanz zu ihren drei am Boden liegenden röchelnden Kumpanen. Irgendwo ging Licht in einem Haus an und einige Leute sahen interessiert aus dem Fenster.

„Na los, ihr Dreckspenner, kommt doch her!" Freddie stand schwer atmend in Auslage. „Bei Gott, ich dreh euch Sackratten alle durch den Fleischwolf! Ich mache euch Gesichter wie Greg Page eins hatte!"

„He, Alter, mach keinen Scheiß. Alles cool, kein Stress!"

Die Burschen, die unverletzt geblieben waren, waren hin und her gerissen zwischen Beistand für ihre Kumpane – und einer schnellen Flucht. Letzteres war wohl die wahrscheinlich bessere Variante.

„Ich geb' euch gleich Stress – ich breche euch alle Knochen!"

Freddie fühlte sich großartig. Drei Gegner in drei Sekunden zu Boden geschickt, das war Rekord, auch wenn die Burschen ziemlich schmächtig waren. Er hatte Lust, die elenden kleinen Würstchen völlig zu Brei zu kloppen.

Waren das nicht genau diese Jugendlichen, die ganze Viertel mit ihren Gangs terrorisierten und vor denen selbst die Polizei Angst hatte? Freddie spuckte verächtlich aus. „Na, was ist? Jetzt habt ihr die Hosen richtig voll, ihr Penner, was?"

Einer der Burschen, der am Boden lag, versuchte sich aufzurappeln. Freddie sah es und trat ihm mit dem Fuß grob ins Gesicht. „Bleib liegen, Mistfliege, du bist ausgezählt!" Ein Stöhnen folgte und der Getretene krümmte sich vor Schmerzen. Erstaunlicherweise gelang es ihm, noch weitere Zähne auszuspucken.

Die beiden in sicherer Entfernung tuschelten. Dann sahen sie ängstlich wieder zu Freddie.

„Was gibt's da zu quatschen? Kämpft!", brüllte der und stieß erneut von seinem Gin auf. Er rülpste laut und musste lachen. „Ich bin voll angesoffen und ihr zittert um euer scheißkleines Leben? Ihr seid immer noch in der Überzahl! Habt ihr gar keine Ehre im Leib?"

„Sag nix gegen meine Ehre!", rief einer der Burschen halbherzig, „sonst stech ich dich ab!" Er fummelte jetzt auch ein Messer heraus, hielt sich aber außerhalb der Reichweite von Freddies Fäusten. Seine Hand mit dem Messer zitterte.

„Ich steck dir dein Messer in den Arsch, dann kannst du in Scheiben kacken!" Freddie lachte über seinen schlechten Witz.

Der andere Bursche wiegelte ab und schob seinen Kumpel mit dem Messer zur Seite. „Alter, wer bist du? Was machst du da mit

86

meinem Bruder?" Er zeigte auf einen der am Boden liegenden Typen. „Du hast ihn krass alle gemacht! Bist du der Killer-Opa oder was? Kein Stress, Mann! Ich will nur zu meinem Bruder."

„Hol ihn dir doch, deinen Bruder, diesen kleinen Scheißer! Du weißt wohl nicht, wer ich bin, was?"

Freddie wieherte vor Vergnügen und tänzelte locker auf dem Bürgersteig hin und her.

„Mein Bruder ist kein Scheißer! Respekt, Mann, ich will nur etwas Respekt!"

„Du Quatscher. Hattest du mir gegenüber Respekt, als dein Kumpel mich anpöbelte? Ich gebe dir deinen Respekt, komm her. So viel Respekt wie du willst!"

„Ich kenn dich nicht, Mann. Was willst du? Wer bist du?"

„Ich bin Freddie Beisheim, ihr blöden kleinen Stricher. Vizeweltmeister im Superschwergewicht. Ungeschlagener Europameister. Und wenn ihr jetzt kämpfen wollt wie Männer, dann kommt her!"

„Freddie!" grölte plötzlich eine Stimme aus einem der Fenster, „Freddie, mach sie platt, die Wichser!"

„Ja, schlag ihnen die Schädel ein, mach's wie damals im Fight gegen Wilson Tiger, hau sie zu Brei!", rief jemand anders in die Nacht.

Überall hingen nun Menschen aus den Fenstern, die wohl schon eine ganze Weile das Geschehen beobachtet hatten. Die Burschen in ihren Kapuzenpullovern sahen sich ängstlich um, denn aus dem nächsten Hauseingang traten mehrere Leute und bildeten einen Ring um sie.

Immer mehr Fenster und Türen gingen auf und immer mehr Menschen kamen auf die Straße.

„Los Freddie, töte die Bastarde!", brüllte jemand mit überschnappender Stimme aus der Menge.

„Die machen das ganze Viertel kaputt mit ihrer Gang!"

„Aber wir wollen einen langen Kampf sehen! Einen nach dem anderen, mach einen nach dem anderen von den Dreckskerlen alle!", rief der nächste Zaungast in die Nacht. Beifall wurde geklatscht.

„Brich ihnen jeden Finger, damit die nie wieder unsere Töchter angrapschen!", kreischte eine Frauenstimme.

Die Blitze von Kameras flammten auf, Handys wurden auf Freddie gerichtet und immer mehr Menschen applaudierten. Freddie hob beide Arme in die Höhe und grinste über das ganze Gesicht. Was für eine Nacht! Seit Monaten fühlte er sich endlich wieder richtig gut.

„Bitte!" Die finsteren Burschen waren plötzlich gar nicht mehr finster, denn sie nahmen zitternd ihre Kapuzen ab und darunter kamen Milchgesichter mit albernen langen Bärten zum Vorschein. Der eine ließ sein Messer fallen und fing an zu jammern. „Bitte nix tun, Herr Beisheim!"

Aber ein vierschrötiger Mann schubste sie grob in die Richtung von Freddies Fäusten. „Hört auf mit dem Gejammer, ihr Ratten!"

Sie stolperten Freddie direkt vor die Füße und fingen plötzlich vor Angst kläglich an zu heulen.

„Na los, ihr sollt kämpfen! Ihr Weicheier!", brüllte der Vierschrötige. „Ich mache den Ringrichter. Alte Leute und Kinder bedrohen, das könnt ihr – aber jetzt habt ihr Schiss! Ihr sollt boxen, habe ich gesagt!" Er schlug einem der Jungen brutal in den Nacken.

Freddie war unschlüssig. Sollte er die heulenden Jungs auch noch zu Boden strecken wie ihre Kumpane? Er ging erstmal wieder in Auslage. Doch bevor er eine Entscheidung treffen musste, flackerte plötzlich überall Blaulicht auf. Einige Streifenwagen hielten und die Polizei beendete unter dem wütenden Protest der Anwohner Freddies ersten richtigen Kampf nach über 15 Jahren Pause. Die Schläger wurden zum Polizeipräsidium gebracht. Freddie schüttelte Unmengen Hände und setzte dann unter Beifall seinen Weg fort als wenn nichts gewesen wäre.

Zuhause mixte er sich einen besonders großzügigen Gin Tonic und gönnte sich eine gute Zigarre. Dann rief er Biggi an, die sofort mit einem Taxi kam – und den Chefreporter einer Boulevard-Zeitung mitbrachte.

Zwei Stunden später ging die Story über Freddies Kampf online.

Iron-Freddie säubert den Kiez
Der Champ räumt mit den Gangs auf

lautete die Schlagzeile und natürlich war es dem findigen Chefreporter des Boulevardblattes auch gelungen, das Handyvideo eines Zeugen des Kampfes für ein paar Scheine auf dem Kiez aufzutreiben.

Unter dem viel versprechenden Titel

Der härteste Kampf seit dem Fight gegen Wilson Tiger

wurde es online sofort ein Renner. In der gedruckten Ausgabe dann ein großes Interview mit Freddie – und da verkündete er tatsächlich, bald wieder in den Ring zurückzukehren.

Das Comeback der eisernen Faust:
Beisheim will jetzt Blut sehen.

Freddie las das alles mit großem Genuss beim Frühstück und fuhr dann gut gelaunt in die Boxschule, vor der eine Horde Halbstarker Einlass begehrte, um mit ihm, dem Meister, zu trainieren.

Ein paar Tage später erhielt er aus der Hand des Bürgermeisters bei einer Feierstunde im Rathaus die goldene Verdienstmedaille für sein Engagement bei der Bekämpfung der Jugendkriminalität. Freddie nahm die Auszeichnung stolz mit breitem Grinsen in einem Blitzlichtgewitter entgegen – doch nur, um sie dann später nach unzähligen Gin Tonic auf dem Klo in irgendeiner schäbigen Bar zu verbummeln.

Am nächsten Wochenende saß Freddie wieder mit Horst Özkan zusammen. Er war jetzt soweit. Es ging um die Details für den großen Kampf.

„Hotte, du weißt, ich bin bereit", sagte Freddie, „aber ich brauche noch etwas Zeit. Das geht nicht von heute auf morgen. Ich muss trainieren, fit werden, alle möglichen ärztlichen Tests machen."

„Na klar, mein Alter. Schließlich soll es der Kampf des Jahrhunderts werden. Ich bin mit Wilson Tigers Management im Gespräch. Wir wiederholen den Kampf von damals!"

„Was?" Freddie dachte, er habe sich verhört. „Sagtest du Wilson Tiger? Das sabbernde Arschloch?"

Özkan grinste breit. „Da staunst du was? Der ist wieder da!"

„Das glaube ich nicht! Der Schweinehund hat doch Parkinson. Ich habe ihn selbst im Rollstuhl rumgefahren, damals als ich meine Boxbude aufgemacht habe."

„Von wegen Rollstuhl. Wilson ist wieder fit. Sie haben ihn operiert und mit einem neuen Medikament behandelt, drei Jahre lang. Der Kerl ist verdammt munter, sage ich dir."

„Hotte!", Freddie Beisheim schüttelte den Kopf, „nein, nicht Tiger. Der ist doch noch mal zwei Jahre älter als ich – wer will denn so einen Kampf sehen?"

„Alle deine Fans. Und alle, die dich hassen."

„Ich trete nicht gegen einen Krüppel an."

Horst Özkan grinste.

„Von wegen Krüppel. Der Rollstuhl war wohl damals Teil seiner Show. Es ging um eine hohe Versicherung. Tiger ist heiß auf einen Kampf! Seit Monaten ist er wieder im Training. Du solltest hin und wieder mal die Glotze anmachen."

„Ich interessiere mich nicht für diese Art von Boxen. Frag mich nach den aktuellen Fightern, nicht nach den Mumien."

„Wilson ist keine Mumie mehr. Er ist regelrecht von den Toten wieder auferstanden!"

„Auferstanden oder nicht: Bleib mir mit dem Kerl vom Leibe. Ich will ihn nicht. Ich verprügele kein Krüppel."

„Ich sage dir, er ist wieder fit! Aber du kannst ihn schlagen, wenn du willst!"

„Nee, das ist Blödsinn, das wird nix. Denk dir was anderes aus. Wenn, dann höchstens Spencer Wittman. Das ist ein anständiger Kerl, nicht so ein mieser Killer wie Wilson Tiger."

„Vergiss Wittman. Das soll kein Kampf unter Freunden werden, sondern einer unter harten Gegnern. Kein Mensch braucht heute noch Spencer Wittman."

Freddie schlug energisch mit der Hand auf den Tisch. „Hör mal, wir sind seit dem großen Kampf damals in Durban Freunde, Spencer und ich. Das solltest du nicht vergessen, Kebab-Hotte! Du nicht!"

„Ja, ja, Ihr seid ganz alte Freunde, ich weiß. Und wie oft hast du deinen alten Freund Wittman gesehen? Na? Sag`s mir, Freddie!"

Freddie kratzte sich nachdenklich am Kopf. „Keine Ahnung, Mann. Muss wohl schon wieder 'ne Weile her sein. Was soll denn die blöde Frage?"

„Ich kann dir sagen, wann das war. Vor acht Jahren, da warst du mit ihm in dieser albernen Sendung bei RTL. Die 100 besten Fighter oder so ein ähnlicher Quatsch. Und schon da hattet ihr euch doch nix mehr zu erzählen."

„Wir schreiben uns immerhin jedes Jahr zu Weihnachten!"

„Blödsinn. Es gibt eine popelige Karte von deinem Management an sein Management und umgekehrt. Das war's. Außerdem ist Spencer jetzt so dermaßen dick, dass er einen Stock braucht. Er kann nicht mal mehr seinen Pimmel sehen, so fett ist er."

„Unsinn! Rede gefälligst nicht so über meinen alten Freund! Ich will sowas nicht hören."

„Es ist so wie ich sage, Freddie. Tut mir leid. Spencer ist fett und wird nie mehr boxen."

Freddie gab ein Grunzen von sich und verschränkte trotzig die Arme.

Özkan seufzte. „Also vergiss ihn, Freddie. Unser Mann ist Wilson Tiger. Der Typ, der dir mal eben damals deinen Hoden abgeschlagen hat, der unfaire, brutale Scheißkerl. Der Mann, der sogar den verdammten Parkinson besiegt hat!"

„Ich will den nicht sehen. Der interessiert mich nicht mehr. Mit dem bin ich schon lange durch."

Özkan lachte. „Na, denk doch mal nach! Ihr habt doch noch 'ne Rechnung um den Titel offen. Die wirst du jetzt ganz elegant begleichen."

„Werde ich?"

„Wirst du. Bei dem größten Fight, den die Welt jemals in der Olympia-Arena gesehen hat. Ich kriege die Halle für Silvester!"

Freddie verzog das Gesicht. „Was ist denn das für ein Blödsinn? Silvester sagst du? Da kommt doch keine Sau zum Boxen. Da machen die Leute Bleigießen und trinken sich zu Hause mit ihren Freunden einen an."

„Das denkst du, mein Lieber! Das war vielleicht mal früher so. Vergiss dieses dämliche Bleigießen. Wir machen einen richtig üppigen Box-Event. Mit Buffet, Party, Live-Musik auf mehreren Ebenen und weiteren Showkämpfen."

„Mmmmhh. Meinst du?"

„Da brennt die Hütte! Riesen-Börse und jede Menge Charity. Der Bürgermeister wird dabei sein, ich habe schon einen ganzen Stall Promis angefragt. Und Top-Leute vom Fernsehen. Der Kampf wird live übertragen. Ich sage dir: Das gibt Kohle ohne Ende!"

Freddie überlegte. Kohle ohne Ende konnte er allerdings sehr gut gebrauchen. Und eine Revanche mit Wilson Tiger war eigentlich seit vielen Jahren überfällig. Sollte der Kerl wirklich wieder halbwegs gesund und fit sein, dann wäre es tatsächlich die Gelegenheit. Kebab-Hotte spürte, dass Freddie langsam weich wurde.

„Na, komm, du willst es doch auch! Dein letzter Fight wird aus dir eine unsterbliche Legende machen. Gib dir einen Ruck, Freddie. Ich weiß doch, was dir durch den Kopf geht: Schick ihn wieder in den Rollstuhl – und dieses Mal für immer!"

„Wenn du meinst …" Freddie war noch nicht so überzeugt. Aber er begann Geschmack daran zu finden, Wilson Tiger zu schlagen. Er sollte ihm die Eingeweide aus dem Leib prügeln, ja, genau das sollte er machen. Und dann den verdammten sabbernden Krüppel noch einmal vor die Kameras schieben. Eigentlich doch eine schöne Idee.

Er seufzte. „Na gut. Wir machen das. Aber gib mir noch ein paar Tage Zeit bis das richtig offiziell wird. Ich muss über ein paar Dinge nachdenken. Jetzt fahre ich erstmal in meine Boxbude, da kommen nachher so ein paar Journalisten."

Eine Stunde später sagte er Özkan den Fight mit Tiger zu.

Freddie begann in den nächsten Tagen wieder mit dem Training. Es fiel ihm unglaublich schwer. Nach drei Kilometern keuchte er wie ein Erstickender und seine Kniegelenke schmerzten höllisch. Er quälte sich durch die Tage, litt entsetzlich, musste sich nach manchem Lauf übergeben und schlief im Büro der Boxschule regelmäßig vor Erschöpfung am Schreibtisch ein. Doch Sweet Biggi hielt eisern zu ihm, machte ihm Mut. Natürlich ging es ihr auch um den Erfolg - und wohl auch ein bisschen um das Geld für ihr

Jet-Set-Leben, doch sie liebte ihn offenbar wirklich, das spürte er mit jeder Faser seines einfach gestrickten Boxer-Herzens.

Während des Trainings begleitete sie ihn zu diversen medizinischen Tests und nahm alles in die Hand. Die Ärzte schüttelten bedenklich den Kopf, als sie die Blutwerte von Freddie sahen und zeigten zweifelnd auf seinen Bauch. Niemals, so ihr Urteil, solle er in den Ring steigen mit diesem Übergewicht. Doch Freddie war eisern. Stück für Stück trainierte er die Speckringe ab, aß gesund, trank keinen Gin mehr – obwohl er anfangs furchtbare Entzugserscheinungen hatte – und schlief jede Nacht acht Stunden. Seine Gelenke, Bänder und Muskeln erwachten aus einem jahrelangen tiefen Dämmerschlaf. Wie hoch sein Blutdruck ausfiel, wie seine Cholesterinwerte waren und ob sein Herz auch artig kräftig schlug – das interessierte ihn allerdings alles nicht. Dafür hatte er Sweet Biggi. Sie las die Berichte, organisierte medizinische Tests, machte Termine für EKG, EEG und MRT, sprach mit den Ärzten. Er wollte völlig unbelastet sein, sich nur auf den Kampf vorbereiten. Er wusste zwar, was ein Glaskinn war und wie man die Nieren oder die Leber des Gegners mit einem Haken vorübergehend schmerzhaft stilllegte, doch Hirnströme, Herzfrequenzen und anderer Kram interessierten ihn nicht.

Oft hatte man ihm aus gesundheitlichen Gründen den Verzicht auf einen Fight nahe gelegt, doch Freddie kämpfte immer dann, wenn er es für richtig hielt. Er kannte sich selbst am besten. Und

Freddie blühte auf. Er sah um Jahre jünger aus. Seine graue Gesichtsfarbe wich einem rosigen Teint. Er war in Top-Form, das spürte er. Er war reif für den ultimativen Kampf gegen Wilson Tiger, den Dreckskerl, der ihn vor Jahren um ein Haar mit einem teuflischen Tiefschlag fast kastriert hätte. Wenn Freddie sich jetzt im Spiegel sah, konnte er sich kaum vorstellen, dass er vor wenigen Monaten noch ein ziemlich unförmiger Klops gewesen war. Er lief mühelos zehn Kilometer und sprang die 94 Stufen zu Biggis Penthouse gazellengleich hoch – während er früher ohne den Fahrstuhl nicht über den zweiten Stock hinaus gekommen war.

Währenddessen war Horst Özkan nicht untätig geblieben. Ende Oktober gab es ein Fotoshooting in der Boxschule, irgendein ehemaliger Ex-Champion wurde dabei pro forma als Trainer vorgestellt – und ab Anfang November klebten Abertausende von Plakaten in der Stadt:

Das Feuerwerk der härtesten Schläge zu Silvester
Das Comeback der eisernen Faust:
Freddie Beisheim vs. Wilson Tiger
Die deutsche Schwergewichtslegende Iron-Freddie
kehrt in den Ring zurück!

Ein gewaltiger Kampf stehe ihm, dem großen Champion von einst, bevor, das schrieben jetzt die Journalisten, die vor gar nicht langer Zeit noch über Freddies hohes Gewicht und die Boxschule gelästert hatten. Er kannte sie alle, eine Bande von saufenden Schmierfinken, die selbst nicht eine Runde im Ring standgehalten hätten, aber mit ihren Worten üblere Schläge austeilen konnten, als Freddie mit seinen Fäusten. Er verachtete dieses Pack, das sich ran schleimte und Menschen erst groß, dann wieder klein schrieb. „Diese Bande von Sportjournalisten ist wie der Mond", hatte er mal gesagt, „kein Krümel eigenes Licht, ohne die Sonne wär da gar nix. Erst wir, die Sportler, wir sind die Sonne und nur wir lassen diese Penner hin und wieder mal ein bisschen leuchten!" Das war lange her und Freddie hatte viel Prügel für die Äußerung kassiert. Heute wusste er, dass er mit seiner Pöbelei einen bösen Fehler gemacht hatte. Er brauchte diese Leute und so leistete er damals lange Abbitte, tingelte brav durch die Redaktionen und Sender. Der Waldi, der Ulli, der Rudi – heute liebten ihn alle wieder.

In der Weihnachtszeit wurde er von einer Wohltätigkeitsaktion zur nächsten durchgereicht. Horst Özkan und Sweet Biggi wichen nicht von seiner Seite. Er backte Plätzchen mit Waisenkindern, besuchte Omas im Altersheim und machte bei einer Kampagne für Straßenkids mit, bei der er seine Widersacher von einst traf, die immer noch Angst hatten, sich aber freuten, als sich Freddie mit ihnen gemeinsam fotografieren ließ. Längst hatte er den Kids den Überfall verziehen und dem Jungen, dem er den Kiefer mit

seinem berüchtigten Uppercut gebrochen hatte, sogar einen Aus-
bildungsplatz organisiert. Alles lief wie am Schnürchen. Freddie
war der Held des Jahres, die lebende Legende. Der raue Held mit
der harten Schale und dem weichen Kern war wieder da.

Am Volkstrauertag pilgerte er zum Grab von Max Schmeling und
sang dann auf einer Gala dessen altes Lied vom „Herz eines Boxers". Er habe, wie der große legendäre Maxe, auch dieses Herz,
sagte Freddie, und deshalb wolle er einen Teil seiner Börse bei
einem Sieg seiner Heimatstadt für soziale Projekte stiften. Diese
Idee war natürlich nicht von Freddie, sondern von Biggi und
Horst Özkan, doch je mehr Freddie davon erzählte, desto mehr
war er überzeugt, der Gedanke, Gutes zu tun hätte doch eigentlich
schon immer in ihm geschlummert.

Wilson Tiger kam kurz nach Weihnachten in die Stadt, und obwohl er um Jahre älter aussah als sein Gegner, war er offensichtlich voller Elan, Freddie so richtig zu vermöbeln. Seit dem legen-
dären Kampf, der Freddie einst den Hoden gekostet hatte, war
Wilson kein Stück weniger aggressiv geworden. Auf die Frage eines Zeitungsreporters, ob Freddie vielleicht Angst um seinen
zweiten Hoden haben müsse, lächelte Tiger anzüglich und meinte,
er wisse gar nicht, ob sein Gegner überhaupt jemals Eier in der
Hose gehabt habe, deshalb könne er dazu nichts sagen. Freddie
solle aber auf jeden Fall auf sein Gesicht achten, denn er, Wilson

Tiger, verspreche, ihm ein ganz neues zu machen. Das sei auch dringend erforderlich, denn Freddie sei nicht nur der schlechteste Boxer, den er je getroffen habe, sondern auch der hässlichste.

Freddie kochte, als er das las und warf die Zeitung wütend in die Ecke. Er saß gerade im Büro von Horst Özkan, um mit ihm einige Sponsorenverträge zu besprechen.

„Der Wichser! Hotte, ich habe gleich gesagt, ich will gegen diesen Kotzbrocken nicht antreten. Jetzt ätzt der Kerl so richtig scheiße rum. Das ist nicht mein Stil! So rede ich nicht und so denke ich auch nicht. Nie habe ich so einen Müll über einen Gegner gesagt. Unfair und komplett asozial!"

Özkan wiegelte ab. „Ja, ja, habe ich schon gesehen. Ist auf allen Sportportalen. Jetzt bleib mal locker, mein Lieber! Du kennst doch das Geschäft."

„Ja allerdings, ich kenne das Geschäft. Das brauchst du mir nicht zu sagen, Hotte!"

„Und? Warum regst du dich dann so auf?"

„Weil dieser Tiger ein Arschloch ist! Ein dummes Arschloch. Er ist kein Sportler! Hör dir sein Gequatsche an! Primitiv, ordinär, widerlich. Keine Kinderstube!"

Özkan machte ein genervtes Gesicht. „Das wissen wir doch, Freddie. Natürlich ist er ein Mistkerl. Ein fieser Prolet irgendwo aus dem Londoner East-End."

„Dass du da so gelassen bleiben kannst!" Freddie stand auf und tänzelte um den Schreibtisch herum und verteilte Schläge in die Luft. „Dieses primitive Dreckstück Wilson Tiger gehört aus dem Verkehr gezogen! Ordinärer Pöbel-Heini!"

„Na also! Genauso ist es, mein Lieber." Özkan lächelte gut gelaunt. „Und du wirst ihn aus dem Verkehr ziehen mit einem schönen Knockout. Dann ist er ein für alle Mal vom Größenwahn geheilt und wird nie wieder im Ring auftauchen!"

„Ich bringe die Missgeburt um! Dem klopp ich die Augen nach hinten. So ein primitives Stück Scheiße!" Freddie hatte sich richtig in Rage geredet. „Dem schieb ich den eigenen Rollstuhl in den Arsch, das kannste mir glauben, Hotte!"

Özkan stand auf und klopfte Freddie beruhigend auf die Schulter. „Sehr gut! Das will ich von dir hören. Genau das. Schlag ihm die Fresse zu Brei und alle freuen sich. Das ist der Kampf, den die Menschen sehen wollen und für den sie bezahlt haben! Aber jetzt komm mal wieder runter und entspann dich. Und bitte pöbele nicht rum, vor allen Dingen nicht vor Journalisten. Du bist der anständige Boxer, er der primitive Killer. Deshalb lächelst du und hältst den Mund zu seinen Grobheiten, das ist wichtig für dein Image. Ich will Worte wie „Dreckskerl", „Arschloch" oder „Scheiße" vor dem Kampf nicht mehr von dir hören."

Freddie schnaufte. „Soll ich mich verstellen? Das ist doch echt Kacke, das kann ich nicht!"

„Doch du kannst. Und Du wirst. Reiß dich einfach mal zusammen. Auch wenn es dir schwer fällt."

Freddie brummte irgendwas Unflätiges vor sich hin, hielt aber den Mund. Später joggte er zehn Kilometer durch den eisigen Stadtwald und gönnte sich seit langer Zeit einmal wieder einen Gin Tonic und bekam prompt leichte Kopfschmerzen. Er war froh, dass endlich der Kampf anstand. Das Warten hatte ihn inzwischen von Tag zu Tag mehr genervt, außerdem ging ihm sein Trainer auf den Geist, der ohnehin nur pro forma engagiert worden war, um den Regeln zu genügen. Freddie ignorierte ihn weitgehend.

Nach vier Jahrzehnten Boxen wusste er selbst am besten, was wichtig war. Am Neujahrsmorgen würde er ein reicher Mann sein, die Handschuhe endgültig an den Nagel hängen und in Zukunft mit Sweet Biggi einfach das Leben genießen. Vielleicht könnte man sogar die Boxschule verkaufen, überlegte er.

Am Silvesterabend platzte die Olympia-Arena aus allen Nähten. Über 20.000 Menschen waren gekommen, um den Box-Kampf des Jahres, ja vielleicht den Kampf des noch jungen Jahrhunderts, wie der Live-Reporter vom ZDF großspurig verkündete, zu erleben. Die Siegerbörse belief sich auf fünf Million Euro. Der Sieger des Fights würde als reicher Mann ins nächste Jahr gehen, auch wenn es um keinen Titel ging. Doch im Gegensatz zu den aktuellen Boxern, die kaum noch ein Mensch wahrnahm, waren Wilson

Tiger und Freddie Beisheim lebende Legenden, die vor allen Dingen die älteren Zuschauer seit vielen Jahrzehnten kannten.

Ohrenbetäubender Lärm brandete auf, der zum frenetischen Jubel anschwoll, als Freddie, der unbestrittene Favorit und Lokalmatador, im goldenen Mantel in den Ring kam – und zum schrillsten Pfeifkonzert aller Zeiten wurde, als Wilson Tiger grinsend im glänzenden schwarzen Ledermantel auftrat. Martialische Musik dröhnte, die Frauen kreischten, die Männer grölten. In der Halle saßen bekannte Schauspielerinnen und Wirtschaftsbosse, ein Operntenor, Nutten, Zuhälter, die Hautevolee der organisierten Kriminalität, Hausfrauen und Lehrer – und natürlich der Bürgermeister, der ein Faible für martialischen Sport hatte und nie bei einem wichtigen Boxkampf fehlte. Alle Zutaten für einen gewaltigen Showdown waren vorhanden.

Freddie fühlte sich großartig. Von einem winzigen Kopfschmerz abgesehen, der leicht hinter dem rechten Auge pochte, war alles bestens. Er warf mit einer lässigen Bewegung seinem Trainer den goldenen Umhang zu, tänzelte für die Fotografen auf und ab und winkte fröhlich in das Publikum. Sein Blick traf Sweet Biggi und Horst Özkan, die dicht am Ring saßen. Die Kameras fingen beide ein, Biggi begann auf Knopfdruck zu strahlen und Handküsse zum Ring zu werfen, während Özkan siegessicher den Daumen hob und breit lächelte. Die Zuschauer hinter den beiden johlten vor Vergnügen, Freddie setzte sich in seine Ringecke und ließ mit steifem Lächeln das Gerede seines Trainers über sich ergehen: Auf Zeit kämpfen, in Sicherheit wiegen, vorsichtig abtasten, die Deckung nicht zu niedrig ansetzen und immer auf die Linke von Wilson zu achten, die giftig wie eine Kobra vorschnellen könne. Blablabla, blödes Gelaber, dachte Freddie, ich habe gegen den Mistkerl schon geboxt, als du noch in einem Kiezclub die Duschen geputzt hast und dich nach der Seife bücken musstest.

Dann kam der Gong zur ersten Runde. Freddie, leicht wie eine Feder, bewegte sich um Wilson Tiger herum. Sweet Biggi sah voller Erwartung zu und ließ keinen Blick von ihm. Horst Özkan neben ihr saugte nervös an einer dicken, nicht brennenden Zigarre. Die beiden Boxer wirbelten durch den Ring, dynamisch, voller Kraft – und elegant, jedenfalls soweit ihnen das als Schwergewichtler mit fünf Jahrzehnten auf dem Buckel möglich war.
Runde um Runde zog sich der Kampf hin, technisch auf höchstem Niveau. Einige Treffer hatte Freddie gelandet, ein paar Mal hatte Wilson Tiger aber auch seinen Kopf getroffen, hart und direkt. In Freddies Ohren summte es und er versuchte, die Deckung höher zu nehmen. Der Kopf schmerzte elend wie nach zu viel Gin Tonic. Aber davon abgesehen fühlte sich Freddie wunderbar. Um Mitternacht ist alles vorbei, dann habe ich es geschafft, dachte er, lachte innerlich und tänzelte um seinen Gegner. Er landete aus sicherer Deckung ein paar wirklich heftige Leberhaken bei Wilson

Tiger so, dass der sich vor Schmerzen krümmte. Freddie ließ ihm Zeit, wieder hoch zu kommen und sich zu decken. Er war ein fairer Sportler, er nutzte keine billige Schwäche aus. Umso größer würde der Sieg sein. Freddie spürte, dass dieses sein Kampf war, sein wirklich letzter großer Kampf. Nur noch ein paar Runden, dann habe ich alles hinter mir, dann muss ich nie wieder gegen so ein Arschloch wie diesen Wilson Tiger antreten, frohlockte es in ihm und ein großes Glücksgefühl überkam ihn.

Es passierte kurz darauf in der neunten Runde. Wilson Tiger täuschte einen Haken an und dann krachte seine gefährliche Linke wie ein Rammbock an die Schläfe von Freddie. Seine Linke kann wie eine giftige Kobra vorschnellen, schoss es Freddie im selben Moment durch den Kopf. Ein ungeheures Raunen ging durch die Menge. Dann sah Freddie plötzlich einen gewaltigen Lichterkranz wie von tausend Sonnen auf sich einstürmen, fühlte sich unglaublich leicht, taumelte, ließ die Deckung sinken, torkelte ein paar Mal hin und her, lächelte kindlich, ja wie verzaubert. In der Halle hätte man eine Stecknadel fallen hören können.

Der Ringrichter drängte Tiger zur Seite. Freddie taumelte immer noch weiter, bewegte seine Arme mit sonderbaren Verrenkungen. Immer noch hielten die Menschen in der Halle gespannt den Atem an. Da schob sich Tiger plötzlich rabiat am Ringrichter vorbei und verpasste seinem Gegner einen weiteren Schlag, dieses Mal auf die Stirn – so dass dessen Kopf brutal nach hinten flog.

Ein Tumult brach in der Halle los, der Ringrichter stellte sich zwischen die Kämpfer und verwies Tiger wütend in seine Ecke. Freddie machte ein paar letzte unsichere Schritte, dann klappte er endgültig zusammen und schlug hart auf den Ringboden. Er wurde angezählt, kam noch einmal hoch bis auf die Knie, lächelte immer noch entrückt, murmelte anscheinend irgendetwas, kippte weg und knallte dann erneut mit dem Schädel auf den Boden.

Wilson Tiger tänzelte um ihn herum, reckte die Arme in das Publikum, das ihn laut ausbuhte. Biggi und Özkan saßen mit offenem Mund am Ring, atemlos sahen sie zu, wie Freddie ausgezählt wurde. Wie in Zeitlupe schien das Geschehen abzulaufen.

Dann ging plötzlich alles blitzschnell.

Freddie lag immer noch auf dem Boden wie ein gefällter Baum, sein Trainer und der Ringrichter griffen unter seine Arme, der Ringarzt kletterte eilig durch die Seile dazu. Er leuchtete in Freddies Augen, hörte mit seinem Stethoskop den Brustkorb ab, winkte dann hektisch den Sanitätern. In die Zuschauer kam Bewegung. Ein lautes Raunen war zu hören. Man reckte aufgebracht die Köpfe, als Freddie herausgetragen wurde, Ordner bahnten ihm den Weg, die Sanitäter gingen im Laufschritt. Der Arzt hielt einen Tropf, draußen stand ein Rettungswagen mit Blaulicht und raste – kaum dass sich die Türen geschlossen hatten – eskortiert von zwei Streifenwagen der Polizei mit Freddie zur Uniklinik.

Als eine gute Stunde später Böllerschüsse und Raketen das neue Jahr ankündigten, lebte Freddie Beisheim schon nicht mehr. Trotz einer Notoperation, bei der ihm der Schädel geöffnet wurde, hatte er nach den furchtbaren Kopfschlägen von Wilson Tiger keine Chance gehabt. Ein Aneurysma im Gehirn, die gefährliche Ausbuchtung eines Blutgefäßes, sorgte für seinen raschen Tod. Es war unter der Wucht der Schläge geplatzt, dünner als Papier waren die Wände des kranken aufgeblähten Gefäßes gewesen. Das Taumeln im Ring, das entrückte Lächeln, die verdrehten Arme – das war Alfred Beisheims Totentanz auf dem Ringboden vor den Augen von Millionen von Zuschauern an den Fernsehern und den Menschen in der Halle gewesen. Das Herz eines Boxers hatte ein paar Minuten vor Mitternacht für immer aufgehört zu schlagen.

Trotz des Regelverstoßes, den Ringrichter abzudrängen und den angeschlagenen Gegner erneut zu attackieren, kassierte Wilson Tiger, der gnadenlose Schläger aus England, die traumhafte Börse. Niemand hatte auf ihn, den angeblich geheilten Parkinsonkranken, gesetzt. Freddie war der überragende Favorit dieses Kampfes gewesen. Ein unglaublicher Sieg von Tiger, schrieben die Journalisten, der Kampf zweier schwer kranker Giganten sei einmalig in der Geschichte des Boxsports. Es sei der endgültige große Abgesang auf eine goldene Ära, die mit Max Schmeling und Joe Luis vor über 90 Jahren begonnen hätte und nun für immer vorbei sei.

Schon nach wenigen Stunden gehörte das Video mit dem sterbenden Freddie zu den größten Hits bei You-Tube.

Doch auch Wilson Tiger war gezeichnet nach diesem Kampf, er war nicht mehr derselbe. Schon bei der Pressekonferenz am Neujahrstag tauchte bei ihm das längst überwunden geglaubte Zittern der Parkinson-Krankheit wieder auf. Er redete wirr, fing an zu schluchzen, als man ihn nach Freddies Tod fragte und musste von seinem Manager aus dem Presseraum geführt werden. Noch am selben Tag reiste er überraschend mit seiner kompletten Entourage ab und verschwand dann ein paar Wochen später für immer aus der Öffentlichkeit. Angeblich habe er sich entschlossen, sich nach Kalifornien ans Meer zurückzuziehen und das Leben als Privatmann zu genießen, ließ sein Management mitteilen. Doch es gab auch Gerüchte, dass er in einer geschlossenen Anstalt untergebracht worden sei.

Freddies Beerdigung war die letzte große Veranstaltung, die mit seinem Namen verknüpft war. Die ganze Stadt schien von ihm Abschied nehmen zu wollen. Die Trauerfeier im Dom war ein ergreifendes Ereignis. Der Bürgermeister lieferte unglaubliches Pathos in seiner Rede, viele ehemalige Athleten, darunter Spencer Wittman, der aus Durban angereist kam, waren gekommen. Prominente Künstler saßen zwischen Politikern und Managern. Sogar die Bundesregierung war mit der Kulturstaatsministerin vertreten, die Kanzlerin hatte einen Kranz geschickt. Sweet Biggi sah neben dem Bürgermeister in ihrem schwarzen, engen, kurzen Kostüm hinreißend aus und Horst Özkan hatte ein herrliches riesiges Blumenarrangement für seinen toten Freund bestellt.

Zum Schluss der Feier erhoben sich alle Anwesenden und lauschten ergriffen dem alten Lied von Max Schmeling vom Herz eines Boxers. Und wer den Text konnte, sang tränenerstickt mit:

Das Herz eines Boxers kennt nur eine Liebe:
den Kampf um den Sieg ganz allein.
Das Herz eines Boxers kennt nur eine Sorge:
im Ring stets der erste zu sein.
Und schlägt einmal sein Herz für eine Frau, stürmisch und laut,
das Herz eines Boxers muss alles vergessen,
sonst schlägt ihn der nächste knock out.

Es war wirklich herzzerreißend. Manche Träne kullerte dabei über die tätowierten Wangen von Freddies alten Freunden aus der Türsteherszene und Sweet Biggi weinte hingebungsvoll für die Kameras. Anschließend wurde – eskortiert von einem halben Dutzend Motorradpolizisten mit Trauerflor an den Maschinen – in einem weißen Hummer Freddies Sarg zum Friedhof gefahren, eine unübersehbare Kolonne von Autos folgte ihm. Später schmückte eine lebensgroße Bronzefigur in der Gestalt des jungen Freddie Beisheim im Boxer-Dress das Grab.

Ein paar Wochen nach der Beerdigung warf Sweet Biggi mit einem Seufzer die Unterlagen der medizinischen Tests des toten Freddie in den Kamin ihres Penthouses und sah gedankenverloren zu, wie sie langsam verbrannten.

Die Ärzte hatten sie damals sehr eindringlich vor dem Kampf gewarnt. Das Aneurysma könne jederzeit unter schweren Kopfschlägen platzen, Freddie dürfe auf keinen Fall jemals wieder in den Ring. Sie hatte die Schultern gezuckt und gesagt, ihr Mann interessiere sich nun einmal leider nicht für irgendwelche Untersuchungsergebnisse. Er wünsche auch keine Belehrungen. Die Ärzte machten ernste Gesichter. Es sei ein unerhört hohes Risiko zu boxen, die Gefahr eines tödlichen Schlages sei sehr wahrscheinlich. Biggi lächelte hilflos und sagte, sie hätte mit ihrem Mann darüber gesprochen, er wisse natürlich genau um das Risiko. Er gäbe allerdings nicht übermäßig viel auf Einwände von Ärzten. Dieser Kampf sei nun mal der letzte große Fight seines Lebens, den er sich niemals entgehen lassen würde. Ihr Mann habe es so beschlossen. Und sie wisse ganz genau, dass er siegen werde. Sie lächelte hilflos, bedankte sich und erinnerte noch einmal sehr nachdrücklich an die ärztliche Schweigepflicht bevor sie ging.

Dann war sie zu Horst Özkan gefahren und hatte online bei einem Wettanbieter in Singapur Hunderttausend Euro auf den Sieg von Wilson Tiger gesetzt – bei einer Quote von 1:15. Ein paar Monate nach Freddies Tod verkaufte sie seine Boxschule nach einem vertraulichen Telefonat mit dem Bürgermeister für einen wirklich guten Preis an die Stadt, die dort ein Flüchtlingsheim einrichtete. Die Handschuhe, die ihr Mann bei seinem tödlichen letzten Kampf getragen hatte, schenkte sie dem Deutschen Sportmuseum. Zu Silvester, genau ein Jahr nach seinem Tod, gaben sie und Horst Özkan auf einer Sport-Gala ihre Verlobung bekannt. In derselben Nacht stahlen Metalldiebe die Bronzefigur von Freddies Grab.

Die Sünden der Welt

Es klopfte an die Tür des Warteraumes. Ich zuckte zusammen. War es schon so weit? Das Herz schlug mir bis zum Halse. Ich hasste diesen Moment. Es gelang mir immer ganz gut, alles bis zu diesem Klopfen zu verdrängen, ich las die alten zerfledderten Sportmagazine oder in der Bibel, doch wenn es klopfte, war ich so nervös wie beim ersten Mal. Mir wurde immer übel. Am Anfang hatte ich mich sogar ein paar Mal übergeben müssen. Inzwischen ging es. Ich hatte mich ganz gut im Griff, aber ich merkte immer sofort, wenn es soweit war: Mein Puls fing an zu rasen, der Schweiß brach mir aus und der Magen zog sich zusammen.

Einmal war ich sogar auf dem Flur zusammengebrochen. Sanitäter trugen mich in den Erste-Hilfe-Raum. Ich muss schrecklich ausgesehen haben. Bleich wie der Tod, sagte der Arzt halb scherzend, halb im Ernst – und das war nun wirklich makaber hier an diesem Ort. Man gab mir Sauerstoff und eine Spritze, ich musste eine Viertelstunde liegen bleiben. Dann hob ich den Kopf.

„Na, geht es wieder?", fragte der Arzt. „Können Sie arbeiten?"

„Ja, ich denke schon." Ich wollte mich elegant von der Pritsche schwingen, doch kaum hatte ich die Füße auf den Boden gesetzt, wurde mir wieder schwindelig und ich musste mich plötzlich übergeben. Irgendwie makaber. Ausgerechnet mir musste schlecht werden. Dabei hatte ich nun überhaupt nichts körperlich zu leiden. Aber es war meine Seele, die rebellierte.

„Ganz ruhig", sagte der Arzt, „bitte ganz ruhig. Keine ruckartigen Bewegungen, langsam aufstehen."

„Danke", murmelte ich, und sah peinlich berührt die Nierenschale mit meinem Erbrochenen. „Es tut mir sehr leid, wirklich. Aber es ist eben nicht so leicht für mich. Obwohl ich einen tiefen und festen Glauben habe, ist es jedes Mal eine schwere Prüfung."

„Natürlich nicht", sagte der Doktor verständnisvoll und strich mir sanft über die Schulter, „ich weiß doch, wie Sie das belastet. Was Sie alles aushalten müssen und hören … Ich könnte das nicht. Ich habe tiefen Respekt vor Ihrer Arbeit."

„Naja, das ist mein Beruf. Oder besser gesagt, meine Berufung. Ich mache das jetzt seit zehn Jahren, doch an alles habe ich mich immer noch nicht gewöhnt, deshalb bitte ich um Entschuldigung, dass ich heute so angegriffen bin. Ich spüre jedes Mal, wie nahe mir die Menschen gehen, wie sehr sie sich wünschen, dass ich sie verstehe und ihnen so etwas wie ein letzter Freund bin."

Der Arzt fühlte routiniert meinen Puls. „Na bitte, fühlt sich schon wieder etwas besser an." Er ließ mein Handgelenk los. „Ich will Ihnen mal etwas sagen: Sie sind viel mehr als nur ein letzter Freund. Sie sind doch ein Werkzeug Gottes. Sie sind jemand, der im Auftrag des Allmächtigen unterwegs ist und die Sünden der Welt auf sich nimmt. Das ist eine verdammt schwere Aufgabe. Verflucht noch mal, das könnte ich wirklich nicht!" Er sah erschrocken auf. „Oh, ich habe geflucht. Das gehört sich in diesem Hause in einem solchen Moment nun wirklich nicht. Entschuldigen Sie."

„Das ist nicht schlimm. Dafür habe ich mich elendig erbrochen, das gehört sich auch nicht. Gerade ich sollte doch viel gefasster sein. Wer, wenn nicht ich? Aber das bin ich nie. Es ist jedes Mal eine Prüfung. Jeder Mensch, der hier diesen furchtbaren Gang geht, geht auch den Weg auf den Berg Golgatha. Und ich trage für einen Moment sein Kreuz."

Er griff noch einmal nach meinem Handgelenk. „Ihr Puls hat sich jetzt wieder völlig normalisiert." Er ließ mich los. „Ich glaube, wenn Sie jetzt ganz vorsichtig aufstehen, müsste es gehen."

„Sind wir noch in der Zeit?"

„Ja, alles passt zeitlich hervorragend."

„Gut, dann will ich mich jetzt mal aufmachen."

Ich erhob mich langsam und atmete dabei vorsichtig durch. Der Schwindel war fort.

„So, mein Freund." Der Doktor half mir vorsichtig auf die Beine. „Ein schwerer Gang. Die Menschen sollten Gott danken, dass Sie sie dabei begleiten."

Ich nickte bedächtig und holte noch einmal tief Luft.

„Ja, vielleicht haben Sie Recht, Doktor. Aber ich will keinen Dank. Obwohl niemand im letzten Moment so nah bei ihnen ist. Ich sehe kurz vor dem Ende tief in die Seele hinab."

Er nickte gedankenverloren. „Ja, ja, da haben Sie mir etwas voraus. Meine Aufgabe ist nur die eines medizinischen Notars, der für die Nachwelt eine Erklärung zu einem toten Körper abgibt. Doch die Seele ist dann schon an einem anderen Ort."

„Sie ist dann bei Gott, Doktor. Die Seele ist schon bei Gott wenn Sie als Arzt auf den Plan treten."

Dieser Vorfall war über zehn Jahre her, doch ich konnte mich noch genau an jeden Satz des Arztes erinnern. Ich hätte die Sünden der Welt auf mich genommen, hatte er damals gesagt. Ja, so war es tatsächlich. Ich nahm die Sünden der Welt auf mich. Ich trug den Menschen auf diesem letzten Gang das Kreuz und begleitete sie in ihrer schwersten Stunde. Das war meine Bestimmung. Wer – wenn nicht ich – stand Gott, dem Herrn über Leben und Tod, so nahe? Ohne diese Gewissheit hätte ich ohnehin niemals hier arbeiten können. Aber ich wusste, dass wir alle in der Hand eines strafenden aber auch liebenden Vaters waren. Wir sind alle Werkzeuge des Herrn. Und in der Tat, niemand war so nah im letzten Moment bei den Menschen wie ich.

Es klopfte erneut.

„Ja, ich komme. Eine Minute."

Ich holte tief Luft. Dann griff ich nach meiner schwarzen Anzugjacke, zog sie an, sandte ein kurzes Gebet gen Himmel, nahm meine Tasche und trat entschlossen vor die Tür.

Draußen erwartete mich ein junger Vollzugsbeamter in Uniform mit einem Klemmbrett unter dem Arm.

„Guten Abend. Es ist soweit. Der Termin ist für Mitternacht angesetzt. Jetzt ist es gleich 22.30 Uhr. Es kann eigentlich nichts mehr schief gehen. Alle Einsprüche sind vom Gericht abgelehnt worden."

„Das wundert mich nicht. Er ist so schuldig, wie einst Judas schuldig war. Und doch auch genauso ein sündiger und suchender Mensch wie eben dieser Judas, der unseren Herrn verriet und dennoch liebte. Ein Mysterium. Ein Mysterium, dessen Auflösung nur Gott selbst schaffen könnte."

Der Vollzugsbeamte sah mich zweifelnd an. Er war neu und kannte mich noch nicht. „Ist das so? Ich verstehe von diesen Sachen nichts. Ich glaube nicht so richtig an Gott. Irgendwie ist mir der zu weit weg, wenn was Gemeines auf der Welt passiert. Ich glaube, es gibt ihn wohl nur für die Kinder."

Ich lächelte. „Mein guter Junge, das ist schade – aber dennoch hat der Herr auch dich lieb wie seinen eigenen Sohn."

„Wen? Meinen Sie etwa mich?" Der andere sah mich mit einem leicht spöttischen Lächeln an. „Das kann ich mir aber kaum vorstellen. Bei dem Job hier…"

116

„Ja, auch dich. So wie den Mann, zu dem wir jetzt gehen. *Ebenso wird auch im Himmel mehr Freude herrschen über einen einzigen Sünder, der umkehrt, als über neunundneunzig Gerechte, die es nicht nötig haben umzukehren.*"

Der Beamte sah mich zweifelnd an. „Teufel auch. Sie kennen ja tolle Geschichten! Naja, wenn Sie das meinen." Er grinste. „Dann bin ich wohl dieser eine reuige Sünder und sollte hurtig umkehren, die scheinen ja alle auf mich zu warten. Sie müssen es wissen, Sie kennen ja die Brüder, die von hier aus für immer rüber machen." Er sah auf die Uhr. „Dann wollen wir jetzt zu ihm gehen. Sind Sie soweit?"

„Ich bin so weit."

Ich ging mit dem Vollzugsbeamten schweigend durch die langen Gänge. Wir kamen in den Trakt mit den Todeszellen. Nur eine war besetzt – und das auch nur noch bis heute um Mitternacht, wenn es nicht irgendeinem findigen Anwalt gelang, den ganzen Apparat noch einmal zum Stehen zu bringen. Doch das war sehr unwahrscheinlich. Teddy Lehman war schwarz, er war voller Schuld und wir waren hier im Süden des Landes, wo alles seinen gerechten Gang ging. Es gab nicht den geringsten Grund zu vermuten, dass seine Hinrichtung aufgeschoben oder gar durch ein neues Urteil ausgesetzt werden würde.

Teddy Lehman würde sühnen und in einer guten Stunde seinem Schöpfer gegenüber stehen, der ihm vergab, da war ich mir doch

117

sehr sicher. Kein irdisches Gericht würde sich je wieder mit ihm befassen müssen. Und das war ein starker Trost.

Wir standen vor Teddys Zelle. Der lag mit dem Rücken auf seiner Pritsche und starrte an die Decke. Seine Arme und Beine waren gefesselt und mehrere Kameras beobachteten ihn. Sie waren in die Wände der Zelle, die nur durch ein Gitter vom Gang getrennt war, eingelassen. Vor der Zelle stand ein weiterer Beamter und behielt ihn die ganze Zeit im Auge. Er öffnete die Tür und ich trat ein.

„Teddy", sagte ich, „Teddy, es ist soweit."

Ein Ächzen entrang sich den Lippen des Mannes auf der Pritsche. Er sah mich ängstlich an – nein, er sah mich eigentlich eher traurig an, in seinem Blick lag eine unendliche Trauer. Ein junges Gesicht voller Trauer. Teddy war noch keine 25 Jahre alt.

Ein Stich ging mir durchs Herz, ich musste schlucken, bevor ich sagte: „Fürchte dich nicht, Teddy. Alles wird gut."

„Ich weiß, alles wird gut, daran glaube ich und dafür habe ich gebetet. Es ist gut. Es muss sein. Aber ich habe unglaubliche Angst vor dem schrecklichen Moment. Und weiß ich, dass es richtig ist."

Ich setzte mich auf den Schemel, der neben der Pritsche stand. Er war aus weichem Kunststoff und ohne scharfe Ecken. Selbst wenn ein Delinquent ihn zu fassen bekommen würde, konnte er weder sich, noch jemand anderen damit ernsthaft verletzen.

„Teddy, du brauchst keine Angst zu haben. Ich werde von jetzt an bis zum Ende bei dir sein. Und auch Gott wird bei dir sein. Er wird nicht von deiner Stelle weichen. Keinen Moment wird er dich verlassen, dessen kannst du gewiss sein."

Wieder ächzte Lehman. Seine Lippen bebten.

„Ich bete seit Tagen, dass es so sein wird. Aber ich habe Angst. Was ist, wenn es doch nur die Finsternis gibt? Oder die ewige Verdammnis? Werde ich für immer leiden müssen, dort in der Hölle?"

„Mach dir darüber keine Sorgen. Es gibt mehr, als nur Finsternis und Strafe. Wenn du auf dem Stuhl sitzt, wirst du alle Sünden büßen. So wie die beiden Mörder, die mit Christus ans Kreuz geschlagen worden sind. *Noch heute*, so sagte der Herr zu ihnen, *werdet ihr mit mir im Paradiese sein*. Denk daran, Teddy. Denk nur daran in dem Moment, wo der Strom durch deinen sündigen Leib fahren wird. Noch heute wirst du im Paradiese sein."

Auf dem Gesicht von Teddy Lehman war Schweiß. Dicke schwere Tropfen. Er atmete schwer. „Ich habe eine große Schuld auf mich geladen."

„Willst du darüber sprechen? Willst du ein letztes Mal deine Seele erleichtern?"

„Ja", nickte er und Tränen traten in seine Augen, „ja, ich will darüber sprechen. Es ist mir wichtig, dass Sie es von mir hören, nicht nur aus der Zeitung. Oder aus dem Protokoll."

Ich nickte bedächtig. „Gut. Dann sprich. Aber bedenke, unsere Zeit ist sehr knapp bemessen. Dein Schöpfer wartet auf dich."

Lehman begann: „Es war vor acht Jahren. Ich war mit ein paar Freunden unterwegs. Mit einem Auto, das nicht uns gehörte. Wir fuhren einfach so durch die Gegend."

Ich runzelte die Stirn. „Ein Auto, das nicht euch gehörte? Umschreibe nicht etwas, was eine schwere Sünde ist, Teddy. Es ist der Moment der Wahrheit, mein Sohn."

Er schluckte. „Sie haben Recht. Wir hatten es gestohlen. Einer Managerin hatten wir es gestohlen, vom Parkplatz, während sie arbeitete. Das war nicht anständig, aber wir waren jung und hätten nie das Geld gehabt, ein solches Auto zu kaufen."

„Dennoch war das eine Sünde, Teddy. Das weißt du hoffentlich. Auch wenn du kein Geld hast, darfst du niemandem etwas stehlen. Denn das ist Gottes Gebot. Weißt du, gegen welches Gebot ihr verstoßen habt?"

„Ja. Das weiß ich."

„Und welches Gebot lautet *Du sollst nicht stehlen*, Teddy?"

Er schluckte. „Ich glaube, es ist das siebte Gebot."

Seine Stirn legte sich in Falten. Er überlegte. Dann sagte er mit fester Stimme: „Ja, es muss das siebte Gebot sein."

Ich lächelte ihn an. „Richtig. Das ist das siebte Gebot. Gut, mein Sohn. Aber sprich weiter, ich höre dir zu."

Teddy Lehman räusperte sich umständlich. Dann fuhr er fort. „Wir fuhren mit dem Auto einfach so durch die Gegend, ohne ein Ziel. Es war ein schöner Wagen, mit Ledersitzen und einer irren

120

Musikanlage. Man konnte das Dach sogar während der Fahrt herunterklappen. Und dann fuhren wir zu diesem Lokal." Er verstummte.

„Zu einem Lokal? Ich höre dir zu. Was war dann?"

Natürlich kannte ich Teddys Geschichte. „Erzähl weiter, Teddy", sagte ich leise, „erzähl nur weiter." Ich wollte es von ihm selbst hören. So machte ich es immer, denn es brachte mir die Menschen nah und erleichterte ihnen das Sterben.

Wieder räusperte er sich. „Ich kann nicht", flüsterte er. „Ich schäme mich so."

„Nur weiter. Erzähl nur weiter."

Er holte tief Luft. „In dem Lokal war eine wunderschöne junge Frau. Sie bediente die Gäste. Aber dafür war sie eigentlich viel zu schön. Sie war so… so…" Er rang nach Worten und zuckte die Schultern.

Ich half ihm. „Du meinst, sie hat dich aufgeregt? Die Wollust in dir geweckt?"

„Äh – was ist das – Wollust?"

„Ein sündiges Begehren. Ein böses Verlangen des Fleisches. Und eine der sieben Todsünden."

Er wurde rot. „Ja, dann war das ein bisschen so mit dieser Wollust. Aber da war noch mehr. Nicht nur Sünde. Sie war irgendwie auch so… so wunderbar rein… oder… ich weiß nicht, wie man das nennt. Sie war so ein bisschen wie eine Heilige vielleicht."

„Du meinst vielleicht, sie war erhaben?"

„Ja, so sagt man das dann wohl. Sie war so erhaben. Wie eine richtige Prinzessin. Sie sah wie eine dieser Prinzessinnen aus dem Märchen aus."

Ich kannte jedes Detail, aber dennoch fragte ich: „War diese Frau weiß, Teddy?"

Er nickte. „Ja, sie war weiß, weiß wie eine Prinzessin aus einem der Märchen. Diese Märchen der anderen."

„Und was passierte dort? Was hast du mit der weißen Frau gemacht, Teddy?"

„Ich habe sie angelächelt."

„Und was hat sie getan?"

„Sie hat zurück gelächelt."

„Und?"

Teddy sah zu Boden.

„Ich wartete mit den Jungs am Tisch, bis sie auf die Toilette ging. Dann bin ich hinterher. Auf dem Gang habe ich sie abgepasst und gefragt, wann sie Feierabend hat."

„War das alles?"

„Und ich habe gefragt, ob sie mit uns eine Spritztour machen möchte."

„Doch das wollte sie nicht."

„Nein. Das wollte sie nicht. Sie sagte, sie würde weder mit weißen noch schwarzen Typen so eine Spritztour machen. Dann ging sie wieder an die Theke und bediente weiter als wäre nichts geschehen. Wir saßen, tranken unseren Kaffee und wollten gerade zahlen, als zwei Streifenwagen kamen."

Ich nickte. „Ja, die Polizei kam. Weil ihr euch nicht gut benommen hattet."

Teddy sah immer noch zu Boden. „Ja", murmelte er.

„Der Besitzer des Lokals hat die Polizei gerufen, denn er hatte dich gesehen, wie du das Mädchen auf dem Gang zur Toilette abgepasst und bedrängt hast. Das war nicht recht, Teddy. Du kannst ein weißes Mädchen nicht einfach auf dem Weg zur Toilette ansprechen."

„Ja, ich wusste es. Es tut mir leid. Irgendetwas war in mir gewesen."

„Ein Dämon. Ein böser Dämon war in dir. Dem du nicht widerstehen konntest. Es war eine Prüfung des Fleisches und du hast versagt."

Er nickte mit gesenktem Blick.

„Sprich weiter, Teddy."

Ich kannte das Ende der Geschichte, doch ich wusste, es würde ihn erleichtern, alles noch einmal vor der Mitternachtsstunde zu erzählen.

Ich sah auf meine Uhr. Teddy Lehman würde in spätestens 60 Minuten tot sein – und ich hatte die Pflicht, ihm den Übergang in ein anderes, sündenfreies Leben zu erleichtern.

„Die Polizisten griffen mich und meine Freunde. Sie schleppten uns hinaus. Dort verprügelten sie uns mit ihren Schlagstöcken und brüllten uns an. Wir krümmten uns vor Schmerzen." Er stockte.

„Sprich weiter."

Sein Blick traf mich, in seinen Augen stand unendliche Furcht. „Ist es sehr schlimm auf dem Stuhl? Bitte, ich habe solche Angst. Ich… ich kann das nicht, bitte…" Seine Zähne fingen an zu klappern, Schweiß lief in großen Bächen über sein Gesicht.

Ich lächelte ihn beruhigend an. „Teddy, du brauchst dich nicht zu fürchten. Ich werde bei dir sein. Ich passe auf dich auf. Das habe ich dir doch schon gesagt."

Teddy schniefte laut. „Ich habe in der Gefängnisbücherei mal den schlimmen alten Bericht über William Kemmler gelesen. Ich habe solche Angst. Ich kann das nicht… Wenn es mir nun ergeht wie Kemmler? Und er war doch sogar ein Weißer…"

Ich hörte auf zu lächeln. Die Geschichte von William Kemmler war zwar sehr alt, aber in der Tat auch sehr grauenvoll. Es war kein Wunder, dass Teddy sich nach der Lektüre vor dem Ende ängstigte. Es war im Jahr 1890, als dieser William Kemmler wegen des heimtückischen Mordes an seiner Frau als erster Mensch mit dem elektrischen Stuhl hingerichtet wurde. Kemmlers Strafverteidiger versuchte vergeblich, die Exekution zu verhindern, indem er argumentierte, dass der Tod durch Strom grundsätzlich grausam sei, was natürlich kompletter Unsinn ist. Der Tod durch Strom ist eine wahrhafte Gnade, aber nur, wenn es richtig gemacht wird. Und genau das war bei Kemmler eben nicht der Fall. Ein unerhörter Fall von Dilettantismus. Mir lief es immer kalt den Rücken hinunter, wenn ich daran dachte.

Teddy japste nach Luft. „Es heißt, es hat ewig gedauert, bis er tot war. Ganz lange."

„Aber Teddy, das sind doch alte Geschichten, die völlig übertrieben, ja erfunden sind! Kannst du dir vorstellen, unser Land würde die Menschen so quälen? Hast du so wenig Vertrauen zu deinem Land, das dich viele Jahre beschützt und bewahrt hat?"

„Ich weiß es nicht. Aber wenn es doch so ist?"

„Nein, so ist es nicht. Das kann ich dir versprechen."

„Sie meinen, die Geschichte über Kemmler stimmt nicht? Das hat sich jemand ausgedacht? Das war gar nicht so schlimm?"

„So ist es. William Kemmler wurde mit dem elektrischen Stuhl im Bruchteil einer Sekunde ganz sanft hingerichtet. Er merkte nichts. Er schloss die Augen und war sofort tot – ohne jeden Schmerz. Alles andere sind Erfindungen der Lügenpresse. Erfindungen von Menschen, die vom Geschäft mit der Angst leben."

„Wirklich?"

In Teddy keimte ein Hoffnungsschimmer. „Aber ich habe etwas anderes gelesen. In einem Buch, nicht in der Presse."

„Diese falsche Geschichte über den armen Sünder Kemmler steht leider auch in vielen Büchern. Wirklich, Teddy. Er war sofort tot.

Ich würde dich doch nicht anlügen." Ich spürte, wie mir wieder schlecht wurde. Das lag an diesen großen braunen Augen voller Angst und dem winzigen Quantum Hoffnung darin, doch ohne Schmerzen sterben zu dürfen. Und es lag auch daran, dass ich erbärmlich log.

„Sie kennen die wahre Geschichte von Kemmler wirklich? Sie wissen, wie es war?"

„Aber ja. Und es ist in Wahrheit eine Geschichte, die dir Mut machen sollte, denn Kemmler litt nicht einen winzigen Moment. Als man ihn vom Stuhl abschnallte, lag großer Frieden auf seinem Gesicht."

„Frieden? Er hat nicht gelitten?"

„Nicht einen einzigen Moment."

Natürlich kannte ich die vollständige Geschichte von William Kemmler, vermutlich viel besser, als Teddy sie je irgendwo gelesen hatte. Meine Innereien schienen einen irren Tanz aufzuführen als ich daran dachte, doch ich riss mich zusammen.

Die Wahrheit war: William Kemmler starb unter grauenhaften Qualen. Dabei waren die Abläufe mehrmals geübt worden, jeder Handgriff saß, so schien es. Er wurde auf dem präparierten Stuhl festgezurrt und mit jeweils einer Elektrode am Rücken und einer am Kopf verbunden. Man überprüfte den richtigen Sitz der Kabel und Elektroden. Alles war so, wie es sein musste. Der Gefängnisdirektor gab dem Henker ein Zeichen. Als erstes stellte der eine

Spannung von 1.000 Volt ein. Eine ungeheure Kraft durchraste Kemmler. Das konnte niemand auch nur einen Moment überleben. Doch Furchtbares geschah: Nachdem der Strom eingeschaltet worden war, krampfte Kemmler unter starkem Zucken und wand sich vor grauenvollen Schmerzen. Nach 17 Sekunden wurde der Strom erstmals abgeschaltet. Zum Entsetzen der anwesenden Ärzte und Zeugen lebte Kemmler jedoch noch. Der Verurteilte röchelte, keuchte und erbrach sich. Es stank ekelhaft nach verbranntem Fleisch in der Todeskammer und von seinem Kopf stieg Rauch auf. Etwas musste geschehen und zwar ganz schnell, denn Kemmler war verurteilt worden zu sterben, nicht aber zu Tode gefoltert zu werden. Man entschloss sich daher, die Spannung zu verdoppeln und auf 2.000 Volt zu erhöhen. Doch der Generator musste erst neu geladen werden.

„Ich habe Angst. Ich fürchte mich vor dem Tod.", sagte Teddy.

„Sei völlig unbesorgt."

„Es wird alles gut?"

„Ja, Teddy."

Ich lächelte in seine großen braunen Augen, doch ich dachte an William Kemmler. Bis der Generator wieder geladen war, litt Kemmler unglaubliche Qualen. Dann endlich konnte der Henker den Hebel erneut umlegen. Erst als der Strom nach weiteren 70 Sekunden wieder abgeschaltet wurde, war der Verurteilte nicht mehr am Leben. Man hatte ihn furchtbar zu Tode gefoltert. Es muss ein entsetzliches Martyrium gewesen sein, unwürdig der humanistischen Tradition unseres großen Landes. Aber das war lange her. Sehr, sehr lange. Seitdem hatte man den elektrischen Stuhl zig-fach überarbeitet und dafür gesorgt, dass ein derartiger Zwischenfall nicht mehr möglich war. Meine Innereien beruhigten sich langsam wieder. Ein grauenhafter Unfall wie der mit Kemmler war heute undenkbar.

„Du brauchst dich nicht zu fürchten, Teddy. Vertrau mir. Ich verspreche es dir. Du wirst keine Furcht haben müssen." Ich holte tief Luft. „Aber du hast deine eigene Geschichte noch nicht zu Ende erzählt."

„Wollen Sie diese Geschichte denn bis zum Ende hören?"

„Ja. Bitte. Du hattest mir erzählt, die Polizei sei gekommen. Wie ging es weiter?"

„Ja, so war es. Die Polizei kam. Sie verprügelten uns. Dann traf mich die Stiefelspitze eines Polizisten in den Bauch. Da drehte ich durch. Das war nicht gut." Er schüttelte traurig den Kopf.

„Was ist passiert?"

„Ich bin aufgestanden, blind vor Wut. Und habe den einen Polizisten gepackt und ihm die Pistole entrissen."

„Und was hast du mit der Pistole gemacht?" Natürlich wusste ich es, aber ich wusste auch, es würde ihm gut tun, selbst seine Schuld zu bekennen, jetzt, nur eine Handvoll Minuten vor seinem Tod auf dem elektrischen Stuhl.

Teddy senkte wieder den Kopf. „Ich habe ihn erschossen. Ich habe das ganze Magazin abgefeuert." Seine Stimme brach.

„Du hast ihn erschossen. Du hast einem unschuldigen Menschen das Leben genommen. Das ist eine sehr schwere Sünde. Weißt du, gegen welches Gebot du verstoßen hast?"

„Ich weiß es nicht", er weinte leise, „ich weiß es nicht mehr genau. Ich kann nicht mehr klar denken."

„Es ist das zehnte Gebot. *Du sollt nicht töten*, so steht es in der heiligen Schrift."

Teddy schluchzte. „Ja, das stimmt. Es ist furchtbar. Ich habe einen Menschen erschossen, das wollte ich doch gar nicht! Es tut mir so leid! Ich wollte es doch nicht!" Er weinte. „Ich habe noch nie jemandem so richtig wehgetan, wirklich noch nie. Ich habe früher mal etwas gedealt, mal was geklaut. Aber niemandem richtig weh getan. Und dann das. Es war so schrecklich. Das war ich nicht. Es war etwas anderes in mir!"

„Weine nicht. Du wirst dafür jetzt Buße tun und frei von Schuld sein, Teddy, für immer frei von Schuld. Ich habe es dir schon vorhin gesagt: Denke an die Worte des Herrn zu dem gekreuzigten Mörder, der neben ihm am Kreuz hing und voller Furcht war. *Noch heute wirst du mit mir im Paradiese sein'*, sagte der Herr zu ihm."

Teddy nickte langsam. „Ja, ich vertraue auf den Herrn. Ja, ich vertraue auf ihn. Der Herr ist mein Hirte. Mir wird nichts mangeln. Der Herr ist mein Hirte, mir wird nichts mangeln. Der Herr…"

Ich legte ihm eine Hand beruhigend auf den Arm, obwohl ich es nach den Gefängnisregeln eigentlich nicht durfte, doch es wurde immer geduldet. Ein kleines bisschen Menschlichkeit war so bitter nötig hinter diesen dicken und traurigen Mauern. Ich hatte schon viele Todeskandidaten begleitet, doch dieser große schwarze Junge berührte mich besonders. Er war so gut in seinem Herzen und er bereute so aufrichtig, wie ich es noch bei keinem Mörder erlebt hatte. Keine Bitterkeit, keine Schuldzuweisungen an andere, keine Ausreden.

„Sei ohne Furcht. Sei stark, Teddy. Lass uns gemeinsam die Worte des Herrn sagen, die dieser angesichts seines Todes auch sprach. Vater unser im Himmel…"

Teddy schloss die Augen und gemeinsam beteten wir ein Vater-unser. Ich merkte, wie es nicht nur dem armen Teddy wohl tat, sondern auch mir. Ich wurde ruhig und wusste, dass ich seiner Seele Gutes tat. *Und vergib uns unsere Schuld, wie auch wir vergeben unseren Schuldigern.* Diese Zeilen gingen mir stets besonders nahe.

„Amen", sagten wir gemeinsam und schwiegen.

Nach einer Weile fragte Teddy: „Sie sind bei mir bis zum Ende?"

„Ja, Teddy, das bin ich. Ich bin immer dabei, bei jedem, der geht und sorge dafür, dass sich niemand fürchten muss. Bis zum Ende bin ich da."

Ich griff nach meiner Tasche, öffnete sie und legte ihm eine Hand auf den Kopf.

Das durfte ich, denn es gehörte zu meiner Aufgabe. Sein Haar war ganz weich, viel weicher als es aussah.

Beruhigt atmete er aus. „Es tut gut, Ihre Hand zu spüren. Es tut sehr gut."

Meine Übelkeit hatte sich gelegt. Jetzt war ich wieder ganz ich selbst und eins mit meiner Aufgabe. Aus der Tasche nahm ich die Utensilien, die ich für meine Arbeit brauchte.

„Teddy, ich werde dir jetzt den Kopf rasieren. Dann liegt später die Elektrode besser an und der Strom kann gut in deinen Körper fließen. Das ist sehr wichtig, damit du nichts spürst. Es geht dann alles sehr schnell. Bleib jetzt ganz ruhig, es dauert einen kleinen Moment und tut überhaupt nicht weh."

Ich rührte den Rasierschaum sorgfältig an, seifte seinen Kopf ein und ließ den Apparat aus Plastik dann sanft über Teddys Schädel gleiten. Ganz leicht ging die Klinge durch sein kurz geschorenes schwarzes Haar.

Er schloss die Augen und lächelte ein ganz klein wenig, ja, er entspannte sich sogar etwas unter meinen kundigen Händen. Es war immer wieder ein wunderbarer Moment – es war der Moment, in dem ich den Todgeweihten meinen Segen gab.

Es wird immer der schönste Augenblick meiner Arbeit sein. In diesem Moment ging ein ungeheures Glücksgefühl durch mich hindurch. Ich war wieder im Gleichgewicht mit mir und der Welt. Alle Zweifel waren dahin und Licht durchflutete meine dunklen

131

Gedanken. Jetzt konnte ich gleich mit fester Hand den Hebel be-
tätigen, der das Tor zum Jenseits für Teddy mit den strahlenden
2.500 Volt der beiden Generatoren öffnete. Ich lächelte voll stiller
Freude. Gab es einen Beruf, der die Menschen mehr mit dem
Schicksal verband, als den meinen? Kam denn irgendjemand der
sündigen Seele näher und war tröstlicher zu ihr, als ich, der Henker, der dieser Seele den Weg in eine bessere Welt ohne Leiden
bahnte?

Absichten eines Clowns

Einst hatte Fiete Plietsch ganze Hallen mit seinen Auftritten gefüllt, damals in den späten 70er Jahren. Sogar eine eigene Fernsehsendung wurde ihm auf den Leib geschneidert. Alle acht Wochen bekam er 30 Minuten für seine derben Späße – und das über viele Jahre. Er fuhr mit einem großen Mercedes zu seinen Auftritten, konnte ungehindert die Popos der jungen Redakteurinnen tätscheln und vor jeder Sendung stand eine Flasche guter Weinbrand mit einer Kiste Cola in seiner Garderobe. Die Schallplatten und Kassetten mit seinen Witzen verkauften sich bestens und machten ihn zu einem reichen Mann. Er gönnte sich ein großes altes Bauernhaus hinter dem Deich, noch einen Mercedes und einen eigenen Vermögensberater. Fiete Plietsch war damals ein richtiger Star gewesen. Er war der unangefochtene König des gepflegten Herrenwitzes, der Großmeister der klassischen Zote, der beste Freund der Kegelclubs, Kaffeefahrten und Stammtischrunden. Er war auf eine angenehme Art vulgär. Doch im Laufe der Jahre wurden die Hallen kleiner, die Auftritte bald seltener und die Schallplatten und Kassetten wichen CDs, die schnell ohne sein Repertoire auskamen. Als er dann bei einer Gala zum 50. Geburtstag seines früheren TV-Senders mal wieder einer Redakteurin den Popo tätschelte, verpasste sie ihm eine Ohrfeige und eine Strafanzeige wegen Belästigung. Seine letzten großen Medienauftritte hatte er daraufhin in der Boulevard-Presse, vor Gericht und in einer peinlichen Sendung mit früheren Showstars, die alle kurz vor der Privatinsolvenz standen und in albernen Kostümen irgendwo im Urwald Schlangenhäute lutschten und nach essbaren Maden unter Steinen suchten.

Sein Vermögensberater hatte viel Geld in sinnlose Aktien investiert, die beiden Mercedes-Wagen hatte er verkaufen müssen und auf dem Bauernhaus hinter dem Deich lastete eine schwere Hypothek. Jetzt fuhr Fiete Opel und kaufte bei Penny. Kurzum: Es stand nicht besonders gut um ihn. Die anfänglich noch überschaubare chronische Geldnot hatte sich zur finanziellen Schwindsucht entwickelt. Und so ging er eines Tages im Alter von fast 76 Jahren auf Anraten seiner Agentur auf eine Wintertournee durch die Möbelhäuser der Provinz, um zumindest die ärgsten Gläubiger ruhig zu stellen. Sein Programm dafür war so bewährt wie verstaubt, eine Mischung aus uralten Witzen, die er entweder seit Jahren – eigentlich seit Jahrzehnten – im Repertoire hatte, und einigen neuen Kalauern, die er bei berühmten Kollegen klaute, etwas umschrieb und dann als eigene ausgab.

Jetzt saß Fiete Plietsch in der behelfsmäßigen Garderobe beim Möbelhaus Knottke *(„Ihr Spezialist für aktuelle Landhausmöbel auf*

20.000 Quadratmetern!") und sinnierte bei einem lauwarmen schwarzen Kaffee über das Leben nach. Der Kaffee kam aus einer orangefarbenen Thermoskanne, die irgendwer schon vor Stunden gefüllt hatte und schmeckte auch genauso. Er war wie eine Parabel auf Fietes Leben der letzten Jahre: bitter und abgestanden.

Über dieses Leben hatte er auch schon nachgedacht, als er mit seinem Wagen am Morgen aufgebrochen war. Für eine Gage von 700 Euro war er 180 Kilometer weit gefahren, quer durch unwirtliche Gegenden auf holperigen Kreisstraßen und durch Dutzende hässlicher und ungepflegter Dörfer. Gute drei Stunden Wegstrecke waren es von seinem Heim in diese unbekannte Kleinstadt, unterwegs hatte er sich eine Bratwurst mit Fritten und ein Bier gegönnt, was er jetzt bereute. Das Essen lag ihm schwer im Magen und vom Bier musste er dauernd aufstoßen. Mürrisch schob er sich eine Handvoll Magentabletten in den Mund, von denen er immer eine große Schachtel dabei hatte.

Er trank die Kaffeetasse leer, zwängte sich in das alte großkarierte Sakko, setzte die rote Pudelmütze auf, die seit Jahrzehnten sein Markenzeichen war – und besah sich dann kritisch im Spiegel. Ein faltiger, alter und unzufriedener Mann glotzte ihn mürrisch an. Dieser Mann sah ihn seit Jahren so aus dem Spiegel an und Fiete hatte immer mal wieder das Bedürfnis verspürt, seinem Alter Ego die geballte Faust ins Gesicht zu schlagen.

„Fiete?"

Der Geschäftsführer und Inhaber von Möbel Knottke, Karl-Heinz Knottke Senior, kam in einer großen Wolke scharfen Rasierwassers gut gelaunt in den Raum gesegelt. Er trug einen blauen Blazer mit goldenen Knöpfen und Einstecktuch und einen großen Siegelring am kleinen Finger. „Moin, mein Lieber. Ich bin hier der Chef. Knottke Senior."

Fiete Plietsch setzte wie auf Knopfdruck sein seit über 50 Jahren bekanntes Grinsen auf. Der alte faltige Mann im Spiegel verschwand, stattdessen sah man das verschmitzte Lächeln des einst gefeierten Komikers. Fiete nannte es insgeheim sein Bühnengesicht. Und dieser Nachmittag im Möbelhaus Knottke sollte schließlich ein besonderer Auftritt werden. Lange hatte er in den vergangenen Wochen nachgedacht und war dann zu einem folgenschweren Entschluss gekommen. Warum er ausgerechnet das Möbelhaus Knottke dafür ausgesucht hatte, konnte er gar nicht genau sagen. Irgendwie war einfach die Zeit reif gewesen.

„Hier, bei der Arbeit, Herr Knottke!" Er drehte sich zu Knottke Senior um.

„Schön, dass Sie hier sind! Dann bringen Sie mir die Bude hier mal so richtig unter Dampf! Jetzt mal im Ernst: Ich hab an Ihren Agenten 'ne Menge Geld für Ihren Auftritt abdrücken müssen! Da erwarte ich schon was von Ihnen!"

„Aber klar, Herr Knottke! Die Hütte wird kochen, das garantiere ich Ihnen so wahr ich Fiete Plietsch heiße!" Er grinste breit – und wusste jetzt schon, dass Knottke Senior genau das war, was man an seinem scharfen Rasierwasser roch und an seinem dicken Siegelring sah: ein aufgeblasenes Arschloch.

„Fiete, heute Abend ist eine freie Mitarbeiterin von der Lokalzeitung da, sie möchte ein längeres Interview mit Ihnen machen."

Er horchte auf und jetzt war sein Grinsen tatsächlich echt. Auf die Presse hatte er kaum zu hoffen gewagt. „So richtig jemand von der Zeitung ist hier?"

„Na klar! Mit Bildern und Text, das wird eine große Geschichte für unseren *Generalanzeiger*."

„Ihr örtliches Käseblatt?"

Knottke machte ein verkniffenes Gesicht. „Ich bevorzuge den Ausdruck Heimatzeitung."

„Schon klar, Heimatzeitung klingt ja auch gleich viel seriöser als Käseblatt."

„Wie gesagt, eine Mitarbeiterin der Zeitung ist hier. Das begrüße ich natürlich als Geschäftsführer von Möbel Knottke sehr. Schließlich zahle ich viel Geld für diesen Abend. Da muss auch die Presse mal ran. Wir sind nicht Irgendjemand. Möbel Knottke ist ein wichtiger Anzeigenkunde des *Generalanzeiger*."

„Ihr Spezialist für Landhausmöbel auf 20.000 Quadratmetern!"

„Wie bitte?"

„Na, Möbel Knottke, verehrter Herr Knottke Senior. Das ist Ihr Spezialist für Landhausmöbel auf über 20.000 Quadratmetern!

Hat irgendjemand übrigens da draußen heimlich mit großen Leuchtbuchstaben an Ihren Laden gedübelt."

Knottke Senior lächelte geschmeichelt. „Hehe, ach so, ja, ja, natürlich. Der Slogan ist von mir. Den will ich natürlich auch auf der Bühne hören! Nicht schlecht, der Spruch, oder? Was meinen Sie, Fiete? Sie sind doch Experte für gute Sprüche!"

„Aber hallo! Geht runter wie 'ne schöne, fette Gleitcreme, der Slogan! Könnte glatt aus meinem großen, leider viel zu lange schon verschollenen Frühwerk sein!" Er kratzte sich dezent im Schritt. „Na, wo ist sie denn, diese Frau Redakteuse? Schon hier im Haus oder arbeitet sie gerade noch unter ihrem Chefredakteur hart an der Karriere?"

Knottke Senior grinste breit und kicherte. „Die arbeitet noch unter ihrem Chefredakteur! Hehe, der Witz ist gut!"

Er zeigte mit dem Daumen nach hinten. „Sie wartet noch am Eingang. Wir müssen uns aber beeilen, ich möchte mit der Show in einer halben Stunde anfangen. Sie sind ja als erster dran mit dem Relax-Sessel. Nicht vergessen, Fiete! Der ist unser echter Schlager im Sortiment der bequemen Möbel für das moderne und rustikale Wohnzimmer. Eine wirkliche Neuheit. Sehr weich, aber mit einer ergonomischen Lehne, die Halt gibt."

„Das klingt wie ein Gedicht, Herr Knottke!"

„Der wird ein Bestseller! Einer meiner Mitarbeiter bringt Ihnen noch gleich den aktuellen Prospekt."

„Kein Thema! Na klar kommt der super-duper Relax-Sessel in meinem neuen Programm vor. Habe mir auch was richtig Schönes überlegt. Sie wissen doch, ich bin zu jeder Schandtat bereit, wenn's der Wahrheitsfindung dient! Ich hab ja selbst so ein ganz rustikales Wohnzimmer - aus der Erbmasse meines Opas. Vor 50 Jahren geerbt. Eigentlich hatte ich vor, es zu verbrennen, meine Gläubiger wollten mal wieder richtig Asche sehen!"

Knottke Senior hörte kaum hin und dachte an den Relax-Sessel, den bisher leider kaum jemand kaufte, rieb sich aber erfreut die Hände und brummte geistesabwesend: „Sehr gut, Fiete, sehr gut! Ja, ja, genauso will ich Sie hören!"

„Immer wieder gern."

„Alle wichtigen Informationen zum Relax-Sessel habe ich ja auch schon an Ihren Agenten geschickt. Ich denke, Sie sind genau der richtige Mann, um dieses großartige Möbel zu promoten. Ganz wichtig: Es gibt ihn in vier modischen Farben. Haselnussbraun, Rehbraun, Goldbraun – und natürlich in schwarz. Das müssen Sie sich zum Relax-Sessel bitte unbedingt merken."

„Jo, klar!" Fiete grinste breit, „kein Problem. Wenn einer sich mit Relaxen auskennt, dann ich!".

Er schien die Zufriedenheit in Person zu sein, doch am liebsten hätte er diesem Knottke Senior in den Hintern getreten und mitsamt dem Relax-Sessel aus dem Fenster geworfen. Er, Fiete Plietsch, der früher ganze Säle zum Toben gebracht hatte, musste jetzt vor diesem schwachsinnigen Möbel-Verkäufer für ein jämmerliches Honorar katzbuckeln. Eine ungerechte Welt.

„Wunderbar. Ich wusste schon bei unserem ersten Telefonat, dass wir uns gut verstehen werden. Dann schicke ich Ihnen die Dame von der Presse jetzt gleich zu Ihnen."

„Na, hoffentlich ist sie gar keine richtige Dame". Fiete grinste anzüglich. „Ist sie wenigstens hübsch?"

Der Geschäftsführer lachte dröhnend. „Immer noch der alte Fiete Plietsch! Holla, immer noch scharf wie Nachbars Lumpi. Und immer noch gern mal einen wegstecken, was?" Er grinste anzüglich.

„Nee, hübsch ist sie leider nicht, aber wohl ganz schlau."

„Beides zusammen geht ja auch nicht. Wenn sie hübsch und klug wäre, wäre sie ja wohl auch ein Mann. Na gut, denn mal rein mit der jungen Frau in die gute Stube!"

Der Geschäftsführer klopfte ihm gönnerhaft auf die Schulter. „Ach, Fiete, wenn Sie mögen – Sie bekommen auf den Relax-Sessel übrigens 30 Prozent Rabatt! Also, nicht lange zögern, das ist ein echtes Schnäppchen!"

Die Redakteurin hieß Frauke Schirrmacher und sah besser aus, als Fiete befürchtet hatte. Sogar ihren Po hätte er ganz gern getätschelt, aber das verkniff er sich lieber. Stattdessen goss er ihr aus der Thermoskanne einen lauwarmen Kaffee ein und lächelte sie milde an.

„Tach. Ich bin Fiete. Seit 76 Jahren. Fiete. Ganz einfach: Wie Schiete aber mit F statt ess ceh hah."

Frauke Schirrmacher nickte. „Sehr schön. Ich bin Frauke. Noch nicht seit ganz 37 Jahren. Ganz einfach Frauke. Wie Frau aber zusätzlich mit kah und eh."

„Hehe", Fiete gab sein berühmtes meckerndes Lachen von sich, „hehe, das ist gut. Du bist ja richtig pfiffig. Kannst sofort meine Assistentin werden. Du kriegst meinen alten, knappen rosa Bikini, wackelst bisschen mit dem Hintern und drehst mir die Seiten der ollen geklauten Witzhefte auf der Bühne um. Wär das nicht was für dich?"

„Mal sehen. Ich schaue mir vielleicht erst mal das Programm an, dann komme ich später zur Anprobe. Könnte allerdings etwas weit sein, der alte Bikini. Sie haben ja deutlich mehr Oberweite als ich."

Fiete grinste begeistert. Das Gespräch begann ihm zu gefallen. „Du bist ja richtig fies zu einem alten Mann. Gut, ich habe wohl in den Jahren etwas zugelegt. Aber immerhin, bei mir ist noch alles straff. Zeig ich dir mal bei Gelegenheit."

„Immer wieder gern. Aber deswegen bin ich nicht hier."

„Vermute ich ja leider mal auch. Früher war das noch ganz anders, Menschenskinder. Wenn ich so bei den Damen auspackte, da wurde es aber verdammt eng, hehe!"

„Womit wurde es eng? Mit dem Niveau?"

„Hehe, ja, damit auch. Das verkrümelte sich dann unter den Tisch und wimmerte vor Angst." Fiete nahm die Mütze ab und fuhr sich schmunzelnd durch das Haar. „Ich sag`s ja, du bist gut, Frau mit kah und eh! Und kannst ruhig „Du" zu mir sagen, das machen alle."

„Danke, danke. Aber zurück zum Thema, Fiete. Bist du zum ersten Mal hier bei uns in der Stadt?"

„Jo. Ich habe mich sogar in eurem Hotel eingemietet. Zimmer 4711, mit Klo und bei Regen fließend Wasser die Wände runter. Kannst nach der Show mitkommen. Ich habe immer meine Briefmarken auf Reisen dabei."

Sie grinste. „Schade, Fiete, ich trinke kein Bier. Und wenn ich mal Briefmarken brauche, gibt's bei der Post alles zum Downloaden."

„Zum was?"

„Downloaden. Runterladen."

„Hehe", er lachte fröhlich, „ach so, zum Runterholen, ja, das verstehe ich. Sach das doch gleich. Pass auf, den kennst du noch nicht: An einem Baum hängen fünf Äpfel. Fiete holt sich einen runter. Wie viele Äpfel hängen noch am Baum?"

Sie zückte ungerührt einen Kugelschreiber und ihren Notizblock. „Fünf Äpfel. Der Witz ist uralt. Ich vermute aus deinem Programm von 1979 oder 1980. Also, Fiete, was wirst du uns heute denn hier aus deinem Spätwerk präsentieren?"

Sein Blick wurde für einen Moment etwas finster.

„Einen beschissenen Relax-Sessel." Doch dann lächelte er wieder. „Und mein garantiert neues und einmaliges Programm. Heute ist der Auftakt."

Sie machte sich Notizen. „So, so, einen beschissenen Relax-Sessel. Was dagegen, wenn ich nur Relax-Sessel schreibe?"

„Nee, lasse ich mal gerade noch so durchgehen."

„Wie heißt dein neues Programm?"

Er grinste. „Es heißt *Quoten mit Zoten*!"

Sie notierte es, ohne eine Miene zu verziehen. „Aha. Sehr originell. Dein wievieltes Programm ist das?"

„Das ist jetzt mein 43. Programm. Und es ist anders, wirklich ganz anders, als sonst."

„Keine Herrenwitze? Keine sexistischen Sprüche? Keine Geschichten über Blondinen, Titten und Schwuchteln, keine Witze über Neger, Mongos und andere Randgruppen? Du hast die alten Sachen nicht mehr im Programm? Das wäre ja mal tatsächlich was anderes. Aber eigentlich auch schade. Also zumindest für deine beiden ältesten Fans, die heute wohl exhumiert wurden." Sie feixte fröhlich.

Fiete sah sie ernst an. „Du fiese Kröte. Mach dich nur lustig. Es ist ganz anders. Du wirst es sehen. Aber man muss etwas Geduld haben. Es fängt klassisch an und entwickelt sich dann unerwartet." Er verschränkte die Arme vor der Brust. „Du wirst auch wirklich was schreiben? Ich meine, alles?"

„Ja, werde ich. Deswegen bin ich hier. Ich schreibe für die morgige Ausgabe des *Generalanzeigers* über dich den Aufmacher. Du bekommst zwei Fotos und 120 Zeilen auf der ersten Seite. Außerdem mache ich Fotos für die digitale Ausgabe von dir, twittere aus der Veranstaltung und mache ein Video fürs Internet." Sie zeigte auf ihre Kamera. „Alles damit."

„Tatsächlich. 120 Zeilen. Und noch was für dieses neue Internet. Das ist gut. Sehr gut sogar. Und du lässt nichts weg?"

Sie sah ihn skeptisch an. „Hast Du Angst, dass einer deiner genialen Witze unerkannt bleiben wird? Warum fragst du?"

„Weil es ein ganz besonderes Programm ist. Schau es dir bitte komplett an. Es wird dir garantiert gefallen. Ich sagte dir ja schon, es ist wirklich einmalig."

Etwas später stand Fiete Plietsch auf der Bühne in der Ausstellung von Möbel Knottke. Wohl um die 500 Menschen waren gekommen. Fiete sah es mit Freude. Er setzte sich behaglich in den Relax-Sessel und sah in erwartungsvolle Gesichter. Die meisten Gäste waren deutlich über 50 und kannten ihn vermutlich seit Jahrzehnten. Es gab sie also immer noch, seine treuen Fans.

Fiete nahm das Mikrofon in die Hand und räusperte sich. Es wurde still.

„So, Freunde, da bin ich. Fiete Plietsch. Und ihr seid so verrückt gewesen, euren schönen Tag mit mir hier so richtig zu versauen.

Habt ihr nix anderes zu tun? Oder seid ihr alle arbeitslos und kennt das Fernsehprogramm am Nachmittag auswendig?"

Ein paar kleine erste Lacher waren zu hören.

Fiete räkelte sich im Relax-Sessel. „Jedenfalls schön, dass ihr hier seid! Ihr müsst stehen und ich kann hier sitzen. Wobei der eine oder andere von euch auch bestimmt schon mal gesessen hat, hehe... Gute Arbeitsteilung, Freunde, das zählt immer im Leben. Also, schön sitzen! Übrigens: Auch wer die Hände in den Schoß legt, muss ja nicht untätig sein, meine Damen!"

Wieder einige Lacher, jetzt schon ein paar mehr.

Fiete rutschte im Sessel geräuschvoll hin und her. Das Leder knarzte. „Prima Ding, so ein ganz moderner Stuhl. Und macht so wunderbare lebensbejahende Geräusche. Kinder, ich sage euch, ein doller Stuhl! Und dieses schöne braune Leder. Ganz geschmeidig. Mensch, ich weiß gar nicht, wann ich das letzte Mal so einen schönen und weichen Stuhl hatte! Einen so schönen Stuhl mit so einer feinen Farbe."

Deutliches Gekicher setzte ein. Fiete genoss es. Aus den Augenwinkeln sah er Frauke Schirrmacher, die fotografierte.

„Freunde, es ist so. Glaubt mir, dieses wunderbare weiche Sitzmöbel ist eine Wohltat für meine Hämorrhoiden! Ganz wichtig: Es gibt ihn in vier modischen Farben. Haselnussbraun, Rehbraun, Baby-Aa – und natürlich in Schwarz. Für die Katholiken unter euch."

Wieder wurde gelacht. Geschäftsführer Knottke Senior kratzte sich mit gerunzelter Stirn am Kinn und war sich nicht ganz sicher, ob diese Sprüche wirklich verkaufsfördernd waren. Einige Leute schüttelten grinsend den Kopf und eine Stimme rief „Pfui".

„Jaja. Du hast ja recht da hinten auf den billigen Plätzen. Ich sage dazu auch Pfui. Über Hämorrhoiden redet man nicht. Die wenigsten wissen ja überhaupt, wie man das Wort schreibt. Aber wo die fiesen Dinger sind, das wisst ihr ja anscheinend alle! Aber mit diesem Relax-Sessel werden sie ganz zahm. Relaxt euch gesund und fit, Freunde, dieser wunderbare weiche Sessel ist eine Wohltat! Gerade für die älteren wie mich und euch!"

Die Mitarbeiter von Möbel Knottke fingen auf ein deutliches Kopfnicken ihres Chefs hin an, frenetisch zu klatschen.

Fiete wartete den Applaus ab. „Also, wenn Ihr euren alten harten Stuhl satt habt, dann legt euer Geld richtig an. Kommt hierher!"

„Wohin?", rief jemand.

„Hierher, in diesen Bums-Bunker! Möbel Knottke, euer Spezialist für Landhausmöbel auf 20.000 Quadratmetern! Der absolute Hammerladen zwischen Posemuckel und Kyritz an der Knatter. Und ab sofort auch euer Experte für einen schönen und weichen Stuhl in verschiedenen Farbtönen!"

Es wurde etwas müde geklatscht und Fiete stand schwerfällig auf.

„So, Freunde, genug aus der Abteilung Gas, Wasser, Scheiße! Jetzt wollen wir uns mal richtig sachlich mit Demografie befassen! Wie

ruft doch noch der Kasper vom Beerdigungsinstitut im Altersheim den Leuten zu?"

„Seid ihr alle da?", kam es fröhlich aus dem Publikum.

„Genau! Und was sagt er dann?"

„Aber nicht mehr lange!", rief das Publikum und klatschte begeistert.

Fiete rieb sich schmunzelnd die Hände.

„Ganz genau! Ihr könnt euren Text immer noch, was? Wunderbar, das wird ein lustiger Nachmittag. Besser als ein Besuch beim
Arzt. Apropos Arzt: War in der letzten Zeit mal jemand von euch
beim Proktologen? So zur ganz großen Hafenrundfahrt. Ja? Na,
dann wisst ihr ja Bescheid, oder? Sagt der Doktor zum Patienten,
nachdem er sich so den Gummifinger übergestülpt hat und mit
vollem Elan loslegt: Sie brauchen keine Angst zu haben, wenn sich
jetzt während der Untersuchung eine Erektion bildet. Meint der
Patient verwundert: Nee, ich merke nix. Sagt der Doktor: Ich
meine ja auch nicht Sie!"

Das dankbar anspruchslose Publikum applaudierte und grölte.
Jetzt waren die Menschen auf Betriebstemperatur.

„Ja, ich merke es, ihr wart da alle schon und hattet euren Spaß mit
dem Onkel Doktor. Und da gibt es ja auch 'ne Menge Möglich-
keiten, mal auf andere Gedanken zu kommen, gerade bei euch auf
dem platten Land. Die Zeitschriften im Wartezimmer hier sind
noch aus der Zeit, als der Hufschmied bei euch die Zähne zog und

die alte Arzthelferin dachte, Cunnilingus sei der Bruder von Caligula."

Lachen und Rufe, dazwischen einige Stimmen, die verwundert fragten, wer denn Cunnilingus und Caligula seien.

„Da fällt mir ein: Neulich war ich übrigens auch mal beim Arzt, ich hatte irgendwas gegessen, was nicht gut war und fragte: Kann ich mit dem Durchfall baden? Da guckte der Doktor mich ganz skeptisch an und meinte: Naja, wenn Sie die Wanne voll kriegen und …" – Fietes Worten gingen im donnernden Applaus unter.

Frauke Schirrmacher schüttelte mit gerunzelter Stirn den Kopf und machte sich Notizen. Dann blickte sie auf ihre Uhr und sah ihn fragend an. Fiete sah es und er wusste, dass jetzt der große Moment gekommen war.

„Freunde, aber irgendwann ist auch mal diese Wanne voll mit all dem Durchfall. Dem sprachlichen Durchfall. Wisst ihr eigentlich, wie man das zwanghafte Aussprechen von Worten aus der Fäkalsprache nennt? Nein? Das ist eine Koprolalie. Ein ernsthaftes Problem. Ich habe so eine Koprolalie. Damit tingele ich jetzt seit über 43 Jahren durch die Lande und habe euch immer unterhalten. Und ich habe euch doch immer gut unterhalten mit meiner Koprolalie, oder?"

„He, Fiete, du Penner, erzähl mal lieber Witze. Das andere Gequatsche ist doch totale Scheiße!", rief ein angetrunkener Typ, der wie ein Schiff auf hoher See hin und her schwankte.

„Komm nachher in meine Garderobe, mein Freund, wir gründen 'ne Selbsthilfegruppe. Du bist bestimmt aus der großen alten Familie derer von Thouret, das höre ich sofort! Mal im Ernst: Scheiße sagt man nicht, da geht die Bildung in Arsch. Und schau mal in den Spiegel – deine Eltern waren doch Geschwister!"

Beifall brandete auf.

Frauke Schirrmacher fummelte an ihrer Kamera herum und richtete das Objektiv auf Fiete. Er sah es, sprach jetzt in ihre Richtung.

„Ich habe mich jetzt gute vier Jahrzehnte für euch zum Affen gemacht und ich habe das gut gemacht. Denn sonst wäret ihr heute nicht hier. Ich habe euch viele schöne Zoten über Schwule, Frauen und Neger erzählt. Immer wieder 'ne neue Schweinerei, schön rassistisch und sexistisch. Und ihr könnt nicht genug davon hören. Ihr habt früher tonnenweise meine Platten gekauft und seid sogar heute hierher gekommen, an den dicksten und fiesesten Arsch der Welt, zu Möbel Knottke. Um den alten Witze-Kasper Fiete Plietsch zu sehen und zu hören, was er über den beschissenen Relax-Sessel erzählt. Ein wirklich sensationell hässliches Möbel, sage ich euch. Eine wahre Schande für jedes Wohnzimmer, selbst für eure. Ich kriege übrigens 30 Prozent auf das Ding, hat mir Meister Knottke vorhin gesagt. Mal im Ernst: Ich will das erbärmliche Teil nicht mal geschenkt!"

Ein paar Hände klatschten jetzt verhalten. Karl-Heinz Knottke Senior blickte völlig verstört zur Bühne. Seine Mitarbeiter grinsten

149

hinter vorgehaltener Hand, das Publikum sah Fiete irritiert an. War der alte Clown etwa senil geworden? Was faselte der da die ganze Zeit für einen Blödsinn?

„Aber genug von Relax-Sesseln und anderen Katastrophen. Ich war vor kurzem im Fernsehen, in einer richtig asozialen Show mit lauter Bekloppten im Dschungel. Ich habe dort halbnackt Kakerlaken gefressen und mich mit über 70 Jahren in ein ekelhaftes Jauchefass gesetzt. Eine richtig beschissene Demütigung eines alten Mannes, aber für Geld lässt sich eine arme Sau wie Fiete Plietsch auch gern mal demütigen. Denn Fiete Plietsch brauchte die Kohle zum Leben. Sein Konto ist so leer geplündert wie der Kühlschrank von dem Fettwanst da hinten." Er zeigte auf einen dicken Mann, der gerade in der Nase bohrte und abrupt zusammenzuckte.

Pfiffe ertönten. „Was soll das Gequatsche?", rief jemand. „Bist du jetzt Moralapostel geworden oder was?"

„Das wirst du noch erfahren, du Lutscher", rief Fiete aufgebracht. „Mach einfach deine Lauscher auf und nimm den Finger aus'm Po – von wegen Mexiko."

Wieder Gelächter und Pfiffe. Das Programm war tatsächlich anders – aber gar nicht so schlecht. Nur Knottke Senior hatte das ungute Gefühl, dass hier irgendetwas völlig schief lief.

Fiete war jetzt so richtig in Fahrt. „Ich wusste, das würde euch doch gefallen. Titten und Ärsche, das mögt ihr ja alle immer noch!

Geht mir nicht anders. Ich habe immer gern junge Frauen an den Arsch gefasst, denn ich liebe knackige Ärsche, auch wenn ich heute Erektionen nur noch aus Porno-Filmen kenne. Ich bin ein alter ordinärer Mann, der beim Pullern Probleme hat und dem die Schweine vom Finanzamt das Leben zur Hölle machen. Versuch doch mal 'nem nackten Mann in die Tasche zu greifen, habe ich denen gesagt. Das Schlimme daran ist: Die machen das! Und das tut verdammt weh."

Beifall und Pfiffe. Irgendjemand rief „Aufhören!" und andere zischten „Schnauze, lass den Fiete doch mal reden!"

Knottke Senior eilte jetzt entsetzt mit wehendem Haar vom Rand des Raumes zum Tontechniker, um Fiete Plietsch den Strom für das Mikrofon abzudrehen, doch er kam nicht durch die Menge vor der Bühne. Er winkte dem Techniker verzweifelt zu, aber der hatte nur Augen für den alten Mann mit der Pudelmütze. Viele Zuschauer hatten ihre Smartphones gezückt und auf Fiete gerichtet. Dutzende von Videos und tausende von Fotos entstanden in diesem Moment.

„Und nun, liebe Freunde ist Schluss. Fiete Plietsch will nicht mehr. Nee, um ehrlich zu sein: Er kann nicht mehr. Er ist leer, so leer wie die Birnen von den meisten von euch."

Pfiffe und Klatschen. Eine großartige Show. Der König der Zoten übertraf sich heute im 43. Jahr seiner Bühnenkarriere hier im Möbelhaus Knottke selbst.

„Willst du wirklich aufhören, Fiete?", rief Frauke Schirrmacher über den Lärm. „Ist das definitiv deine letzte Show heute?"

Er drehte sich traurig lächelnd zu ihr. „Ja, Frauke, meine Süße, das ist meine letzte Show. Ich habe dir gesagt, diese Show ist einmalig, im wahrsten Sinne des Wortes. Selbst wenn du nachher nackig in der Garderobe auf dem Relax-Sessel auf mich wartetest, würde ich nicht mehr weitermachen."

„Mensch Fiete, Alter, was wird denn jetzt?" rief jemand. „Was erzählst du denn da? Du kannst uns doch nicht allein lassen!"

„Gute Frage, meine Freunde! Ganz einfach. Ich gehe. Für immer. Heute ist mein letzter Tag."

„Weitermachen! Fiete, gib nicht auf!" Das Publikum klatschte im Takt. „Fiete, Fiete, Fiete"!

Er hob die Hand bis es wieder ruhiger wurde. „Und wenn ich jetzt sage, ihr seid für mich heute das wichtigste Publikum in den fast fünf Jahrzehnten gewesen, dann ist das ausnahmsweise mal kein Witz."

Eine Träne stahl sich aus seinen Augen. „Ich werde nie wieder auf einer Bühne stehen. Nie wieder. Ich mache Schluss. Und das war's. Ich sach ma Tschüss. Lebt wohl. Euer Fiete Plietsch."

Er warf die rote Pudelmütze ins Publikum und verschwand in dem Augenblick, als Knottke Senior endlich den Tontechniker erreicht hatte, diesen brutal zur Seite schob und den Lautstärke-Regler selbst nach unten riss.

Eine halbe Stunde später lud Frauke Schirrmacher ihr Video in allen Social-Media-Portalen hoch. Befriedigt sah sie, wie es fleißig angeklickt wurde. Dann setzte sie sich ins Auto und fuhr zu Fiete Plietschs Hotel. Doch hier hatte ihn niemand gesehen. Herr Plietsch, so die Rezeptionistin überrascht, sei doch noch nie da gewesen.

Frauke Schirrmacher war irritiert. Wo war der Mann hin? Sie rief bei seiner Agentur an. Dort war man erstaunt. Er habe sich nicht gemeldet, schon seit Wochen nicht mehr. Herr Plietsch habe gesagt, er würde nur noch einen einzigen Auftritt machen, eben den bei Möbel Knottke, den Agenturvertrag habe er zum Jahresende gekündigt. Zuhause bei Fiete ging niemand ans Telefon, der alte Mann lebte seit Jahren allein in seinem Haus hinter dem Deich. Frauke Schirrmacher fuhr in die Redaktion und schrieb ihren Artikel. Dann rief sie bei den großen Presseagenturen an, die sich seit Jahren nicht für Fiete interessiert hatten, jetzt aber ganz wild auf seine Geschichte waren.

Zwei Tage später fand die Polizei das Auto von Fiete. Es stand auf einem einsamen Parkplatz an der Landstraße. Der Wagen war leer – bis auf einen mit dickem Filzstift handgeschriebenen Zettel auf dem Beifahrersitz.

Darauf stand in krakeliger Schrift:

WITZLOSES MANIFEST

Das Zeitalter des Herrenwitzes und der Zote erkläre ich hiermit ein für alle Mal für beendet. Alle Schwuchteln, Mongos, Blondinen, Finanzbeamte und andere perversen Randgruppen, die ich jahrzehntelang so gern beleidigt habe, sollen fortan ihre Ruhe vor mir haben. Meine geistigen Jünger sollen wissen, dass es eine Grenze des guten Geschmacks gibt, die ich lange ignoriert habe. Humor ist mehr als Schadenfreude. Ich bin für immer mit Euch fertig. Ich werde nie wieder irgendwo faule Witze für wen auch immer machen.

Gott mit Euch – und leckt mich gepflegt am Arsch.

Fiete Plietsch

Plötzlich waren die Zeitungen voll mit Fiete Plietsch. Man vermutete, der alte Mann habe sich aus Frust das Leben genommen. Im Fernsehen wurden seine alten Shows gezeigt und Frauke Schirrmachers Video avancierte zum You-Tube-Hit. Sie genoss den Ruhm, die Letzte gewesen zu sein, die ihn interviewt hatte und begleitete in einer großen Reportage die Suche nach dem alten Komiker. Das ganze Gelände um Fietes Auto wurde durchkämmt. Am Ufer eines Sees wurde sein kariertes Sakko gefunden und tagelang suchten Taucher den schlammigen Grund nach seiner Leiche ab. Nach einer Woche wurde die Suche beendet, ergebnislos. Anscheinend hatte sich der alte, schwer depressive Mann das Leben genommen und war im undurchdringlichen Morast des Sees für immer verschwunden.

Nur Frauke Schirrmacher suchte weiter. Bis sie ihn endlich fand. Eigentlich war es ganz leicht gewesen. Fiete Plietsch hatte sich in einer kleinen Pension bei einem alten Ehepaar auf dem Lande eingemietet, unter seinem bürgerlichen Namen Peter-Friedrich Janssen.

Er trug einen gepflegten weißen Bart, sein Haar war lang geworden und er saß in einem guten Hemd mit Krawatte am Frühstückstisch. Er löffelte gerade genüsslich ein weich gekochtes Ei, als sie eintrat.

„Moin, Fiete."

Peter-Friedrich Janssen alias Fiete verschluckte sich vor Schreck und hustete entsetzlich. Sie klopfte ihm auf den Rücken, bis er wieder sprechen konnte.

„Na, na! Immer schön langsam."

Er atmete durch, sah sie verblüfft an und trank dann vorsichtig einen Schluck Kaffee. „Ich werde bekloppt! Frauke! Meine Frau mit ka und eh! Wie hast du mich gefunden?"

„Ich konnte ehrlich gesagt nicht glauben, dass du wirklich tot bist. Und wo soll ein alter Witzbold, der sein Leben lang im Norden gelebt hat, schon hin? Auf die Kanaren? Nach Südamerika? Wohl kaum. Also habe ich überlegt. Dein Auto war ordentlich geparkt, Gepäck war nicht drin. Dafür ein albernes Manifest. Da habe ich mir gedacht, weit kann er nicht sein, der Meister des gepflegten Herrenwitzes."

„Respekt. Richtig gute Arbeit, Frau Redakteurin. Ich hatte tatsächlich alles sorgfältig vorbereitet. Meine Sachen waren im Kofferraum. Ein polnischer LKW-Fahrer hat mich dann auf der Landstraße ein Stück mitgenommen. Ich hatte hier ein Zimmer bestellt, schon vor Wochen. Unter meinem richtigen Namen. Ich bin offiziell ein pensionierter Studienrat, der gerade Witwer geworden ist und viel Ruhe braucht. Es ist unglaublich einfach, in diesem Land zu verschwinden. So lange du Geld verdienst, hängen die Behörden wie ein Schwarm Schmeißfliegen an dir, aber sobald du weg bist, geben sie dich sofort auf."

„Und was machst du so – ohne Schmeißfliegen?"

„Ich gehe durch den Wald und am Deich spazieren. Stundenlang kann ich am Wasser stehen und mich vom Wind durchpusten lassen. Es ist wunderbar. Man braucht nicht zu denken und genießt es einfach."

„Durchpusten lassen?" Sie sah ihn zweifelnd an. „So ein Unsinn. Das bist doch nicht du." Sie schüttelte den Kopf. „Spaziergänge am Deich? Und niemand hat dich erkannt?"

„Nee, nee", er lachte sein altes Meckern, „niemand, kein Mensch. Den ollen Fiete Plietsch kennt man nur mit dämlicher roter Pudelmütze und dem karierten alten Sakko. Im dunklen Anzug mit gedeckter Krawatte aber erkennt mich niemand. Und nie hat sich jemand meinen bürgerlichen Namen gemerkt. Außerdem ist jetzt auch keine Saison, kaum jemand außer mir ist hier."

Sie setzte sich und goss sich seufzend einen Kaffee ein. „Fiete, so geht das nicht. Die ganze Welt sucht dich seit Wochen. Die Leute wollen dich wieder sehen. Du hast unglaublich viele Fans. Alte und neue. Die darfst du jetzt nicht enttäuschen."

„Ach, Unsinn, Frauke. Das stimmt doch nicht. Niemand von denen will Peter-Friedrich Janssen sehen. Die wollen nur Fiete Plietsch. Doch der olle Fiete Plietsch ist schon lange tot. Erstickt an seiner letzten Zote. Gott hab` ihn selig samt seiner unheilbaren Koprolalie. Verdammte Scheiße."

„Blödsinn. Du hast ja keine Ahnung, wie lebendig Fiete Plietsch ist! Hast du denn nicht die Zeitungen gelesen? Oder mal im Internet geschaut?" Sie sah sich um. „Gibt's hier nicht mal einen Fernseher?"

„Nee. Der Fernseher auf meinem Zimmer ist kaputt." Er schmierte sich ein Brötchen. „Ich lese keine Zeitungen, schon lange nicht mehr. Steht immer nur derselbe Mist drin. Und das komische Internet ist für mich alten Mann Neuland. Brauche ich nicht. Ich komme wunderbar so zurecht." Er biss herzhaft in das Brötchen und kaute zufrieden.

Frauke Schirrmacher schüttelte den Kopf und lachte. „Mensch Fiete! Jetzt hör mal zu! Du bist plötzlich wieder ein Star! Deine Shows laufen wieder im Fernsehen. Deine Platten sind als CD seit ein paar Tagen auch wieder groß im Handel!"

Er hörte erstaunt auf zu kauen. „Wirklich? Der ganze alte Mist?"

„Der alte Mist wie du es nennst ist plötzlich so richtig Kult geworden. Gerade bei jungen Leuten!"

„Die Leute haben eben wirklich keinen Geschmack."

„Na und? Interessiert niemanden."

Janssen schüttelte den Kopf. „Nee, wirklich. Das hält doch keiner aus. Dumme und rassistische Witze über Schwule, Hausfrauen, Beamte und Neger. Das waren deine Worte. Wer will denn sowas noch hören?" Er biss erneut in sein Brötchen und fragte sie dann mit vollem Mund: „Hast du schon gefrühstückt? Hier, greif zu, das ist hier immer reichlich."

Sie schüttelte den Kopf. „Nein, danke, ich will nichts. Was mich interessiert: Was willst du jetzt machen?"

„Keine Ahnung. Mal abwarten, ich denke immer noch darüber nach. Mein Geld reicht noch 'ne ganze Weile. Ich habe vor Kurzem eine letzte Hypothek aufgenommen und was am Finanzamt vorbei gespart. In bar. Wie meine gute alte Oma im Sparstrumpf."

Sie trank ihren Kaffee aus und sah ihn lächelnd an. „Du siehst gut aus ohne die dämliche Pudelmütze und dieses hässliche Sakko. Wirklich fast wie ein pensionierter Studienrat."

Janssen lächelte verschmitzt zurück. „Wäre ich ja auch fast mal gewesen. Ich habe mir das Germanistik-Studium mit meinen Auftritten finanziert. Das war richtig hohe Kunst. Gedichte von Christian Morgenstern und Joachim Ringelnatz, Märchen von Oscar Wilde. Lief aber nicht so doll. Dann machte ich das Blödeln zum Beruf, damals in den frühen 70er Jahren. Dabei wollte ich eigentlich mal ein revolutionärer Schriftsteller werden. So wie Che oder Marx. Also Goucho Marx. Hab aber zu viel Zeit mit politischen Diskussionen und Weibern vertrödelt. Wer mit 20 nicht links war, hatte kein Herz. Und keine Ahnung vom Leben. War schon 'ne tolle und verrückte Zeit damals."

„Ich weiß. Ich habe viel über dich recherchiert. Du warst ja fast ein Anarchist."

„Sag ich ja. Politik und Weiber. Und Autos. Und Alkohol. Da habe ich meine Kohle gelassen. Was dann noch übrig war, habe ich leider sinnlos verprasst."

Frauke Schirrmacher stellte die Kaffeetasse ab und stand entschlossen auf. „Fiete, ich werde ein Buch über dich schreiben. Ich werde jeden Tag zu dir kommen und du wirst mir dein Leben erzählen. Außerdem will ich einen Film über dich machen. Wir fangen morgen an. Du wirst groß rauskommen, Fiete. Das verspreche ich dir. Und wir werden viel Geld verdienen. Ich habe alles schon über einen Anwalt angeleiert. Wir könnten nächste Woche die Verträge unterschreiben."

Er schüttelte langsam den Kopf. „Nee, ich glaube, das will ich nicht. Ich will nicht noch mal groß rauskommen. Nie wieder. Ich will einfach meine Ruhe, sonst nix. Ich fühl mich wohl hier, ich werde noch 'ne ganze Weile hier am Arsch der Welt bleiben. Ohne Fernseher, ohne Zeitung, ohne dieses Internet. Einfach nur ich."

„Und dann? Wie soll es weiter gehen?"

„Keine Ahnung. Darüber denke ich irgendwann mal später nach. Jetzt brauche ich nach vier Jahrzehnten Zoten erst mal frische Luft. Und vielleicht hole ich mir doch noch den dämlichen Relax-Sessel mit 30 Prozent Rabatt bei Knottke Senior und setze mich damit einfach an den Deich und lese ein gutes Buch."

„Natürlich. Der Relax-Sessel." Sie grinste breit. „Weil du ja schon immer so gern einen schönen weichen Stuhl hattest."

„Ja, das stimmt allerdings. Einfach einen schönen weichen Stuhl. Aber wer hat das nicht gern?"

Sonate für Rembrandt

Katja von Felsenstein saß lustlos in ihrer Kunstagentur mit dem dicken Katalog einer Ausstellung über *Das Goldene Zeitalter: Die Malerei in den Niederlanden zur Zeit Rembrandts*. Sie fühlte an diesem Morgen eine bleierne Müdigkeit und gähnte hin und wieder herzhaft. Ein langer Abend lag hinter ihr. Inzwischen stand die dritte Tasse Kaffee auf dem Schreibtisch. Im Aschenbecher lagen bereits einige Kippen. Katja blätterte müde durch den Katalog. Es waren die üblichen Bilder: Werke von Frans Hals, Jan Vermeer, Abraham van Beijeren, Emanuel de Witt und natürlich von Rembrandt selbst. Rembrandt Harmenszoon van Rijn, wie der größte Maler der Niederlande eigentlich mit vollem Namen hieß. Sie kannte ihn in- und auswendig. Über sein Frühwerk hatte sie einst promoviert und eine Zeit lang war sie sogar Mitglied des *Rembrandt Research Project* gewesen, eines internationalen Kunstexperten-Teams, das über viele Jahre akribisch das Werk des Meisters untersucht hatte. Einst vermutete die Fachwelt nämlich, Rembrandt habe an die 700 Bilder gemalt, doch inzwischen ging man davon aus, dass etliche wohl seinen Schülern oder unbekannten Nachahmern zugeschrieben werden mussten.

Katja nahm einen Schluck Kaffee und blätterte weiter.

Prompt tauchte schon eines dieser Bilder auf. *Der Mann mit dem Goldhelm*. Lange galt es als eines der besten Bilder Rembrandts. Erst 1986 wurde nachgewiesen, dass der Meister wohl nie Hand an dieses Werk gelegt hatte. Es war von irgendeinem unbekannten Künstler angefertigt worden, der freilich über großes Talent verfügt haben musste und wohl aus dem Umfeld Rembrandts stammte, ja womöglich in dessen Werkstatt gearbeitet hatte. Nach den Statuten des 17. Jahrhunderts hatte aber der Meister das Recht gehabt, alles in seinem Atelier Gefertigte unter seinem Namen zu verkaufen. Das erklärte, dass es Werke mit Rembrandts Signatur gab, an die er nie künstlerisch je selbst Hand angelegt hatte. Vermutlich war so auch *Der Mann mit dem Goldhelm* entstanden.

Katja klappte gelangweilt den Katalog zu. Sie kannte die Geschichte in- und auswendig. Sie hatte schließlich damals zu den Experten gehört, die den *Mann mit dem Goldhelm* aus dem Werk Rembrandts aussortiert hatte. Es war einer ihrer ersten großen Erfolge als Expertin gewesen. Damals war sie noch sehr jung und voller Elan, heute war sie vermögend, international anerkannt – und gelangweilt. Gestern Abend hatte sie viele Stunden mit ein paar Abgesandten eines Londoner Auktionshauses verbracht und einen Vertrag für die Expertisen der Bilder eines vor Kurzem verstorbenen russischen Oligarchen mit einem Faible für impressionistische Kunst ausgehandelt, der ein gigantisches Konvolut hinterlassen hatte. Ein gutes Dutzend dicker Ordner mit Fotos und

Provenienzen der russischen Sammlung war sie mit den Engländern durchgegangen, hatte dabei unzählige Zigaretten geraucht und literweise schwarzen Kaffee getrunken. Immerhin würde sie ein Honorar von über 60.000 Euro einstreichen – und wenn alles glatt ging, wäre die Arbeit in etwa drei Wochen erledigt. Außerdem war sie lange nicht mehr in Sankt Petersburg gewesen, wo die Bilder eingelagert waren und geprüft werden sollten. Aber so lukrativ wie der Auftrag auch war – Lust hatte sie keine. Und das Geld brauchte sie eigentlich auch nicht. Sie hatte nach dem Tode ihrer Eltern deren Firma geerbt und an einen amerikanischen Investor verkauft. Von dem Erlös konnte sie vermutlich noch 100 Jahre ihren Lebensstandard ohne Mühe aufrecht halten, ihre Honorare vom internationalen Kunstmarkt nicht einmal mit eingerechnet. Katja war kinderlos und die letzte derer von Felsenstein, die einst mit der Entwicklung von Kupplungen für Lokomotiven im 19. Jahrhundert ihr Vermögen begründet hatten. Spätere Generationen verdienten sich mit Stoßdämpfern unter die reichsten Deutschen. Für Katjas Geschmack eine unendlich langweilige Familiengeschichte.

Sie griff nach dem Telefonhörer, gähnte herzhaft und wählte dann die Nummer ihres Assistenten.

„Frederick, hat sich dieser Makler endlich mal gemeldet?"

„Ja, er hat vor einer Stunde angerufen und versprochen, die Unterlagen bis heute Nachmittag zu mailen."

„Gut. Druck mir den Kram aus, wenn er da ist. Und sei so gut, hol mir noch eine Stange St. Moritz Menthol. Ich habe hier nur noch eine halbe Schachtel, damit komme ich nicht weit."

„Sehr gern, Katja. Soll ich auch noch etwas zum Mittag holen?"

„Ja, irgendwas Leichtes. Du wirst schon was finden."

Sie drehte sich zur Seite und sah die Kaffeemaschine an. In dem Porzellanschälchen lagen nur noch wenige goldschimmernde Kapseln. Es gab genau drei Dinge, ohne die sie nicht leben konnte: Zigaretten, Rotwein und Kaffee. „Ach, Frederick, bring noch Munition für die Kaffeemaschine mit. Aber nicht wieder diese labberige Sorte in Gold. Hol die roten, die sind stärker. Und vergiss die Quittung nicht."

„Sehr gern, Katja. Ich sage Melly Bescheid, dass ich weg bin und stelle mein Telefon auf ihres um. Sie kümmert sich um alles. Hast du sonst noch einen Wunsch?"

„Danke, Frederick, das war's schon. Bis später."

Sie legte auf und seufzte. Frederick und Melly, die jüngste im Team, die gerade ihren Master in Rekordzeit an der Akademie der Künste gemacht hatte, waren seit Kurzem ein Paar. Beide hatten sich eingebildet, Katja würde davon nichts merken. Aber die albernen verliebten Gesten ihrer beiden Mitarbeiter waren nicht zu übersehen. Außerdem wusste sie, wie Frederick sich aufführte, wenn seine Hormone in Wallung kamen. Als er vor vier Jahren, frisch von der Universität mit dem Doktortitel in der Tasche, als

164

Assistent in ihrer Kunstagentur angefangen hatte, ließ sie sich zu einer Affäre mit ihm hinreißen. Sie fühlte sich unglaublich gut dabei, hielt sich für jung und attraktiv und genoss es, mit einem Mann zu schlafen, der fast 20 Jahre jünger war als sie. Erst nach ein paar Wochen war ihr klar geworden, dass er vermutlich nur auf eine Agentur-Partnerschaft scharf war.

Sie beendete das Verhältnis ohne große Worte und wider Erwarten fügte er sich, ohne jemals etwas zu sagen. Seitdem traute sie ihm nicht mehr so ganz über den Weg, hatte aber nicht die Energie gehabt, sich in den vergangenen Jahren nach einem Nachfolger umzusehen. Außerdem war Frederick nicht nur fachlich exzellent, sondern konnte auch äußerst galant sein, was besonders die älteren Sammlerinnen der guten Gesellschaft sehr zu schätzen wussten.

Katja legte die Beine auf den Schreibtisch und schob den Katalog über die Ausstellung *Die Malerei in den Niederlanden zur Zeit Rembrandts* mit den Absätzen ihrer High-Heels beiseite. Sie war vor einem Jahr von der staatlichen Gemäldegalerie gefragt worden, ob sie nicht genau diese Ausstellung kuratieren wolle, hatte aber dankend abgelehnt. Diese ganze Malerei hing ihr inzwischen zum Halse heraus. Kein Mensch, mit dem sie in den vergangenen 25 Jahren beruflich zu tun gehabt hatte, genoss noch aufrichtig die Ästhetik der Werke, alle interessierten sich nur noch für die Bilder als Investment und Renditeobjekte. Katja widerten diese ganzen

Kunstmakler, Galeristen und Sammler an. Ein aufgeblasenes Gesindel in Maßanzügen und Designerkleidern. Manchmal wurde ihr fast physisch übel, wenn sie Händler und Sammler in riesigen Geländewagen bei Auktionen vorfahren sah und sinnentleertes Zeug plappern hörte. Sie redeten stundenlang über Picasso, Klimt, Liebermann, Kandinsky oder Klee und Richter – aber echte Liebe zur Malerei klang dabei nie heraus. Es war eine Welt, die ihr fremd geworden war. Sie dachte an den Makler, den sie vor ein paar Tagen gebeten hatte, ihr ein Objekt irgendwo auf dem Lande zu suchen, einsam und abgeschieden. Sie brauchte dringend einen Ort, an den sie fliehen konnte, denn weder in ihrem riesigen heimischen Loft im 23. Stockwerk eines Hochhauses, noch in den beiden Appartements in London oder New York fühlte sie sich richtig frei. Sie träumte von einem Refugium. Ein abgelegener Gutshof, ein kleines Schloss im Wald – irgendetwas in der Art sollte der Makler für sie finden. Dorthin würde sie sich ein paar Monate zurückziehen. Die Geschäfte konnte Frederick führen, er war ein ausgewiesener Kunstkenner und hatte die nötige Affinität zum Geld. Währenddessen würde sie an einem See oder dem Meer sitzen, ein Buch lesen, Wein trinken und nur hin und wieder vielleicht von einer vergessenen Telefonzelle aus im Büro anrufen, denn sie wollte weder ihr Smartphone noch ihren Laptop mitnehmen. Sie seufzte und schloss die Augen. Jeden Tag würde sie wandern, vielleicht bei den Bauern in der Umgebung frisches Gemüse und Käse einkaufen. Abends könnte sie dann einfach bei Kerzenschein ihren Gedanken nachhängen oder meditieren. Vielleicht nahm sie aber doch den Laptop mit und würde endlich das seit Jahren geplante Buch über den Kunstbetrieb schreiben und die Szene der Galeristen, Sammler und Experten in die Pfanne hauen und nebenbei Wikileaks mit boshaften Enthüllungen füttern. Sie würde gelegentlich in Talkshows sitzen und lässig die ganze Branche mit ihrer Geldgier, Ignoranz und Borniertheit outen. Oder sie könnte dann und wann in einer Fernsehsendung als Expertin irgendwelche Bilder von Zuschauern als Kunst oder Krempel denunzieren. Sie würde...

„Katja?"

Sie schreckte hoch. Frederick stand in der offenen Tür mit einer Tüte in der Hand. Offensichtlich war sie eingenickt. Sie nahm die Füße vom Schreibtisch und gähnte herzhaft. „Warum klopfst du nicht an?", frage sie leicht missmutig.

„Entschuldigung – aber ich habe geklopft, mehrmals sogar."

„Mmmmhh. Muss ich wohl überhört haben. Ich habe sehr konzentriert nachgedacht. Was gibt's?"

„Dein Mittagessen."

„Ach ja, danke. Was hast du geholt?"

„Ich habe etwas Sushi und eine Miso-Suppe mitgebracht. Und natürlich Zigaretten und Kaffeekapseln."

Er stellte ihr die Sachen auf den Schreibtisch und lächelte. „Guten Appetit."

„Danke, Frederick."

Hinter Frederick kam Melly mit einer Menge Papieren in diversen Klarsichthüllen in das Zimmer geeilt.

„Frau von Felsenstein, die Unterlagen vom Makler sind gekommen. Der hat ja total viel geschickt! Ich habe sie wie gewünscht alle ausgedruckt."

„Na, dann geben Sie mal her." Sie nahm Melly die Unterlagen ab. Dann fiel ihr etwas ein, was irgendwie gerade zu ihrer Stimmung passte, als sie sah, dass Frederick noch im Raum war.

„Ach, Melly, bevor Sie den Unterhändlern aus London zusagen, will ich den Vertrag von gestern Abend sauber abgetippt sehen. Da sind immer noch Fehler drin. Sie müssen etwas sorgfältiger sein, Melly. Konzentrieren Sie sich bitte mehr auf Ihre Arbeit. Wir sind hier nicht an der Akademie, wo man großzügig mit Nachlässigkeiten umgeht. Das hier ist ein Wirtschaftsunternehmen. Denken Sie bitte daran. Auch wenn es Ihnen manchmal etwas schwerfällt und Sie durch andere Dinge abgelenkt sind."

Melly wurde rot und warf Frederick einen kurzen, vielsagenden Blick zu. „Ja, natürlich, Frau von Felsenstein. Tut mir leid."

„Gut. Dann haben wir das ja auch schon mal geklärt." Katja setzte ihre Lesebrille auf, überflog die Unterlagen vom Makler und sagte dann wie beiläufig ohne aufzusehen: „Ach, Melly, bevor ich es vergesse: Wenn Sie das nächste Mal meinen Porsche zur Inspektion bringen, dann bitte ohne große Umwege und auch ohne Ihre Freundin oder wer das da auch immer auf dem Beifahrersitz war. Ich bin kein Autoverleiher für junge Mädchen, die sich das Geld für die Straßenbahn sparen wollen und mit fremdem Eigentum dümmliche Kfz-Mechaniker beeindrucken möchten. Bitte beherzigen Sie das künftig, dann können Sie es hier vielleicht noch weit bringen."

„Ja, Frau von Felsenstein. Es, es... es tut mir leid. Es war nur so – also Julia, meine Freundin meinte..."

„Danke, das war's dann, Melly."

Melly schluckte beklommen, nickte ein paar Mal mit knallrotem Kopf und verließ wortlos – gefolgt von Frederick – das Büro. Frederick schloss die Tür leise hinter sich. Vermutlich würde Melly sich draußen gleich in seinen Armen ausheulen, aber das war Katja völlig gleichgültig. Sie betrieb hier eine international tätige Kunstagentur, keinen Ponyhof. Auf Einzelschicksale konnte sie nun wirklich keine Rücksicht nehmen.

Die nächsten Stunden saß Katja von Felsenstein über einer großen Menge Exposees und rauchte eine Zigarette nach der anderen. Erstaunlich, was der Makler alles in petto hatte. Da war ein bezauberndes kleines Wasserschloss im Rheinland, es gehörte einer verarmten adeligen Familie, die ganz dringend Geld brauchte.

Ein hübsches Anwesen, ruhig und an einem kleinen See gelegen. Allerdings würde sich in den kommenden Jahren der Braunkohletagebau wohl bis auf wenige Kilometer an das Schlösschen heranfressen. Dabei würde ein großer Teil des Waldes abgeholzt werden, der das Anwesen umschloss. Sie drückte die Zigarette aus und legte das Schlösschen seufzend an die Seite.

Das nächste Exposee war ein alter Gutshof, irgendwo in der Lüneburger Heide. Allerdings führte die Autobahn nur wenige Kilometer entfernt vorbei. Außerdem gab es ein neues Spaßbad in der Nähe. Das bedeutete Touristen im Umland. Keine angenehme Vorstellung. Sie öffnete eine der neuen Zigarettenschachteln und zündete sich gedankenverloren eine St. Moritz an. Nein, das, was sie suchte, müsste weit ab von allen touristischen Pfaden liegen, weitab von Industrieanlagen oder größeren Städten. Es sollte irgendetwas sein, das nur ihr gehörte. Eine Insel der Sehnsucht im Verborgenen. Sie legte das Schlösschen im Rheinland und den Hof in der Lüneburger Heide an die Seite und nahm sich die nächsten Exposees vor.

Am Abend sah sie den Vertrag für die Londoner Auktionatoren, den Melly korrigiert hatte, erneut durch und fand immer noch drei Rechtschreibfehler. Eigentlich wäre das der Moment für ein großes Donnerwetter gewesen, doch Katja verzichtete darauf. Sie entließ Melly mürrisch in den Feierabend und gab Frederick einen

Stapel Unterlagen zu einem unverhofft aufgetauchten Bild von Caspar David Friedrich, das ein Sammler aus der Schweiz zu kaufen gedachte. Frederick bat darum, die Sachen zu Hause durcharbeiten zu dürfen, er erwarte später noch Besuch. Vermutlich war Melly dieser Besuch und würde ihm bei der Durchsicht der Unterlagen zärtlich über die Schulter sehen, aber das war Katja heute egal. Sie war in Gedanken viel zu sehr mit dem letzten Exposee des Maklers beschäftigt, das ihre Phantasie beflügelt hatte.

Es ging um ein altes reetgedecktes Bauernhaus, weit im Osten. Das Haus lag am Meer, in einem früheren Sperrgebiet. Dort hatten einst die Nazis eine Versuchsstation für Raketen betrieben und viele Hektar Wald und Strand beschlagnahmt. Nur wenige Anwohner durften bleiben, darunter die Eigentümer des Bauernhauses, zwei alte Leute, deren Söhne im Ersten Weltkrieg gefallen waren. Nach dem Tod der Bauersleute zogen ein paar Offiziere ein, dann, nach der Kapitulation, übernahmen die Russen das Gebiet und sprengten alle militärischen Anlagen. Nur das Bauernhaus war vergessen worden. Jetzt, nach Jahrzehnten, hatte es die Gemeinde wiederentdeckt und wollte es verkaufen, samt dem alten Mobiliar, das noch immer in den Räumen war.

In der Nacht träumte Katja von diesem reetgedeckten windschiefen Haus am Meer. Sie stand unter einem blauen Himmel am Ufersaum, hörte die Wellen, spürte den feinen Sand zwischen den Zehen, roch die salzige Luft und fühlte sanft den Wind im Haar.

Leise rauschte im Traum der Strandhafer. Ein kleiner Weg wand sich durch Kiefern und Heidekraut. Aus dem Schornstein des Bauernhauses kam Rauch und als sie es betrat, stand eine alte Frau mit runzligem Gesicht und freundlichem Lächeln am Herd, der Tisch war gedeckt und im Kamin knisterte ein Feuer. An diesem Feuer saß ein Mann mit langem weißem Bart in einem gütigen Gesicht, der aus einer Meerschaumpfeife rauchte und ein Buch auf den Knien hatte. Es duftete nach Tabak und Bratkartoffeln.

Als Katja aus diesem Traum erwachte, war ihr Gesicht nass von Tränen und es dauerte lange, bis sie sich wieder in der Wirklichkeit ihres riesigen Lofts zurechtfand. Dann stand sie langsam auf, ging im Nachthemd auf die Dachterrasse, rauchte eine St. Moritz und sah verloren auf die Großstadt hinab, hörte irgendwo einen Zug, hörte über sich eines der unvermeidlichen Flugzeuge, hörte Autos, einen Streifenwagen und die Straßenbahn, hörte alles ganz genau bis hier hinauf in den 23. Stock. Früher liebte sie diese Stadt, die nie schlief, heute ging sie ihr nur noch fürchterlich auf den Geist.

Eine Woche später stand Katja von Felsenstein glücklich mit den Füßen im Meer und die laute Großstadt war nur noch eine vage Erinnerung. Jetzt, hier am Wasser, das sie so intensiv riechen, spüren und hören konnte, kam ihr alles wie ein verrückter Traum vor. Nur ein paar hundert Meter entfernt lag – gut versteckt hinter alten Bäumen und wildem Wein – das reetgedeckte Bauernhaus und wartete geduldig auf sie. Sie schloss die Augen und lauschte den kleinen Wellen, die sich am Ufer brachen. Ja, sie hatte das Gefühl, das alte Haus habe seit vielen Jahrzehnten nur auf sie gewartet.

Noch in der Nacht auf dem Balkon hatte sie den Makler angerufen. Zuerst hielt der ihren Anruf für einen schlechten Scherz, dann dachte er, sie sei womöglich betrunken – und dann versprach er, direkt spätestens zum Frühstück bei ihr vor der Tür zu stehen und bis dahin sämtliche Unterlagen vorbereitet zu haben. Prompt kam er ein paar Stunden später und sprach mit Katja alle Details des Vertrages durch. Er begnügte sich mit einem halben trockenen Brötchen und einer knappen Tasse Kaffee, sie hingegen war so aufgekratzt, dass sie abwechselnd aß, rauchte und Unmengen Kaffee trank. Noch am Tisch überwies sie online die komplette Kaufsumme – ohne auch nur einen Moment darüber verhandelt zu haben. Als der Makler eine knappe Stunde später sehr zufrieden mit dem Aufzug nach unten fuhr, war sie schon dabei zu packen.

Langsam ging sie vom Strand zum Haus. Ein kleiner Pfad führte durch die Dünen, dann kam ein Kiefernwäldchen. Verträumt schlenderte sie über den Weg zum Haus. Hier stand etwas versteckt unter den Bäumen ihr Landrover. Er bot nicht nur mehr Platz als der Porsche, sondern schien ihr auch angemessener. Wenn sie genauer darüber nachdachte, vermisste sie den Porsche nicht einmal. In einem seltenen Anflug von Großzügigkeit hatte sie Melly und Frederick den Wagen sogar für dienstliche Fahrten daheim überlassen. Mochten die beiden – vor allen Dingen Melly – damit herumposen, ihr war das angesichts des Meeres und der wunderbaren Abgeschiedenheit völlig egal. Sie ging zum Landrover, holte die letzten Gepäckstücke heraus und brachte sie ins Haus. Die Putzkolonne und die Handwerker, die der Makler hindurch geschickt hatte, waren ihr Geld wert gewesen: Das Innere sah sauber und gemütlich aus, die Möbel rochen nach Politur und die Wände nach frischer Farbe. In der Küche brummte munter ein neuer Kühlschrank neben dem alten Ofen und im Schlafzimmer wartete das wunderschöne Bauernbett mit neuen Matratzen und Bettwäsche auf sie. Ein Badezimmer gab es nicht, doch in der Küche war eine Pumpe, die frisches Quellwasser von sich gab. Für das wöchentliche Bad stand eine Zinkwanne bereit, in der wahrscheinlich schon Generationen der früheren Bewohner mit Kernseife sauber geschrubbt worden waren.

Katja ging pfeifend durchs Haus, verstaute ihre Sachen, verteilte die Einkäufe im Kühlschrank und in der Speisekammer und machte sich dann eine Flasche Rotwein auf. Mit einem vollen Glas und einer St. Moritz setzte sie sich auf einen der neuen Teak-Stühle auf der Veranda und seufzte behaglich. Ihr Blick wanderte über das Grundstück zu dem halb zerfallenen, völlig zugewachsenen früheren Stall. Morgen würde sie anfangen, das alte Ding zu entrümpeln und das wuchernde Gestrüpp – eine seit Jahrzehnten wild wachsende Weißdornhecke und üppigen Efeu – herunter zu schneiden. Ihr kam der Gedanke, dort vielleicht eine Künstlerwerkstatt für irgendwelche begabten Jugendlichen aus dem Dorf in der Nähe einzurichten. Vielleicht könnte man das alte Gemäuer auch zu einer kleinen aber feinen Galerie umbauen.

Sie nahm einen Schluck Wein, zog an der Zigarette und merkte, wie eine große Genugtuung sie umfing. Sie spürte, hier würde sie zur Ruhe kommen. Ein paar Wochen würde sie mindestens bleiben, vielleicht auch ein paar Monate – oder sogar für immer. Vielleicht, überlegte sie, könnte Frederick unter ihrem Namen die Kunstagentur weiterführen oder aber sie machte den Laden ganz dicht. Er würde vermutlich überall einen neuen Job finden und Melly wohl auch. Außerdem – was ging sie eigentlich das Schicksal der beiden an?

Am nächsten Morgen frühstückte sie ausgiebig auf der Veranda. Das Smartphone lag immer noch unberührt neben dem Bett und sie war stolz darauf, es nicht einmal als Wecker benutzt zu haben. Nach dem Frühstück fuhr Katja mit dem Landrover in die Kreisstadt zu einem Baumarkt. Dort kaufte sie Gartengeräte, eine Schubkarre und eine Heckenschere sowie eine Kettensäge. Außerdem bestellte sie einen Müllcontainer für den Schrott. Dann aß sie in einem der kleinen Fischerorte an der Küste zu Mittag und begann nach ihrer Heimkehr den Stall zu inspizieren. Eine Menge Arbeit wartete dort. Mit der Kettensäge fraß sie sich einen Weg zum Eingang. Eine Holztür hing schräg in verrosteten Angeln, die aber nach ein paar gezielten Fußtritten unter knarrendem Protest den Weg frei gab. Dahinter war es dunkel und moderig, nur durch die Löcher im Mauerwerk und die fast zugewachsenen Fensterhöhlen kam hin und wieder ein Sonnenstrahl. In der Finsternis waren schemenhaft Unmengen leerer Flaschen, Bettgestelle, zerbrochene Regale und anderer Müll zu erkennen. Sie entschied sich, bevor sie weiter hineinging, die Fenster vom Gestrüpp freizulegen, eine Arbeit, die bis in den Abend dauerte und ihr einige schmerzhafte Berührungen mit dem Weißdorn bescherte.

Die Sonne stand schon tief, als Katja endlich die verschwitzten Sachen auszog, ihre schmerzenden Arme und Beine massierte und beschloss, noch ein Bad im Meer zu nehmen. Danach setzte sie sich wieder auf die Veranda, aß etwas Brot und Fisch, den sie mittags gekauft hatte, trank ein paar Gläser Wein, rauchte und fiel – kaum das sie im Bett lag – in einen tiefen traumlosen Schlaf.

Als Katja am Nachmittag des nächsten Tages erst einen Bruchteil des Gestrüpps entfernt hatte und sie Blasen an den Händen bekam und ihr alle Knochen weh taten, warf sie die Heckenschere wütend in das hohe Gras und sah sich um. Ihr Plan, allein das Grundstück auf Vordermann zu bringen, erschien ihr jetzt langsam absurd. Schon das Gerümpel aus dem alten Stall zu räumen war eine Schnapsidee gewesen. Sie war allein kaum in der Lage, den Plunder auch nur ein paar kurze Meter aus der Bruchbude zu schleppen, geschweige denn, ihn auch noch in einen Müllcontainer zu werfen. Sie rauchte eine St. Moritz und überlegte. Dann ging sie ins Haus, holte das Smartphone und rief Frederick an.

„Ich brauche euch beide dringend hier."

„Wo bist du?"

„Ich sage nur: Dornröschen wurde auch nicht an einem Tag befreit."

„Was? Dornröschen?" Er war völlig verdutzt. „Machst du dort beim Rotwein eine Märchenstunde? Wofür brauchst du uns denn, du wolltest doch allein ausspannen? Du bist erst zwei Tage weg."

„Das weiß ich selbst. Aber ich will das Märchen gern mit euch teilen. Schnapp dir Melly. Packt Klamotten für ein paar Tage ein, vor allen Dingen alte Sachen, es gibt viel zu tun."

„Wie bitte, olle Klamotten? Wofür denn? Was gibt es da auf deinem komischen Feriendomizil zu tun? Da stimmt doch was nicht." Seine Stimme klang misstrauisch.

Katja sah hinüber zum Stall in dessen Innerem sich der alte Schrott bis zur Decke stapelte. „Hier sind einige sehr interessante alte Stücke, die dringend geborgen werden müssen. Von Fachleuten wie euch. Von Experten wie dir und Melly."

„Alte Stücke? Die geborgen werden müssen?" Frederick klang schon etwas interessierter. „Hast du da irgendwelche Bilder entdeckt?"

„Nein. Keine Bilder. Viel besser."

Frederick glaubte zu verstehen. „Keine Bilder? Aha, also dann wohl irgendwelche Skulpturen?

„Ja, so könnte man sagen. Besser gesagt handelt es sich um eine besondere Art von Installationen. Nehmt den Porsche und beeilt euch bitte. Dann seid ihr am späten Abend hier."

„Jetzt? Wir sollen jetzt sofort kommen?" Seine Stimme klang ungläubig. „Heute noch? Es ist schon nach zwei. Wir sitzen noch an der Auswertung der neuen französischen Ausstellung für die Sammlung von…"

„Sofort", unterbrach sie, „ihr sollt beide sofort kommen. Diese blöde Ausstellung kann warten. Stellt die Telefone auf den Anrufbeantworter um. Und bringt mir eine Stange St. Moritz mit. Alles klar? Oder gibt's noch Fragen!?"

„Tja, wenn du meinst …"

„Ja, ich meine. Die Adresse schicke ich dir per SMS, der Schlüssel für den Porsche liegt bei mir auf dem Schreibtisch. Bargeld für Benzin kannst du aus dem Tresor nehmen. Beeilt euch. Ich kümmere mich hier inzwischen um eure Übernachtung. Bis nachher."

„Ja, wenn du meinst…", sagte Frederick noch einmal, doch da hatte Katja schon aufgelegt.

Es ging auf Mitternacht, als Frederick und Melly endlich ankamen. Über 600 Kilometer lagen hinter ihnen. Sie waren von der langen Tour erschöpft. Und ihre Begeisterung hielt sich in verständlichen

178

Grenzen, als sie die beiden Luftmatratzen und die Schlafsäcke sahen, die Katja in der Zwischenzeit gekauft und in der Wohnstube aufgebaut hatte. Auch das fehlende Badezimmer sorgte nicht gerade für eine Aufhellung der Stimmung. Allerdings versöhnten der exzellente Wein und frisches Brot, Käse und Schinken die beiden ein wenig. Und als die ersten Flaschen leer waren, kam sogar Stimmung auf. Sie saßen zu dritt unter einem herrlichen Sternenhimmel, rauchten Katjas Zigaretten und Frederick bemerkte mit sanfter Ironie, dieses sei das erste richtige Team-Event der Kunstagentur von Felsenstein, den er in all den Jahren je erlebt habe. Da musste sogar Katja kurz lachen und Melly kicherte angetrunken fröhlich vor sich hin.

Am Morgen scheuchte Katja Frederick und Melly früh aus den Schlafsäcken und verkündete beim Frühstück ihr Vorhaben, das Gestrüpp zu entfernen und den Stall zu entrümpeln, ganz so, wie sie auch eine Teambesprechung zu einer Expertise der Collection irgendeines Sammlers gemacht hätte. Ihre Mitarbeiter sahen sich aus übermüdeten Augen verwundert an. Eine Entrümpelungsaktion und Gartenarbeiten? Dafür sollten sie stundenlang hierher gefahren sein?

„Wie bitte? Wir sollen hier Müll rumschleppen? Ist das dein Ernst?" Frederick konnte es nicht fassen.

„Ja."

„Du hast am Telefon was von irgendwelchen Skulpturen und Installationen erzählt. Aber jetzt sollen wir Hecken schneiden und
Schrott transportieren?"

„Ja. Und es ist verdammt viel Schrott. Du bist bei uns in der Agentur doch der Experte für moderne Kunst. Du wirst im Stall vermutlich manche Parallele zum Werk so einiger berühmter Künstler der Gegenwart feststellen. Aber vertrau mir – es kommt alles
auf den Müll. Der Container dafür wird im Laufe des Tages gebracht."

„Sehr witzig." Frederick schnaubte und rührte beleidigt in seiner
Kaffeetasse herum. „Ich bin ein promovierter Kunstexperte, kein
Müllsammler."

Katja zündete sich genüsslich eine St. Moritz Menthol an. „Ach
Herr Doktor, jetzt entspannen Sie sich mal etwas. Die Grenzen
sind manchmal fließend, würde ich behaupten. Für den einen Be-
trachter ist etwa die mit unzähligen verklebten Heftpflastern, fet-
tigen Stoffstreifen und alten Mullbinden gefüllte Badewanne ein
geniales Kunstwerk, für den anderen nur ein unappetitlicher Rie-
senhaufen Müll."

„Ich muss dir wohl nicht erklären, was da der Unterschied ist!"
Frederick war beleidigt. Für ihn war die legendäre Badewanne von
Joseph Beuys eines der großen Kunstwerke des 20. Jahrhunderts.

„Mir nicht. Aber wir wissen ja, was aus der großartigen Wanne
wurde", sagte Katja und lächelte schmal. „Ist das Kunst oder kann

das weg, würde ich mal sagen." Das Werk in einem rheinischen Schloss war Anfang der Siebziger Jahre von Unwissenden bei einer feucht-fröhlichen Feier versehentlich zerstört worden – man hatte den Inhalt in den Müll geworfen, die Wanne geputzt und dann zum Spülen von Gläsern verwendet. Für manche Kunstfreunde ein großer Frevel, für andere die Demaskierung eines Scharlatans.

„Leider. Eine völlig sinnlose Zerstörung von Kunst. Immerhin wurde sie so zur unsterblichen Legende."

„In der Tat. Und eine sehr teure Legende. Fast 60.000 Mark Schadenersatz kostete damals der Blödsinn." Katja drückte ihre Zigarette aus und zeigte auf den Stall. „Ich will mal nicht so sein. Du darfst gern alles, was dich da hinten drin fasziniert, behalten. Wenn du Glück hast, hängen auch noch in irgendeiner Ecke schöne alte Fettreste. Die schenke ich dir auch."

Frederick schwieg mit grimmiger Miene. Er hasste Katjas Ignoranz gegenüber moderner Kunst. Im Grunde ihrer Seele war sie eben doch nur eine verwöhnte Neureiche, die vermutlich einen Stich aus der Hand Dürers jederzeit einer Skizze von Kandinsky vorzog und Beuys wohl immer für einen Spinner halten würde.

Katja wandte sich mit kühlem Blick zu Melly. „Und Sie? Haben Sie wie Frederick vielleicht auch noch schwere künstlerische Bedenken gegen das Ausmisten der Bruchbude? Oder sonst irgendwelche klugen Anmerkungen zu machen?"

Melly strahlte sie an. „Nein, habe ich überhaupt nicht. Ich finde, das ist eine richtig coole Aktion von Ihnen, Frau von Felsenstein. Ich hätte nicht gedacht, dass wir mal gemeinsam sowas machen. Von mir aus können wir den ganzen Sommer hier bleiben!"

Katja staunte. Offensichtlich hatte Melly bisher völlig verborgene Talente. „Na fein, das freut mich! Dann wollen wir mal loslegen." Und mit einem scheelen Seitenblick auf Frederick: „Melly, Sie können übrigens gern Katja und „Du" sagen wenn Sie möchten. Schließlich ist das hier ja der erste richtige Team-Event – wie unser lieber gemeinsamer Freund Frederick gestern Abend so treffend bemerkt hatte."

Melly wurde schlagartig knallrot. „Vielen Dank, Frau von Felsenstein", sagte sie und korrigierte sich dann rasch: „Äh – ich meine danke, Katja!"

Das Team der vornehmen und renommierten, international erfolgreichen Kunstagentur von Felsenstein zeigte in den kommenden Tagen, dass es richtig zupacken konnte und auch im Blaumann eine gute Figur machte. Frederick hatte noch ein paar Mal genörgelt, doch dann ließ er sich vom Elan der beiden Frauen anstecken. Als der alte Stall von Weißdorn und Efeu befreit war, ging es an das Innere. Bald war der Schrottcontainer voll mit alten Brettern, Autoreifen, zerbrochenen Bettgestellen und Säcken voller leerer Flaschen und Konservendosen. Ein großer Stapel vergammelter Zeitschriften auf Russisch, verfaulte Stiefel, zerbrochenes

Werkzeug. Melly fand in einem Regal einige halbvolle Weinflaschen deren Inhalt eine trübe Brühe geworden war und die die Etiketten des Jahrgangs 1944 trugen. Sie bot die Flaschen lachend Frederick als Grundstock einer kunsthistorischen Sammlung an, doch der nahm sie ihr wortlos ab und versenkte sie mit verkniffenem Gesicht in einem der großen schwarzen Müllsäcke. Katja grinste zufrieden. Die Aktion lief wie am Schnürchen. Langsam bekamen sie einen Überblick. Der Container wurde abgeholt und ein neuer gebracht, in den jetzt uralte Bekleidung wanderte, die in einem verrotteten Schrank gelegen hatte, dann folgte der Schrank selbst samt einer zerbrochenen Wäschemangel, deren gusseisernes Gestell Melly und Katja beim Schleppen ordentlich ins Schwitzen brachte. Abends waren alle drei völlig ausgepumpt, gönnten sich noch ein Bad im Meer und gingen zeitig zu Bett.

Am Mittag des vierten Tages war der erste Raum des Stalls leer und sie betraten den zweiten, dessen verquollene Tür sich nur mühsam öffnen ließ. Dahinter standen dicht gedrängt leere Fässer, diverse zerbrochene Stühle und einige lädierte alte Kommoden. Alles offensichtlich einst wertvolle Möbel, aber jetzt völlig vergammelt. Und da war noch etwas: ein verrotteter Konzertflügel. Leere Eimer, Lumpen und einige kaputte Bilderrahmen häuften sich auf und unter ihm. Die drei standen verblüfft in der Tür.

„Na bitte, Frederick. Da hast du deine Installation", sagte Katja.

„Ein Konzertflügel. In diesem Müllhaufen.", staunte Melly.

183

Sie überkletterte vorsichtig den Schrott und klappte den Deckel über den Tasten hoch, schlug eine an. Ein dumpfer, klagender Laut erklang. „Das arme Klavier. Sowas hat kein Instrument verdient", sagte sie traurig.

„Kannst du spielen?", fragte Katja.

„Ja, ich war sogar mal ganz gut." Sie befühlte vorsichtig die Tasten. „Aber das ist sehr lange her. Da war ich noch ein Kind. Ich war mal im Bundesfinale des Wettbewerbs Jugend musiziert."

„Holla, die Waldfee", sagte Katja anerkennend.

„Na, wenn du so gut bist, dann spiel uns doch mal den Rumpel-Rag", grinste Frederick. „Mehr wird der ollen Kiste ja wohl kaum noch zu entlocken sein."

Melly hörte nicht auf ihn. Sie fuhr zärtlich über den gesprungenen schwarzen Lack und kratzte vorsichtig etwas Dreck ab.

„Na, was meint die Sachverständige? Bechstein oder Steinway?", fragte Frederick etwas sarkastisch. „Oder doch nur Yamaha?"

Melly drehte sich um und sah ihn missbilligend an.

„Bleib du doch lieber bei den ganzen Fettecken und den blöden Badewannen. Von Musik verstehst du nichts. Immer läuft bei dir zu Hause nur dieser seelenlose Elektro-Pop. Das hier ist ein Bösendorfer. Ein richtiger, echter, alter Bösendorfer."

„Ein... Bösendorfer?" Frederick sah sie völlig verständnislos an. „Noch nie davon gehört."

„Überrascht mich nicht."

Katja zog eine Zigarette aus dem Blaumann und zündete sie an: „Bösendorfer aus Wien. Legendäre Klavierfabrik."

„Kenne ich trotzdem nicht", sagte Frederick.

„Die älteste noch existierende Klavierfabrik der Welt. Gegründet 1828 von Ignaz Bösendorfer. So viel sollte man als Kunstexperte eigentlich wissen", sagte Melly.

„Blödsinn", grunzte Frederick. „Das ist doch nur Quizshow-Wissen. Braucht kein Mensch."

„Die älteste Klavierfabrik der Welt. Und die allerbeste…", sagte Melly träumerisch und streichelte das Klavier. „Du armer alter Flügel, warum musstest du hier landen? Wer hat dir das angetan?"

„Womit auch immer, ich befürchte, dein neuer Freund muss wohl in den Container", sagte Frederick. „Er ist doch leider nur noch ein Haufen Gerümpel."

„Sprach der gelehrte Mann, der Badewannen mit Mullbinden und Fettecken für die Krönung der Kunst hält", lästerte Katja, die mit boshafter Freude den Disput ihrer Mitarbeiter verfolgt hatte.

Melly streichelte mit Tränen in den Augen zart das verrottete Instrument. „So etwas Schönes hier in diesem Müll einfach abzustellen. Was müssen das für böse Menschen gewesen sein."

„Vermutlich Kunstbanausen", sagte Katja, „Menschen, die keine Ahnung und keinen Respekt gegenüber der Musik haben."

„Oder vielleicht auch einfach keine Zeit oder keinen Platz für so ein großes Monstrum", bemerkte Frederick. „Wie auch immer, er

185

muss mit samt dem anderen Schrott ja wohl hier raus. Wird ein hartes Stück Arbeit. Ein Fall für die Kettensäge."

Melly funkelte ihn an. „Jetzt hör doch mal auf mit dem blöden Gequatsche! Willst du mich ärgern?"

„Man könnte fast den Eindruck haben", sagte Katja und zog schadenfroh an ihrer Zigarette.

Melly ließ die Finger sanft über die Tasten gleiten ohne sie anzuschlagen. „Wusstet ihr, dass Franz Liszt einen Bösendorfer spielte? Bevor er das tat, hatte er noch fast jedes Klavier ruiniert, weil er so einen unglaublich harten Anschlag hatte. Aber die Bösendorfer hielten ihm stand. Weil sie stark und wunderbar sind."

Katja dachte einen Moment nach. „Ob man dieses Ding irgendwie retten kann? Würde sich das lohnen?"

Melly zuckte traurig die Schultern. „Ich glaube nicht. Der Rahmen wird gebrochen sein. Außerdem ist das Gehäuse furchtbar verzogen. Und das ist das Ende dieses armen alten Flügels. Im Gegensatz zu anderen Klavierbauern bezieht Bösendorfer nämlich auch immer das Gehäuse in die Klangerzeugung ein. Ein guter Bösendorfer ist ein Wunderwerk. Er hat unglaublich viele Nuancen. Er kann Kammermusik und Liedbegleitung und großes Konzert, er kann Klassik und sogar Jazz. Er ist eben einfach nur ein großes Wunder."

Frederick fummelte derweil an seinem Smartphone herum. „Holla", rief er, „so ein Ding ist ja ein Vermögen wert! Ein alter

186

Bösendorfer kostet gern schon mal 100.000 Euro oder noch mehr! Das hätte ich jetzt aber nicht gedacht!"

Melly sah ihn missbilligend an. „Das hätte ich dir auch so sagen können. Ein Modell Imperial 290 aus der Zeit um 1900 mit Fichten-Klangholz aus dem Fiemme-Tal in Südtirol kostet im Schnitt um die 150.000 Euro. Und das hier könnte tatsächlich ein Imperial sein."

„Vielleicht sollten wir bei Gelegenheit auch aktiv in den Markt alter Instrumente einsteigen", sagte Katja. „Offensichtlich ist ein alter Bösendorfer sowas wie die Stradivari unter den Klavieren. Aber komisch – was macht so ein wertvolles Instrument hier in dieser Bruchbude?", überlegte sie. „Das passt doch überhaupt nicht in diesen abgewrackten alten Stall mit dem Schrott."

Sie sah sich um. „Na schön. Wir werden jetzt das alte Ding erstmal komplett freilegen und dann genauer unter die Lupe nehmen!" Sie zeigte auf die zerbrochenen Rahmen. „Und ich möchte gern wissen, warum das Prachtstück hiermit dekoriert ist."

Dann trat sie ihre Zigarette aus und packte das erste leere Fass an. „Auf geht's, Freunde der leichten Muse. Wir verschaffen unserem Bösendorfer erstmal etwas Luft!"

Als die Fässer aus dem Stall waren, ging Katja zu dem Flügel und sah sich die zerbrochenen Bilderrahmen an. Doch es war zu dunkel im Stall. Sie nahm einige mit nach draußen ins Sonnenlicht. Es waren schwere Rahmen, über und über mit Dreck und altem Vogelkot bedeckt, unter denen aber reiche Ornamente zu sehen waren. Ihre beiden Mitarbeiter traten hinzu.

„Interessant. Schön gearbeitet. Die Dinger scheinen schon ziemlich alt zu sein", sagte Frederick.

„Allerdings." Katja kratzte etwas Dreck mit dem Fingernagel von einer Leiste ab. Es schimmerte darunter in einem dunklen Gold.

„Melly, hol mal einen Pinsel und etwas warmes Wasser mit ein paar Spritzern Spülmittel. Und bring meine Handtasche mit."

„Bin sofort wieder da", sagte Melly und ging ins Haus. Kurz darauf war sie zurück.

Katja säuberte vorsichtig die Rahmenleiste und legte eine größere Fläche frei. Aus ihrer Handtasche kramte sie eine Lupe heraus und klemmte sie sich ins Auge. Eine Weile besah sie sich die Leiste mit verkniffenem Gesicht. Dann gab sie Melly wortlos die Lupe und die Leiste.

Melly nahm die Lupe und untersuchte das alte Stück Holz.

„Und?", fragte Katja nach einer Weile.

Melly sah skeptisch aus. „Ich habe ja nicht so viel Ahnung, aber ich würde es für Blattgold halten. Offensichtlich noch per Hand, nicht maschinell aufgetragen. Man sieht es an der Bürstung."

„Ich denke auch. Frederick, deine Meinung?"

Er nahm die Rahmenleiste, ließ sich von Melly die kleine Lupe geben und untersuchte die Rückseite.

„Ihr habt recht. Und ich sehe auch noch etwas anderes. Leinwand. Sehr alte Leinwand. Winzige Reste. In diesem Rahmen war irgendwann wohl mal ein Bild."

Katja nickte befriedigt und zündete sich eine St. Moritz an. „Sehr gut. Drei nicht völlig verblödete Experten sehen Blattgold und Reste von alter Leinwand. Warum liegt das hier? Wer hat das Bild entfernt? Und was ist das für ein Rahmen?"

Melly nahm den Rahmen in die Hand. „Ich halte es für einen frühen barocken Rahmen, jedenfalls sprechen die Ornamente dafür. Ob allerdings echtes Barock oder doch eher nur Barockstil des späten 19. Jahrhunderts, kann man so wohl noch nicht sagen."

Katja stand auf. „Na schön. Der ganze Mist muss raus hier. Dann wissen wir vielleicht mehr."

Am frühen Abend war der Flügel abgeräumt. Die vielen Lumpen zwischen den Rahmen auf dem Klavier waren verrottete Kleidungsstücke, die muffig rochen. Die alten Farbeimer waren aus Blech und völlig verrostet. Ansonsten gab es nur jede Menge Spinnenweben und verkrusteten Taubenkot. Frederick untersuchte akribisch die anderen zerbrochenen Bilderrahmen. Auch hier fanden sich winzige Leinwandreste.

Melly trat im Halbdunkel an den Bösendorfer und versuchte, den Deckel des Instrumentes zu öffnen.

„Nanu? Gibt es heute Abend denn doch noch ein Konzert?", grinste Frederick.

„Hilf mir mal lieber statt blöde zu quatschen", sagte Melly, „ich will mir den Rahmen des Flügels ansehen."

Gemeinsam stemmten sie den Deckel hoch und sahen eine Unmenge altes Papier. Melly wühlte darin, während Frederick sich die Hände an seinem Blaumann abwischte. Es waren jede Menge Notenblätter, alle vergilbt und voller Wasserflecke.

Dann erstarrte Melly. „Mein Gott, das gibt's doch nicht!" Sie blätterte in einem alten Ordner, den sie herausgefischt hatte.

„Was ist denn los?", fragte Frederick mit leichtem Spott. „Das verschollene Spätwerk von deinem Freund Franz Liszt oder doch nur die Partitur der bis heute unbekannten Oper von James Last?"

Katja trat zu Melly. Sie nahm ihr einen schwarzen Ordner voller Stockflecken aus der Hand und blätterte darin herum. Dann zündete sie sich bedächtig eine Zigarette an.

„Was hast du da?" fragte Frederick.

Katja blies genießerisch den Rauch der Zigarette in die Luft. „Ein großartiges Bilderbuch. Ich glaube, wir haben uns jetzt eine richtig gute Flasche Wein verdient."

Der Ordner enthielt eine Reihe von alten Fotografien berühmter Gemälde. Und jedes dieser Bilder war gestohlen. Unter dem Deckel des Flügels ruhte seit dem Krieg eine Auflistung geraubter Kunstwerke – lauter Kunstwerke, die von den Nazis in Galerien aus ganz Europa geholt worden waren. Einer von unzähligen

Ordnern mit Raubkunst hatte dort Jahrzehnte gelegen. Katja und ihre beiden Mitarbeiter legten die Fotos auf den großen Dielentisch und besahen sich das unerwartete Ergebnis ihrer Entrümpelungsaktion. Alle Bilder waren später wieder in Museen oder auf Auktionen aufgetaucht, um viele hatte es lange Prozesse gegeben. Die meisten waren von den Nazi-Kunsträubern einst sorgfältig aus ihren Rahmen geschnitten worden und mussten neu gerahmt und restauriert werden. Jetzt erfreuten sie wieder die Kunstwelt wie in der Zeit vor dem Zweiten Weltkrieg.

Alle Bilder waren längst wieder da – alle bis auf eines. Katja saß fassungslos vor der vergilbten Fotografie eines Gemäldes von Rembrandt Harmenszoon van Rijn. Es war das 1641 entstandene Bildnis des Delfter Kaufmannes Jan-Pieter van Houten und seiner Frau Anneke-Petronella – verschwunden aus dem berühmten Rijksmuseum in Amsterdam im Jahre 1940, unmittelbar nach dem Einmarsch der deutschen Wehrmacht. Seitdem galt es als verschollenen. Aber angeblich, so berichteten dubiose Zeugen nach dem Krieg, habe es im privaten Salon des Reichsmarschalls Hermann Göring gehangen. In der Fachwelt war es einst als *De zwarte Piet* bekannt gewesen – wegen der im Laufe der Jahre stark nachgedunkelten Gesichtszüge des porträtierten Kaufmannes. Eine absolute Rarität, dieser schwarze Peter, denn nur das Gesicht des Jan-Pieter van Houten war dunkel geworden, das seiner Frau Anneke nicht. Man vermutete, Rembrandt habe sie erst später mit anderen Farben in das Bild eingefügt als Pieter van Houten nach dem Tode seiner ersten Frau besagte Anneke geheiratet hatte und die erste Gattin einfach entfernen und übermalen ließ. Das war zur Zeit Rembrandts nichts Ungewöhnliches gewesen. Das Bild sollte kurz vor dem Krieg von internationalen Experten mit Hilfe von Röntgenstrahlen untersucht werden, aber dazu war es nicht mehr gekommen.

Niemand hatte dieses Gemälde in den vergangenen 75 Jahren noch einmal zu Gesicht bekommen, niemand bis auf den Reichsmarschall Hermann Göring und die Räuber, die hier in diesem alten Bauernhaus offensichtlich kurz vor Kriegsende Station gemacht hatten. Noch heute war das Werk sagenumwittert, war es doch offenbar wirklich aus der Hand Rembrandt, denn dieser berichtete in einem Brief davon.

Katja öffnete eine neue Flasche Rotwein. „Alle Bilder aus diesem Ordner sind wieder aufgetaucht – nur *De zwarte Piet* ist immer noch verschollen. Man ging bisher davon aus, dass er in den Wirren des Krieges verloren gegangen ist – oder aber dass Göring ihn Gott weiß wo versteckt hat. Angeblich hat er beim Nürnberger Prozess gegenüber anderen angeklagten Nazis noch damit geprahlt, dass er rechtzeitig etliche Kunstschätze an die Seite geschafft habe, die niemand finden werde."

„Sympathischer Typ, der Herr Göring. Wollte nix abgeben und auch mit niemandem teilen. Ein ganz normaler Kunstsammler.

Würde doch auch ganz gut zu unserer Agentur-Klientel passen", sagte Frederick sarkastisch, „mal was Anderes, als Oligarchen." Katja überhörte seine Bemerkung und zündete sich eine neue Zigarette an. „Aber was macht denn *De zwarte Piet* hier in diesem Ordner, der in meinem Bauernhaus auf diesem ehemaligen Militärgelände der Wehrmacht in einem vergammelten Flügel liegt?" Frederick tippte an seinem Smartphone herum. „Ich werde verrückt. Das Bild hat übrigens heute nach der Einschätzung von Experten einen Wert von etwa 120 Millionen Euro, steht hier in einem Wikipedia-Eintrag über verschollene Gemälde."

„Ich weiß." Katja trank gelassen einen Schluck Wein. „Ich gehörte zu den Experten, die *De zwarte Piet* damals geschätzt haben."

„Cool", sagte Melly, „Du hast schon so coole Sachen gemacht. Sowas würde ich auch gern irgendwann mal können!"

„Naja, ich bin ja auch schon 'ne Weile im Geschäft. Wenn du am Ball bleibst und dich an den richtigen Leuten orientierst, machst du das vielleicht auch mal, es sei denn, du entscheidest dich für Filz und Fett", erwiderte Katja mit einem Seitenblick.

„Witzig", grunzte Frederick.

„Melly, gerade bist du immerhin dabei, wie wir eine Spur von einem der berühmtesten Gemälde der Welt entdecken. Das habe ich auch noch nicht erlebt – jedenfalls nicht auf dem eigenen Grundstück. Morgen werden wir den Rest wegräumen und das Rätsel lösen, wie der Bösendorfer in den Stall gekommen ist."

„Jedenfalls nicht durch die Tür, die ist zu schmal", überlegte Melly.

„Wie denn sonst? Die haben ja wohl damals kaum den Stall um den Flügel gebaut.", feixte Frederick.

„Genau das werden wir untersuchen.", sagte Katja.

„Toll. Wir sind ja fast so ein bisschen wie die drei Fragezeichen!", freute sich Melly.

„Aber wer ist wer?", grinste Frederick. „Ist Katja dann Justus Jonas, weil sie der Kopf unseres Teams ist?"

Katja sah ihn skeptisch an. „Von der Statur her bist wohl eher du der Justus Jonas. Aber vom Verstand doch nur Skinny Norris."

Melly sah Frederick einen Moment an und prustete los.

Der Stall war natürlich nicht um den Flügel herumgebaut worden. Das Instrument hatte man hineingeschoben – durch eine Tür, die sich einst in der Wand befunden haben musste und offensichtlich zugemauert worden war. Von außen durch Unmengen von Efeu nicht zu sehen und von innen im Halbdunkel vor lauter Spinnenweben und Dreck nicht zu ahnen. Und noch etwas fiel auf, nachdem der Schrott komplett entfernt worden war: Unter dem Instrument befand sich eine Falltür. Mit vereinten Kräften schoben sie den Flügel zur Seite. Katja zündete sich eine Zigarette an.

„Wer wagt es, Rittersmann oder Knapp, zu tauchen in diesen Schlund?", sagte sie und klopfte mit der Schuhspitze auf die Falltür.

„Oha, ein wahrhaft großer Augenblick unserer Agenturgeschichte. Die Chefin zitiert Goethe", meinte Frederick amüsiert.

„Schiller. Das ist von Schiller", sagte Melly gelassen, „ich hole mal eine Taschenlampe aus dem Auto."

Ein paar Minuten später standen Melly und Katja in einem großen Kellerraum, der sich weit unter dem Stall hinzog. Ein Stück war gemauert, der größere Teil hatte Betonwände. Muffige Luft, seit Jahrzehnten abgestanden, machte das Atmen schwer. An den Wänden standen leere Regale. In einer Ecke hingen zwei Gasmasken und ein alter Feuerlöscher, daneben stand ein großer Tisch mit einigen Rollen vergilbtem Packpapier. Unter der Decke waren eine Reihe Lampen mit erloschenen Glühbirnen. Außer einer Menge Staub war sonst nichts weiter in dem Raum.

Von oben hörten sie Frederick kommen, der eine weitere Taschenlampe geholt hatte.

„Mein Gott. Der Führerbunker in deinem Garten. Total krass.", staunte er, als er unten zu den beiden Frauen stieß.

Katja ließ den Schein der Taschenlampe langsam über die Regale gleiten. „Ich wette, hier unten in diesen Regalen waren die geraubten Bilder. Und vermutlich noch weitaus mehr, als nur *De zwarte Piet* und die anderen aus dem Ordner, den Melly gefunden hat. Bevor die Russen kamen, haben die Räuber alles fein säuberlich gepackt und in den Westen gebracht. Sie haben dann den Flügel hier hineingerollt, die große Tür oben zugemauert, ihren ganzen Müll hineingestellt und sind abgehauen."

„Klingt ziemlich plausibel. Aber wo ist *De zwarte Piet* jetzt?", fragte Frederick.

„Gute Frage." Katja ließ den Lichtkegel der Taschenlampe weiter langsam durch den Raum schweifen. „Das hier ist anscheinend ein Bunker, der an den ursprünglichen Keller angesetzt worden ist. Und er hat garantiert noch einen weiteren Zugang. Den müssen wir finden. Von da aus könnte es weitere Räume geben – und vielleicht wartet *De zwarte Piet* mit anderen verschollenen Bildern dort auf seine Entdeckung."

Frederick fühlte, wie sein Mund trocken wurde. Und das lag nicht nur an den Unmengen Staub.

„Du meinst, hier lagern womöglich noch andere Bilder, die von den Nazis geklaut worden sind? Aber hier ist nichts mehr, es ist doch alles leer."

Katja lächelte versonnen. Sie fühlte ein unglaubliches Kribbeln auf ihrem Rücken. Dieses Kribbeln hatte sie seit Jahren nicht mehr verspürt. Und sie wusste, was es bedeutete. Es war das Kribbeln, das sie einst begleitete, als sie noch beim *Rembrandt Research Project* gearbeitet hatte und nächtelang alte Ölbilder auf ihre Echtheit überprüfte und in ganz Europa nach Werken des großen Rembrandt Harmenszoon van Rijn suchte. Dieses Kribbeln war das wieder erwachende Jagdfieber der jungen Kunstexpertin, die vor langer Zeit von verschollenen Bildern geträumt hatte. Seit Jahren hatte sie sich nicht mehr so großartig gefühlt.

„Es ist ganz klar, was hier passiert ist. Die Räuber haben es nicht mehr geschafft, alles abzutransportieren. Sie haben in aller Eile die Tür in der Stirnwand zugemauert. Vermutlich glaubten sie, eines Tages den Rest noch holen zu können."

„Wohl gleich nach dem Endsieg.", murmelte Frederick und ließ gedankenverloren den Lichtkegel seiner Lampe über Decke und Fußboden gleiten. Doch weitere Falltüren waren nicht zu sehen.

Melly ging an den Regalen entlang und versuchte an ihnen zu wackeln. Doch sie waren offensichtlich fest montiert.

„Wir müssen versuchen, draußen einen anderen Zugang zu finden", sagte Katja, „hier drinnen ist ja wohl nichts."

Melly hörte nicht auf sie. Sie rüttelte weiter an den Regalen.

„Melly, lass das, es bringt nichts. Wir müssen oben nach dem Zugang suchen." Katja wandte sich zur Treppe, Frederick folgte.

In diesem Moment ließ sie ein furchtbares Rumpeln zusammenfahren. Melly stand in eine riesige Wolke Staub gehüllt neben den Trümmern eines umgestürzten Regales. Dahinter war im Dämmerlicht eine zugemauerte Türöffnung zu sehen.

„Mein Gott, Melly, du bist großartig!", sagte Katja fassungslos in Richtung der Staubwolke, „du hast sie gefunden, die Grabkammer von *De zwarte Piet* und den anderen geraubten Gemälden, die immer noch hier lagern!"

Frederick sah mit offenem Mund auf die zugemauerte Tür. Dann sagte er: „Könnt ihr mich mal kneifen? Ich kann's noch nicht glauben. Hinter dieser Wand ist ein Bild, das 120 Millionen Euro wert ist…"

„Und wer weiß, was noch!" Katja sah fasziniert auf die Mauersteine. „Bis heute sind nicht nur Werke von Rembrandt verschollen, auch Gemälde von Rubens, von Michelangelo – und sogar von Leonardo da Vinci…"

„Und hinter dieser Mauer sind sie womöglich alle…" Frederick setzte sich wie in Trance auf eine Treppenstufe.

„Ein unglaublicher Schatz. Ein Eldorado der Kunst." Er schüttelte den Kopf. „Und ausgerechnet Melly hat es entdeckt. Was für eine Ironie."

„Arschloch", sagte Melly leise aus der Staubwolke.

Eine knappe halbe Stunde später stand Katja mit ihren beiden Mitarbeitern an der Kasse des Baumarktes und bezahlte eine Spitzhacke, schwere Hämmer und Meißel.

Und noch einmal eine halbe Stunde später erbebte der alte Keller unter wuchtigen Schlägen. Stein für Stein schlugen die drei aus der zugemauerten Türöffnung. Dahinter war Finsternis, denn offensichtlich gab es einen Gang, der von der Tür hinweg abknickte. Als die Öffnung groß genug war, legten sie das Werkzeug an die Seite.

„Wir werden jetzt die vielleicht größte Schatzkammer des Jahrtausends betreten", sagte Katja feierlich. „Wir werden nichts anfassen und erst recht nichts aus diesem Raum mitnehmen. Wir werden keine Fotos machen, denn das Blitzlicht könnte den Gemälden Schaden zufügen. Ich werde als erste in diesen Gang steigen. Gebt mir ein paar Minuten, dann kommt nach. Ich bitte euch, den Kunstwerken hinter dieser Wand Respekt entgegen zu bringen." Sie atmete tief durch. „Wir werden den Werken der größten Künstler der Menschheit das Leben zurückgegeben."

Wie zur Bestätigung nieste Melly dreimal, denn der viele Staub war ihr in die Nase gestiegen und juckte dort hartnäckig.

Katja nahm eine Taschenlampe und ging als erste durch die Öffnung. Respektvoll warteten Melly und Frederick atemlos. Dann, nach ein paar Sekunden, hörten sie einen lauten Schrei des Entsetzens, dann noch einen. Dann plötzlich Stille.

„Was ist passiert? Was siehst du?", riefen Melly und Frederick wie aus einem Mund. Hatte ihr der Anblick irgendwelcher seit Jahrzehnten verschollener Bilder die Sprache verschlagen? Oder aber hatte sie womöglich die Leichen der Kunsträuber entdeckt? Die beiden sahen sich atemlos an. Es herrschte vollkommene Ruhe. Man hätte hier im Keller die oft zitierte Stecknadel fallen hören können.

Dann ertönte ein lautes Schnaufen, das in ein irres Gelächter überging. Irgendwas stimmt nicht. Melly und Frederick stürzten durch das Loch in den Gang – und fanden Katja auf dem Boden sitzend, die sich die Hände vor die Augen hielt und laut vor sich hin lachte. Der Lichtschein der Taschenlampen fiel auf alte Porzellanschüsseln, Messinghähne und Spülbecken. Sie hatten die Klosetts und Duschen der Kunsträuber entdeckt.

Später saßen die drei auf der Veranda bei diversen Flaschen Wein in einer sehr sonderbaren Stimmung zwischen unendlicher Enttäuschung und unglaublicher Heiterkeit. Gegen Mitternacht überkam Frederick ein Gedanke, den er unbedingt den beiden Frauen mitteilen musste. Katja und Melly waren begeistert.

Zwei Jahre später bestaunten täglich Hunderte von Menschen die Räume im alten Stall und den unterirdischen Bunker mit den Latrinen und Duschen der Kunsträuber. Der Bösendorfer Flügel war mit dem verbliebenen Schrott von Frederick zu einer großartigen Installation verbaut worden, im alten Luftschutzkeller stellten die größten Künstler der Gegenwart aus. Ein schützendes Dach aus Glas wölbte sich über dem alten Stall, neben dem reetgedeckten Bauernhaus waren ein eleganter Besucherpavillon und eine stylische Cafeteria entstanden. Die Kritiker schwärmten von einem unglaublichen künstlerischen Kleinod am Meer.

Katja von Felsenstein war allerdings nur zur Eröffnung der neuen Kunsthalle am Meer gekommen. Sie übergab Frederick und Melly die Leitung und fuhr zurück in ihre Agentur. Dort grübelte sie nach unzähligen Terminen mit Sammlern und Galeristen abends oft lange gedankenverloren über neuen Exposees von Maklern, doch keines der angebotenen Objekte hatte auch nur annähernd den Charme des kleinen alten Bauernhauses am Meer, bevor dieses einst durch die Raubkunst der Nazis seine Unschuld verloren hatte.

Und in der Nacht saß Katja dann manchmal rauchend mit einem Glas Wein gedankenverloren auf der Dachterrasse ihrer Wohnung und lauschte den vielen Geräuschen der nie schlafenden Großstadt, die hier oben fast wie das Rauschen des Meeres klangen.

Der Joker

Die Indizien waren erdrückend. Fußspuren im Keller, Fasern von Kleidung und Fingerabdrücke am tödlichen Seil. Mehrere Zeugen hatten Detlef Mertens zudem in der Nähe des Tatortes gesehen. Ein Alibi hatte er nicht. Sein Entlastungszeuge, den er angeblich mit dem Wagen abgeschleppt hatte, war unauffindbar, nach Ansicht der Staatsanwaltschaft war dieser Zeuge aber ohnehin nur eine Erfindung von Mertens. Der Prozess dauerte gerade einmal zwei Tage. Und die Urteilsverkündung war lediglich für Mertens eine Überraschung. Bis zuletzt hatte er an ein Wunder geglaubt, irgendeine glückliche Fügung. Als er seinem Pflichtverteidiger davon erzählte, schüttelte der nur den Kopf. Er hatte Mertens zu einem Geständnis geraten, man könne versuchen, auf Totschlag zu erkennen. Doch sein Mandant hatte das zurück gewiesen. Stattdessen verlangte er, auf Freispruch zu plädieren.

„Im Namen des Volkes ergeht folgendes Urteil: Der Kaufmann Detlef Mertens wird wegen Mordes zu lebenslangem Freiheitsentzug verurteilt. Das Gericht sieht es als erwiesen an, dass er aus Habgier den Finanzberater Michael Asselmann am 9. März...“

Beifälliges Raunen war im Zuschauerraum des Landgerichtes zu hören. Ein anderes Urteil hätte Reporter und Zuschauer erstaunt. Wie das Summen eines großen Bienenschwarmes kam Mertens die lange Urteilsbegründung vor. Nur Wortfetzen drangen an sein Ohr. „... zur Verdeckung anderer Straftaten... heimtückisch in Sicherheit gewogen... und unter der Vorspiegelung falscher Tatsachen..."

Noch als der Richter längst fertig war, saß Mertens wie vom Donner gerührt. Bis ihn einer der Justizwachtmeister vorsichtig anstieß.

„Wir müssen, Herr Mertens."

Er sah ausdruckslos hoch. Dann nickte er langsam und legte seine Hände gehorsam auf den Tisch und die Handschellen klackten leise um die Gelenke.

Der neben ihm sitzende Anwalt schüttelte bedauernd den Kopf und klopfte ihm tröstend auf die Schulter. „Ich hab's ja gesagt, das ist viel zu riskant mit dem Freispruch. Es tut mir leid, Herr Mertens. Aber noch ist ja nichts endgültig. Ich komme in den nächsten Tagen zu Ihnen wegen der Berufung. Kopf hoch! Die Sache ist noch nicht zu Ende. Die Mordthese stützt sich nur auf eine wackelige Indizienkette. Wir haben eine Chance, dass das alles noch einmal aufgerollt wird. Mit etwas Glück wird vielleicht doch noch ein minderschwerer Totschlag aus der Geschichte und Sie sind in sechs Jahren wieder raus!"

Mertens nickte unter Tränen und stand dann wie in Trance auf. Er war noch immer unter Schock. Wortlos trottete er mit dem Wachtmeister hinaus. Der Anwalt packte seine Unterlagen ein und verließ mit gleichgültigem Gesicht den Gerichtssaal. Diesen Mandanten würde er zu Lebzeiten wohl kaum noch in Freiheit sehen.

Am Abend brütete Mertens in seiner Zelle dumpf vor sich hin. Er hatte mit allem möglichen gerechnet, aber nicht mit einem Schuldspruch. Er war unschuldig, so viel stand fest. Aber niemand glaubte ihm. Als es dunkel wurde, legte er sich auf das Bett und ließ seine Gedanken in die Vergangenheit schweifen. Unberührt stand das bescheidene Abendessen neben ihm auf dem Tisch. Mühsam versuchte er sich zu erinnern, was passiert war.

Als er seinen Geschäftspartner Michael Asselmann damals an jenem Tag verlassen hatte, war dieser quicklebendig gewesen, ja, er hatte ihn sogar noch ermuntert, sich in dem anstehenden Verfahren bloß nicht unterkriegen zu lassen. Diese alberne Betrugsgeschichte sitzen wir auf einer Backe ab, sagte Asselmann. Du brauchst nur ein dickes Fell, mein Junge, dann kann nicht viel passieren. Zwei, vielleicht drei Jahre, höchstens. Mit etwas Glück sogar Bewährung. Und die Kohle wartet die ganze Zeit, sicher geparkt. Da kommt niemand ran, dafür sorgt unser Joker. Und mal ehrlich: Was sind schon zwei Jahre Wartezeit für eine Rendite von zwölf Millionen Euro? Mensch Detlef, hatte Asselmann gesagt, jetzt mach nicht so ein verzweifeltes Gesicht! Das sitzt du doch locker auf einer Arschbacke ab, glaub mir! Ich kenne mich damit aus, vertrau mir einfach…

Am Morgen nach dem Urteil fühlte sich Mertens immer noch betäubt, aber langsam konnte er wieder klar denken. Den größten Teil der Nacht hatte er wach gelegen und gegrübelt. Wer hatte Asselmann nach dem Besäufnis in der Kellerbar noch aufgesucht und ihn umgebracht? Hatte sich diese Person die ganze Zeit über im Haus versteckt gehalten und dann nach seinem, Mertens Abgang, Asselmann erledigt? Warum überhaupt machte sich jemand die Mühe, Asselmann aufzuhängen? Das sah wie eine Hinrichtung aus. Jeder normale Mörder hätte doch vermutlich eine Pistole oder ein Messer benutzt. Das hatte er auch dem Gericht gesagt, aber nur Kopfschütteln geerntet. Und wenn ihn doch die Wut gepackt hätte, dann hätte er seinen früheren Partner vermutlich wohl erwürgt, nicht in Ruhe aufgeknüpft, hatte der Anwalt halbherzig hinzugefügt. Aber Mertens packte nie die Wut. Er sah auf seine großen Hände herab, die leicht zitterten. Er war zwar ein muskulöser Riese, aber ein sanfter Riese. Nein, dazu wäre er nicht fähig gewesen. Detlef Mertens konnte keiner Fliege was zu Leibe tun. Nie hätte er Asselmann auch nur ein Haar krümmen können. Er war völlig erstaunt gewesen, wie man ihn überhaupt hatte verdächtigen können. Doch die Polizei hingegen hatte leider nicht die geringsten Zweifel an seiner Täterschaft.

Denn Mertens hatte ein klares Motiv: Habgier. Niemand sonst im Umfeld von Asselmann hätte ein so starkes Motiv haben können, sagte der Staatsanwalt. Das älteste Mordmotiv der Menschheit. Bereits Kain erschlug seinen Bruder Abel aus Habgier, dozierte er. Schon das war Blödsinn, ging es Mertens durch den Kopf, Kain erschlug den Abel nicht aus Habgier sondern aus Eifersucht, weil dieser von Gott mehr geliebt wurde. Aber woher sollte das ein Staatsanwalt wissen. Abgesehen von diesem fehlerhaften Vergleich war das Indiziennetz aber dicht und überzeugend gestrickt. Mertens hatte mehr Spuren am Tatort hinterlassen, als es wohl überhaupt zu einer Anklageerhebung gebraucht hätte. Im Haus von Michael Asselmann gab es ein Fest für die Ermittler. Das Glas mit den Fingerabdrücken. Die Fußspuren, die hinunter zur Kellertür führten. Die Fasern des Wollsakkos. Und Mertens hatte die Kraft, einen kleinen Kerl wie seinen Partner zu überwältigen. Im Gerichtssaal hatte ein Gutachter das mit einer Puppe demonstriert. So hätte Mertens Asselmann bequem aufhängen können. Mit einem Seil, das zuvor in seinem Kofferraum gelegen hatte.

„Woher kommen denn diese Hautschuppen von Ihnen am Seil, Herr Mertens?", hatte der Staatsanwalt gefragt.

„Es ist mein Abschleppseil, aus meinem Wagen. Ich hatte jemandem das Seil geliehen und dann irgendwie vergessen. Ich weiß aber nicht mehr, wer das war!"

„Ja, den Mann suchen wir seit Jahren.", höhnte der Staatsanwalt.

„Wie bitte?"

„Es ist der berühmte große Unbekannte, nicht wahr?"

„Ja, wirklich ein Unbekannter, ich kenne ihn nicht. Er hatte ein Problem mit dem Auto. Ich zog ihn zu einer Werkstatt. Dort muss uns doch jemand gesehen haben!"

„Eine geschlossene Werkstatt. Deren Überwachungskamera leider defekt war. Was für ein Zufall."

„Aber das Auto! Jemand muss doch das Auto gesehen haben, in dem der Mann saß."

Der Staatsanwalt schüttelte den Kopf. „Herr Mertens! Sie behaupten, der Wagen des großen Unbekannten sei ein älterer silberner VW Passat Kombi gewesen. Das Nummernschild kennen Sie natürlich nicht. Was glauben Sie, wie viele dieser Fahrzeuge es gibt?"

Der Vorsitzende schaltete sich ein: „Ist das Ihr Abschleppseil?"

„Ja, natürlich. Es ist meins."

Jetzt erhob sich der Verteidiger: „Natürlich ist es das Seil von Herrn Mertens! Es ist übrigens auch eindeutig zum Abschleppen eines anderen Autos verwendet worden, das hat der Gutachter nachgewiesen. Sie sehen: Also ist doch was dran an der Geschichte von Herrn Mertens!"

„Dieses Seil", sagte der Staatsanwalt bedächtig und lächelte schmal, „ist gewiss auch mal zum Abschleppen eines Autos verwendet worden. Fraglich ist nur, warum es in diesem Falle nicht wie jedes normale Abschleppseil im Kofferraum lag, sondern sich am Hals des grausam gehenkten Opfers befand. Aber entscheidend ist, dass dieses Seil gerade eben vom Angeklagten erneut identifiziert worden ist – weil er damit nämlich die tödliche Schlinge für sein Opfer geknüpft hat!"

„Nein!"

Der Staatsanwalt hatte Mertens schon eine ganze Weile spöttisch angesehen. „Herr Mertens! Wie soll es denn sonst gewesen sein? Da trinken zwei Finanzberater Unmengen an Alkohol und suchen nach nicht vorhandenen Akten im Heizungskeller. Danach verabschiedet sich der eine, fährt nach Hause, schleppt noch das Auto eines Phantoms ab und legt sich dann guter Dinge daheim zu Bett. Habe ich das richtig verstanden?"

„Ja, so war es!"

„So war es? Mal im Ernst: Finden Sie nicht, dass sich das ziemlich albern anhört?"

„Nein, denn das ist die Wahrheit!"

Der Staatsanwalt hatte einen Moment in seinen Akten geblättert und sah dann spöttisch wieder Mertens an.

„Ich will Ihnen mal etwas auf die Sprünge helfen: Wie erklären Sie sich denn die merkwürdige Tatsache, dass wir Ihre Fuß- und Fingerabdrücke und die von Herrn Asselmann überall im Heizungskeller gefunden haben, wo das Opfer brutal von Ihnen gehenkt wurde? An der Türklinke zum Beispiel. Sowohl außen, als auch innen."

Der Verteidiger schaltete sich erneut ein. „Ja, weil ihn der Tote gebeten hatte, in diesen Keller zu kommen. Daher die Abdrücke."

Der Staatsanwalt lachte grimmig.

„Oh ja! Natürlich hat er seinen Besucher in den Heizungskeller hinab gebeten, eine ganz berühmte alte Geste der Gastlichkeit! Was für ein Unsinn!"

„Das ist kein Unsinn, Herr Staatsanwalt!", sagte der Anwalt.

Mertens schaltete sich ein: „Michael bat mich, ihn zu begleiten weil er mir einige Akten mit faulen Verträgen zeigen wollte, die er dort versteckt hätte. Die uns entlasten würden. Für den Fall, dass es Ärger mit der russischen Mafia gibt. Das habe ich doch gesagt."

„Oh ja, die russische Mafia. Die hätte ich ja jetzt fast vergessen. Komisch ist nur: Diese ominösen Akten wurden von der Polizei nicht gefunden. Nirgends im Haus."

„Da waren aber welche! Mit Barzahlungen der Investoren!"

„Haben Sie selbst in diese Akten hinein geschaut?"

„Nein, aber sie waren da. In einem alten Karton."

„In dem Keller war nur ein einziger Karton. Und in dem befanden sich keine Akten, sondern nur ein paar leere Pfandflaschen."

„Dann hat später eben jemand die Akten da einfach 'raus genommen!"

„Das ist ja eine ganz dolle Geschichte! Und das alles sollen wir Ihnen glauben.", schaltete sich der Vorsitzende ein, „verschwundene Akten mit unbekanntem Inhalt, ein unbekannter Zeuge ohne

Nummernschild. Am Hals des Opfers versehentlich Ihr Abschleppseil. Und dann auch noch die russische Mafia." Er sah Mertens kopfschüttelnd an: „Sagen Sie mal, warum haben Sie denn auch noch ein Glas mit ihren Fingerabdrücken in diesem Heizungskeller abgestellt? Haben Sie etwa vor der Tötung des Asselmann oder danach noch was getrunken? Bitte, Angeklagter! Wollen Sie denn nicht endlich mal Ihr Gewissen erleichtern? Sie können Ihre Lage doch durch ein umfassendes Geständnis nur verbessern!"

Mertens schüttelte hilflos den Kopf. „Keine Ahnung, wie das Glas da unten hinkommt. Wir waren ziemlich betrunken. Wir haben ja beide was getrunken, es müssten eigentlich zwei Gläser sein. Aber oben im Wohnzimmer, nicht im Keller."

„Die Polizei hat bedauerlicherweise nur ein Glas sichergestellt. Und zwar das Glas mit den Fingerabdrücken des Angeklagten – und zwar im Keller", sagte der Staatsanwalt mit Blick zum Richtertisch.

„Das Glas", sagte der Anwalt, „kann jeder in diesen Keller gestellt haben. Der wahre Täter ebenso, wie aus Versehen die Polizei. Außerdem müsste doch die Champagnerflasche auch im Haus sein! Aber die fehlt. Wie sonderbar. Macht Sie das denn gar nicht stutzig?"

Der Staatsanwalt plusterte sich auf. „Also bitte, jetzt machen Sie aber mal einen Punkt! Was für eine Banalität! Die Flasche hat der schlaue Gauner Mertens natürlich entsorgt, aber das Glas dummerweise vergessen. Er wandte sich zum Gericht. „Das Glas steht dort, weil der Angeklagte die Kaltblütigkeit besessen hat, im Angesicht des Todeskampfes seines Opfers zu trinken! Das ist abscheulich, aber genauso war es, nicht wahr, Angeklagter?!"

Mertens zuckte zusammen.

„Sie schauen wohl zu viele Krimis, Herr Staatsanwalt!", entfuhr es dem Anwalt. „Diese wüsten Phantasien muss sich das Gericht nun wirklich nicht anhören! Das glaubt Ihnen kein Richter. Und die Bezeichnung schlauer Gauner für meinen Mandanten verbitte ich mir!"

„Überlassen Sie das Verbitten getrost uns.", sagte der Vorsitzende und sah den Anwalt finster an. „Fahren Sie fort, Herr Staatsanwalt!"

Und der war fortgefahren. In seinem Plädoyer kam er später zu dem Schluss, dass nur Mertens der Täter sein konnte. Er hatte Michael Asselmann aufgesucht, ihn betrunken gemacht und dann schlicht und ergreifend an den Rohren im Heizungsraum aufgehängt. Nur so habe Mertens verhindern können, dass Asselmann, der angeboten hatte voll umfassend auszusagen, ihn belastet hätte. Unter Berücksichtigung der Straftat des gemeinsamen fortgesetzten Betruges, der mit dem Mord verdeckt werden sollte, sei für den Angeklagten Mertens die Höchststrafe angemessen. Besonders schwer wiege es, dass der Angeklagte standhaft leugnete zu wissen, wo das Geld der kriminellen Aktionen war. Ein unglaublich krasser Fall, dessen Hintermänner noch ermittelt werden müssten. Am erbärmlichsten sei aber der Versuch, die russische Mafia ins Spiel zu bringen. Vermutlich sei vielmehr Mertens selbst das Haupt einer international tätigen Bande von Betrügern. Ein ganz unerhörter Fall der Kriminalgeschichte – und in diesem Moment wandte sich der Staatsanwalt den Journalisten im Saal lächelnd zu – der nur durch die unermüdliche Arbeit der Behörden umfassend aufgeklärt worden sei.

Das Plädoyer des Verteidigers war dagegen äußerst blutarm und schwach. Es enthielt sehr viele Worte wie „hätte", „eventuell" und ganz oft „möglicherweise." Es gelte, so der Anwalt, auch in diesem Falle, dass das Gericht im Zweifel für den Angeklagten zu entscheiden habe. Die Zuschauer im Saal nahmen es murrend zur Kenntnis. Das Gericht hatte sich zur Beratung zurückgezogen. Und war nach nur 30 Minuten wieder im Saal. Das Urteil: lebenslange Haft für Detlef Mertens wegen Mordes aus Habgier und zur Verdeckung weiterer Straftaten.

Genau 24 Stunden war die Urteilsverkündung nun her und noch immer zermarterte sich Mertens den Kopf, was eigentlich an diesem furchtbaren Freitag vor einem Vierteljahr wirklich passiert war. Er konnte sich deutlich erinnern, dass er mit dem Wagen zu Asselmann gefahren war, um noch einmal über die Strategie im anstehenden Betrugsprozess zu sprechen. Für Asselmann stand alles auf dem Spiel, er war vorbestraft. Also würde der unbescholtene Mertens alles auf sich nehmen – und dafür Dreiviertel der Beute bekommen, Asselmann nur ein Viertel.

Das klang gut. Asselmann konnte gute Pläne machen. Natürlich war auch die Idee von ihm gewesen, mit einem System von halbgaren Anlagen die Kunden über den Tisch zu ziehen. Mertens war am Anfang skeptisch gewesen. Er fand eigentlich, dass das Gemeinschaftsbüro der Anlageberatung *Asselmann und Mertens Finance*, kurz AMF, ausreichend Geld abwarf. Doch sein Partner hatte schon immer am ganz großen Rad drehen wollen.

Vor zwei Jahren war es gewesen, da hatte ihn Asselmann zum ersten Mal von seinem genialen Plan erzählt. Sie saßen in ihrem Büro und hatten die Zahlen des letzten Quartals geprüft. Und wie immer wollte Asselmann mehr Umsatz – und vor allen Dingen deutlich mehr Rendite.

„Mensch, Detlef, wir brauchen eine richtige Cashcow! Etwas das läuft und richtig fett performt. Die Leute vergessen doch bei einer hohen Rendite ihren Verstand. Das haben wir doch am neuen Markt gesehen. Überbewertete Firmen, überdrehte Analysten, gierige Kunden. Alter, da gab es Läden, die wurden höher bewertet als BMW oder die Lufthansa! Sowas müssen wir jetzt wieder machen! Da ist immer noch Musik drin!"

„Ganz alte Geschichten. Micha, das ist 20 Jahre her! Die Zeiten haben sich geändert. Wir hatten zwei fette Finanzkrisen! Das hast du wohl vergessen. Die Leute sind vorsichtiger."

„Ach was. Gier frisst Hirn, das gilt auch heute immer noch! Und jetzt in dieser abgefuckten Nullzins-Phase suchen die Leute händeringend Anlagemöglichkeiten. Aber Solarenergie, Logistik, Filmfonds – alles ist ausgelutscht. Wir müssen da was ganz Neues anbieten, das erwarten auch unsere Kunden."

„Die erwarten aber was Reelles, Micha! Außerdem – der Dax steht gut, der Dow-Jones auch, selbst der Nikkei performt sauber durch. Und die chinesische Wirtschaft ist auch über den Berg – es gibt also genügend Alternativen zu Staatsanleihen, Festgeldern und dem anderen konservativen Krempel. Auch wenn es nicht die ganz großen Dinger sind."

Asselmann lachte und schlug ihm auf die Schulter. „Du sagst es! Deshalb wartet der Markt auf was komplett Neues."

„Und was soll das sein? Nach den Bitcoins vielleicht noch 'ne weitere halbgare Internetwährung?"

„Quatsch. Viel zu kompliziert."

„Ach nee."

„Ich habe mich für einen Klassiker entschieden."

„Immobilienfonds."

„Spinner. Der Boom ist doch auch bei uns durch. Die Blase platzt demnächst. Einmal darfst du noch raten."

„Schiffscontainer."

„Noch viel toter als alle öden Immobilien. Die dümmste Art seine Kohle zu versenken sind heutzutage diese Containeranleihen."

Asselmann grinste breit. „Du kommst nicht drauf, Detlef."

„Windenergie offshore."

Asselmann krümmte sich vor Lachen. „Du hast es heute echt drauf. Offshore, meinst du? Inzwischen die größte Lachnummer des Jahrhunderts."

„Jetzt mach es nicht so spannend. Was ist es?"

„Etwas absolut Geiles. Bio-Ölschiefer."

Mertens dachte, er hätte sich verhört. „Wie bitte? Bio-Ölschiefer? Was ist das denn? Klingt ja ganz aufregend."

Asselmann entkorkte eine Flasche Champagner. „Warte ab! Ganz heiße Scheiße, sage ich dir! So heiß, dass es noch niemand auf dem Schirm hat! Aber man muss der Nummer den richtigen Drive geben." Er füllte gut gelaunt zwei Gläser.

Mertens schüttelte zweifelnd den Kopf.

„Wahrscheinlich so heiße Scheiße, dass wir uns die Pfoten daran verbrennen werden. Du hast wegen sowas schon mal richtig Ärger gehabt, von wegen richtiger Drive."

Der andere reichte ihm ein Glas. „Ach was. Du alter Skeptiker! Mit dir wäre Apple auch heute noch ein Obstbetrieb im Alten Land! Hier, stoß an! AMF kommt groß raus!"

Zögernd nahm Mertens das Glas. „Wenn Du meinst…"

Asselmann stieß seines fröhlich dagegen. „Jetzt lach doch mal! Prost, Alter! Es wird das größte Ding des Jahrhunderts! Ich erkläre es dir jetzt mal genau. Denn der liebe Onkel Micha hat da mal was vorbereitet."

Was folgte war ein stundenlanger öder Exkurs über die Entdeckung und Förderung von Ölschiefer, einem Sedimentgestein, das Kerogen, eine Vorstufe von Erdöl, enthält. Bereits im Mittelalter, so erklärte Asselmann, hätten Tiroler Bauern daraus das sogenannte Steinöl gewonnen. Tiroler Steinöl sei seit Jahrhunderten fester Bestandteil der Tiroler Haus- und Volksmedizin. Schon vor 600 Jahren wurde das Öl im süddeutschen Raum verwendet, dozierte er. Tiroler Steinöl werde traditionell vor allem bei der Behandlung von Hautproblemen wie Akne, Schuppenflechte und Hautunreinheiten eingesetzt.

Mertens gähnte. „Ja und? Was ist denn daran dann so neu? Wenn sich schon die Bauern vor einem halben Jahrtausend ihre Furunkel am Popo damit einschmierten, ist das doch ein ganz alter Hut, Micha!"

Asselmann lachte. „Genau das ist es doch! Jahrhundertelang bewährt. Und doch fast unbekannt. Denn das Zeug aus Tirol ist abartig teuer. So teuer, dass es nur ein paar Gesundheitsfreaks benutzen. Und genau da setzen wir an. Wir machen das Zeug billig. Das ist unser Markt. Wir fördern in Russland und gehen groß damit raus. Das wird die neue Mega-Revolution in der Dermatologie und der Natur-Kosmetik! Wir machen eine ganze Produktlinie, habe ich überlegt. Das wird 'ne richtig fette Nummer. Wir nennen das Baby *Vegan Beauty Enterprises*. Na, wie klingt das in deinen Ohren?"

„Naja. Hört sich erstmal nicht so schlecht an. Und du glaubst, das läuft?"

„Na klar! Das läuft locker wie geschnitten Brot." Asselmann goss Champagner nach. „Weißt du, der Knackpunkt ist das Bio-Siegel. Das bringt die Kohle. Guck dir doch die ganzen Bekloppten an: Steaks von freilaufenden Kobe-Rindern, Handkäse, den vegane Jungfrauen zwischen ihren Schenkeln mürbe rollen – und dann dieses ganze Medizinzeug! Denk an die vielen Hohlbirnen, die sich nicht mehr impfen lassen wollen. Homöopathie und Naturmedizin gegen jeden Dreck. Von Sackratten bis zum Krebs. Schulmedizin ist böse. Die Pharmaindustrie will uns alle vergiften. Also brummen die Alternativen. Vor allem die Weiber sind total scharf darauf. Schau mal hier!", er stand auf und holte eine Mappe, „Ich habe schon ein paar Entwürfe für die Verpackungen machen lassen. Wir gehen da ganz groß rein! Du brauchst dich um nichts zu kümmern, ich steuere das Projekt. Dann hast du den Rücken frei für unser altes Kerngeschäft."

Mertens staunte. Sein Kompagnon hatte offensichtlich schon einiges in Bewegung gesetzt. Als er auch noch die Bodengutachten von russischen Geologen über ein Gebiet in der Nähe des Urals und die Bestätigung der heilsamen Wirksamkeit des Ölschiefers durch das Dermatologische Institut der Universität Jekaterinburg sah, war er schon fast überzeugt – und anschließend nahezu euphorisch, als Asselmann ihm auch noch den Businessplan in die Hand drückte. Sie tranken zwei weitere Flaschen Champagner und fühlten sich besser als Steve Jobs bei der Vorstellung sämtlicher i-Phones.

Die Idee war so simpel wie genial. Vorverträge mit Bio-Supermärkten wurden gemacht, eine Kosmetikstudiokette für Franchisenehmer gegründet. Es würde etwa vier Jahre dauern, bis die Produktion anlaufen konnte. Bis dahin bekamen die Anleger ihre Investition mit fast zwölf Prozent verzinst. Die Leute investierten wie verrückt.

Nach einem Jahr hatte *Vegan Beauty Enterprises* bereits über 43 Millionen Euro kassiert. Regelmäßig waren Asselmann und Mertens in St. Petersburg in ihrer Niederlassung und feierten mit den russischen Geschäftspartnern bei Kaviar, Wodka und den schönsten Nutten, die sich Mertens je erträumt hatte. Die beiden lebten auf großem, man kann sogar sagen auf größtem Fuß – bis zu jenem Tag, als Asselmann von Problemen berichtete. Sie saßen am späten Abend im Besprechungsraum ihres neuen Bürokomplexes auf Designerstühlen und hatten gerade das Sushi vom Lieferservice verspeist, als Asselmann einen Ordner auf den Tisch warf.

„Wir müssen mal reden, die Sache läuft nicht mehr ganz so rund. Ich war bei unseren Anwälten. Es sieht im Moment nicht so richtig optimal aus. Aber das kriegen wir schon hin."

Mertens hörte auf, das letzte Sashimi zu kauen. „Wie bitte? Willst du mich verarschen? Was heißt das denn?"

„Nein, will ich nicht. Es ist mein voller Ernst. Der kalte Krieg ist leider jetzt heiß geworden, ziemlich heiß. Holy Shit."

Mertens schluckte den letzten Bissen runter und griff verstört nach einer Serviette. „Das verstehe ich nicht. Du hast doch immer gesagt, es läuft alles."

„Lief es auch. Bestens lief es."

„Na und jetzt? Alle zwei Monate warst du vor Ort und hast dir alles angesehen. Unsere Geschäftspartner aus Russland waren hier, wir haben Proben des Ölschiefers untersuchen lassen, haben problemlos das Bio-Siegel bekommen – was ist denn jetzt plötzlich das Problem? Du hast die komplette Projektsteuerung gemacht und alle Berichte an mich und unsere Investoren sauber abgeliefert. Warum sieht es plötzlich nicht mehr gut aus? Das verstehe ich nicht."

Asselmann atmete tief durch. Dann sah er Mertens mit einem schiefen Grinsen an. „Naja, es gibt leider überhaupt gar keinen Bio-Ölschiefer, den wir vermarkten können."

„Wie bitte?" Mertens sah ihn verstört an. „Bist du bekloppt? Was soll das denn heißen?"

219

„Wie ich schon sagte: Es gibt eben leider keinen Bio-Ölschiefer. Wir haben nie auch nur ein einziges popeliges Gramm von dem Zeug gefördert." Er lachte etwas gezwungen.

Mertens stand abrupt auf. „Du bist doch total besoffen, Micha! Was redest du denn da?"

„Die Wahrheit, mein Freund. Und nichts als die Wahrheit. Jetzt mach nicht so ein Gesicht! Setz dich wieder hin. Wir haben den Deal des Jahrhunderts gemacht, wie die Könige gelebt – und jetzt heißt es eben *Take the Money and run*! Und zwar ganz schnell, denn die Kacke hat leider mächtig angefangen zu dampfen."

„Ich habe doch aber alles gesehen! Was ist mit den ganzen geologischen Gutachten?" Mertens umkreiste nervös den Tisch.

Asselmann zuckte die Schultern. „Gekauft mit Schmiergeld."

„Die medizinischen Expertisen?"

„Gefälscht."

„Das Bio-Siegel?"

„Auch gefälscht."

„Die Zinszahlungen an unsere Investoren?"

„Von deren eigenen Guthaben."

Mertens beendete seinen Rundlauf um den Tisch und blieb stehen. „Aber das kann doch alles nicht wahr sein! Da hängen doch noch -zig andere Leute mit drin! Was sagen denn unsere russischen Geschäftsfreunde dazu?"

„Nun, das ist ja jetzt das Problem. Die sind von der Mafia."

220

Detlef Mertens stand einen Moment mit weit offenem Mund da. Ihm brummte der Schädel. Er setzte sich wieder. Dann sah er Asselmann verstört an.

„Aber das ist doch jetzt wohl hoffentlich wenigstens einer deiner schlechten Witze?"

„Leider nein. Unsere Geschäftspartner sind, wie schon gesagt, von der russischen Mafia. Frag mich nicht, welcher Zweig und welcher Pate, ich kenne nur ihre Mittelsmänner und Anwälte hier bei uns, alles Leute, die in Jena oder Heidelberg studiert haben. Nette Jungs, ein paar hast du ja auch kennengelernt. Aber die angelegte Kohle ist nicht so ganz sauber."

Mertens drehte sich der Kopf. Er lachte gequält. „Von der Mafia! Nette Jungs sagst du! Bist du wahnsinnig? Was machen wir denn jetzt?"

Der andere lächelte. „Keep cool, Alter! Ich habe alles im Griff. Wir stellen uns dem Betrugsprozess. Das stehen wir locker durch. Natürlich werden sie uns einbuchten. Die Kohle ist todsicher geparkt. Dann seilen wir uns ab. Einer meiner Freunde, Bernd von Sellendorff, macht für uns den Insolvenzverwalter und passt die paar Jahre auf das Geld auf. Bernd ist sozusagen unser Joker."

„Unser Joker?" Mertens sah ihn ungläubig an. „Seit wann haben wir denn einen Joker? Brauchen wir sowas?"

„Ja, das brauchen wir jetzt. Was du nicht weißt: Ich hatte ihn immer in der Hinterhand, aber jetzt spiele ich ihn aus. Bernd und ich kennen uns seit der Uni. Es gibt keinen Anwalt, der so abgewichst ist wie der gute Bernd. Er kümmert sich ab sofort um alles."

„Meinst du das etwa mit *Take the Money and run*?"

„So ist es."

„Du hast sie nicht alle. Ich habe dir vertraut!" Mertens konnte nicht fassen, wie sein Kompagnon so ruhig bleiben konnte.

„Bleib cool!"

Mertens schlug mit seiner gewaltigen Hand auf den Tisch. „Ich kann aber nicht cool bleiben, wenn die russische Mafia hinter mir her ist! Jetzt denk doch mal nach!"

„Genau das tue ich, mein Alter! Ich denke, rund um die Uhr. Und immer denke ich an dich und dein Konto. Ich habe das mal durchgerechnet. Es bleiben über zwölf Millionen Euro, sicher gebunkert bei einer russischen Bank zu einem anständigen Zinssatz. Und nur Bernd kennt die Zugangscodes. Er bekommt von der gebunkerten Kohle zehn Prozent für den Job als Treuhänder. Das ist mehr als fair."

„Von mir aus. Wenn er uns aus dem Sumpf zieht, ist das Geld gut angelegt. Aber unsere Angestellten? Was wird denn aus denen? Wir tragen auch da Verantwortung!"

Asselmann winkte ab. „Ach, mach dir lieber Gedanken um deine Kohle! Oder machst du dir etwa Sorgen um jemanden? Um Kevin, unseren besten Drücker mit dem Gel im Haar? Die fiese Schmeißfliege kommt überall wieder unter. Oder sorgst du dich vielleicht um deine kleine Assistentin Vera? Die fickt sich auch im nächsten Laden wieder hoch, verlass dich drauf."

„Michael!" Mertens bekam einen roten Kopf. „Sie hat sich nun wirklich nicht hochgefickt!"

„Na ja, du musst es ja schließlich wissen. Außerdem: Die kriegen Arbeitslosengeld oder Insolvenzgeld, was weiß ich. Ist mir ehrlich gesagt auch ziemlich wurscht. Nee, diese Nullperformer interessieren mich nicht. Pass mal auf: Wir sind morgen früh bei unseren Anwälten und machen eine Selbstanzeige. Dann kommt Bernd von Sellendorff ins Spiel. Unsere Konten hier sind bis dahin komplett leer, ein klarer Fall von Insolvenz. Nix mehr da für die Penner von Gläubigern – Autos und Möbel geleast, Büros gemietet, Personal beim Arbeitsamt untergebracht. Ein guter Finanzberater reist bekanntlich immer mit leichtem Gepäck!" Asselmann lachte, jetzt schon wieder richtig gut gelaunt.

„Und dann?"

„Dann gibt's den Prozess, wir machen ein nettes Gesicht, werden verknackt und fahren für ein paar Jahre ein. Und da ich schon mal gesessen habe, nimmst du den Großteil der Schuld auf dich. Für mich gibt's Bewährung. Mehr als zwei Jahre kriegst du nicht. Dafür bekommst du Dreiviertel der Kohle, ich nur ein Viertel. Sind nach Abzug von Bernds Provision über acht Millionen für dich, mein Freund! Ein Monatsgehalt von über 300.000 Euro – im Knast bei Vollpension abgesessen – ist das geil, oder was?"

„Nee", Mertens schüttelte den Kopf, „nee, das ist nicht geil, das kann ich nicht! Jetzt hör doch auf, auch noch zu lachen! So abgebrüht wie du bin ich nicht. Das stehe ich nicht durch. Ich kann nicht ins Gefängnis, nicht einen einzigen Tag. Das kann ich nicht."

Asselmann klopfte ihm auf die Schulter. „Na, na! Jammer' doch nicht rum, Alter. So ein bisschen Knast kann heute doch jeder. Ich weiß, wovon ich rede. Alles wird gut! Wirklich. Ich verspreche es dir! Wir müssen jetzt nur höllisch aufpassen, dass uns der Arsch nicht auf Grundeis geht. Und jetzt eben unseren Joker Bernd ausspielen. Der Rest läuft von allein."

„Und die Mafia-Typen? Die wollen doch bestimmt was von der Kohle sehen. Die machen uns doch sonst kalt."

„Alles bestens im Griff, vertrau' mir! Bleib ganz entspannt. Ich habe da meine Rückversicherung. Alle faulen Verträge gebunkert, damit können wir die jederzeit fertig machen. Die wissen, dass ich es weiß. Und deshalb halten die auch ihre Füße still."

Er stand auf und holte eine Flasche Champagner aus dem Kühlschrank und ließ den Korken lässig ploppen. Er füllte zwei Gläser.

„Mensch Detlef, jetzt aber mal Kopf hoch! Lass uns jetzt mal chillen. Wir trinken auf unseren Erfolg!"

„Erfolg? Sehr witzig!"

„Aber, aber! Du bist ein reicher Mann, wenn du erst die paar Jahre bei Vater Staat in der Vollpension abgesessen hast. Und danach kommt die fette Finca auf Mallorca mit Kaviar und Bikini-Girls rund um die Uhr. Da geht's dann so richtig ab. Prost, mein Freund! *Take the Money and run!"*

Nichts ging ab, jedenfalls nicht auf Mallorca. Jetzt saß Mertens in seiner Zelle und zermarterte sich das Hirn, was passiert war. Als er Asselmann das letzte Mal lebend gesehen hatte, war der guter Dinge. Die beiden Partner der AFM Finance tranken zwei Flaschen Champagner und Mertens entspannte sich wieder ein wenig. Anschließend torkelten sie noch in den Heizungskeller hinab, wo Asselmann ihm einige Akten zeigen wollte – Belege über die illegalen Zahlungen der russischen Geschäftspartner, die hier in einem alten Karton versteckt waren.

Völlig benebelt hatte Mertens dann das Haus verlassen. Auf dem Rückweg stand ein silberner VW Passat am Straßenrand und ein gepflegter älterer Herr mit weißem Haar bat, ihn doch vielleicht bis zur nächsten Werkstatt – die nur einige hundert Meter entfernt war – abzuschleppen. Mertens hatte Mitleid und tat ihm den Gefallen. Er holte sein Abschleppseil aus dem Kofferraum und brachte den Alten zur Werkstatt. Der bedankte sich überschwänglich. Zu Hause war Mertens dann direkt ins Bett gefallen und hatte den Sonntag mit grauenhaften Kopfschmerzen verbracht. Am Montag stand die Polizei vor dem Haus und hatte ihn dann unter dem dringenden Verdacht, seinen Kompagnon Michael Asselman vorsätzlich getötet zu haben, festgenommen. Der geplante Betrugsprozess wurde vorläufig ausgesetzt, stattdessen sah sich Detlef Mertens plötzlich einer Mordanklage gegenüber. Ihn vertrat irgendein Pflichtverteidiger, denn keiner der Anwälte der AMF wollte das Mandat übernehmen. Bernd von Sellendorff, der Insolvenzverwalter, Asselmanns angeblicher Joker, ließ sich nicht einmal blicken.

Während Mertens in seiner Zelle hockte und langsam in dumpfe Depressionen verfiel, saß einige tausend Kilometer entfernt eine gut gekleidete Herrenrunde auf der Terrasse einer hoch gelegenen Datscha mit Blick auf das Schwarze Meer mit Laptops und Geschäftsberichten. Als die Sonne unterging, trank man guten Wodka, genoss einen angenehmen, trockenen, heimischen Rotwein und auf dem Tisch standen jetzt statt der Laptops Salzgurken, Fleischbällchen, Kartoffelpüree, knuspriges Roggenbrot und frische Butter. Einige der Herren waren aus Deutschland, die Mehrzahl aber waren Russen. Trinksprüche wurden ausgebracht, man lachte viel, klopfte sich gegenseitig auf die Schultern.

Zwei der Herren, ein Deutscher und ein Russe, standen irgendwann auf und gingen ein paar Schritte auf der Anhöhe vor der Terrasse entlang. Der Deutsche war elegant in einen gut geschnittenen teuren Anzug gekleidet, am kleinen Finger trug er einen Ring mit Wappen. Die Tage hier am Meer hatten ihm eine leichte

Bräune geschenkt, die ihm gut stand. Der Russe hingegen sah eher etwas bäuerlich aus. Er war ein älterer, großer und starker Mann, hatte weiße Haare und buschige Augenbrauen und trug einen dicken alten Wollpullover. Als sie eine Weile schweigend gegangen waren und in den Sonnenuntergang geschaut hatten, begann der Deutsche in perfektem Russisch zu sprechen.

„Jetzt ist alles geklärt. Das Geld ist nun wieder da, wo es hingehört. Jeder hat seinen Anteil bekommen. Dafür danke ich Ihnen auch im Namen meiner Partner. Was mich interessiert: Wie haben Sie eigentlich das – nun, wie soll ich sagen – naja, das personelle Problem bei *Vegan Beauty Enterprises* gelöst, Herr Dserschinski?"

„Ach bitte, nicht so förmlich. Sagen Sie Felix Edmundowitsch zu mir, so heiße ich nach meinem Großvater. Er war ein treuer Verfechter von Recht und Ordnung."

„Ich heiße Bernd. Sagen Sie einfach Bernd."

„Sehen Sie Bernd, es war im Grunde genommen ganz einfach. Wir halfen dem guten Herrn Asselmann nur ein wenig, endlich reinen Tisch zu machen. Er war wirklich über seine Zeit hinweg. Für alles gibt es eine Zeit. Eine Zeit zum Leben und eine Zeit zum Sterben. So steht es übrigens auch in der heiligen Schrift, wissen Sie das?"

„Nein, das wusste ich nicht. Aber schön gesagt, Felix Edmundowitsch. Sehr schön."

Der Russe schob langsam nachdenklich die Hände in die Taschen seiner altmodischen Cordhose.

„Wissen Sie, Bernd, ich war früher Offizier beim KGB. Ich habe in Afghanistan gekämpft, später in Tschetschenien. Eigentlich bin ich ein einfacher, ganz altmodischer Kommunist. Einer dem Ehre und Anstand noch etwas gelten. Ein einfaches Wort reicht mir."

„Ich weiß. Das schätze ich an Ihnen."

„Tja, sehen Sie, Bernd, dieser Michael Asselmann hat mich und meine Geschäftspartner versucht, ganz schäbig hinters Licht zu führen. Aber man übervorteilt uns nicht. Das ist noch niemandem gelungen. Asselmann war zwar unglaublich gewieft, aber nicht klug. Er hat unser Vertrauen missbraucht. Er hat uns hinterhältig betrogen. Deshalb musste er gehen. Es gibt in Ihrem Land einen schönen Spruch, den ich mal gelesen habe: Gier frisst Hirn. Und so war es."

„In der Tat, den gibt es. Und es ist eine der wenigen Volksweisheiten, die sich immer wieder als wahr erweisen."

„Eigentlich ein Jammer. Dieser Herr Asselmann steckte voller guter Ideen. Aber man konnte ihm eben nicht trauen."

„Das kann ich als sein früherer Anwalt leider nur bestätigen. Was wird aus seiner Familie? Seiner geschiedenen Frau und den beiden Kindern?"

„Aber mein lieber Bernd! Ich war sowjetischer Offizier! Was trauen Sie mir denn zu? Sie mögen dahin gehen, wo es ihnen beliebt. Seine Familie hat nichts mit der Sache zu tun. Darauf gebe ich Ihnen mein Wort."

„Danke. Das freut mich zu hören. Ich schätze Ihren Familiensinn. Das könnt ihr Russen besser als wir." Er kratzte sich am Kopf. „Felix Edmundowitsch, ich bin der Insolvenzverwalter der *Vegan Beauty Enterprises*, ich möchte die Firma in Ruhe abwickeln. Das verstehen Sie doch?"

„Aber ja."

„Dann sagen Sie mir bitte: Was wird aus Detlef Mertens? Er ist wegen Mordes zu Lebenslang verurteilt worden, will jetzt aber in Berufung gehen, sagt sein Pflichtverteidiger. Gibt es hier von Ihrer Seite noch Handlungsbedarf?"

„Er geht in Berufung, ich weiß, Bernd. Aber niemand glaubt ihm. Er ist ein dummer großer Junge. Er wird noch viele Jahre im Gefängnis sein. Und wenn er mal entlassen wird – was will er erzählen? Die Geschichte vom Opa im Volkswagen? Die kennen wir doch schon. Er weiß nichts. Für uns ist er nicht von Bedeutung. Ich habe ihn längst vergessen. Wenn er noch lange das Märchen von der russischen Mafia erzählt, wird er vermutlich ohnehin in der Psychiatrie landen."

Der Deutsche seufzte erleichtert und sah in die letzten Sonnenstrahlen, die am Horizont im Meer versanken. „Es ist wunderschön hier. So friedlich. Die Menschen sind so mit sich und ihrem Dasein zufrieden. Hier könnte ich auch irgendwann leben."

„Kommen Sie zu mir, wann immer Sie wollen. Sie sind hier stets willkommen."

229

„Gern. Ich weiß Ihre Gastfreundschaft sehr zu schätzen. Aber Sie haben mir immer noch nicht verraten, wie Sie das Problem Michael Asselmann rein technisch gelöst haben. Das würde mich schon interessieren. Immerhin kannte ich ihn seit Jahren gut. Wir waren vor sehr langer Zeit mal so etwas wie Freunde."

Der Russe blieb stehen und sah den Anwalt mit einem breiten Lächeln an und wiegte den Kopf ein wenig hin und her. „Sie waren mal so etwas wie Freunde? Eine komische deutsche Redewendung, die es bei uns nicht gibt. Entweder ist jemand ein Freund oder er ist es nicht. Aber was denken Sie, Bernd? Hat der große Unbekannte den Herrn Asselmann im Keller aufgehängt und dann Spuren präpariert, die zu jemand anderem führen? Vielleicht so in der Art wie damals bei Uwe Barschel? Hat er eine Flasche und ein Glas verschwinden lassen, Akten gestohlen und am Straßenrand im Auto gewartet? Oh, Ihr Deutschen seid doch alle gleich. Ihr wollt immer alles wissen. Fakten, Fakten, Fakten. Aber warum interessiert Sie das?"

„Ich gebe zu, es lässt mich nicht los. Ich kannte Asselmann immerhin gut." Ein kurzer Schatten huschte über sein Gesicht.

Der andere kratzte sich nachdenklich am Kinn, dann räusperte er sich. „Mein lieber Bernd, es gibt ein altes Sprichwort bei uns in Russland: In einer stillen Untiefe hausen die Teufel. Es ist besser, nicht in diese Untiefen vorzudringen." Er zeigte auf die Gruppe am Tisch. „Glauben Sie mir. Lassen Sie uns jetzt zu den anderen zurück gehen, man denkt sonst, wir hätten irgendwelche Geheimnisse. Und das wäre nun wirklich albern. Wir sind doch nur zwei alte Freunde, die etwas in den Sonnenuntergang gesehen und dabei melancholisch über die Vergänglichkeit des Seins geplaudert haben."

„Die Vergänglichkeit des Seins. Ja, das ist wohl wahr." Der Deutsche lächelte zurück. „Gehen wir."

Schweigend gingen sie zu der lärmenden Runde zurück, die inzwischen ausgelassen sang. Mittlerweile war es fast dunkel. Nur am Horizont lag noch ein schmaler Streifen Licht.

Der Russe blieb stehen, kurz bevor sie die anderen wieder erreicht hatten. „Wir beide, Bernd, Sie und ich, wir werden in Zukunft noch viele gute Geschäfte machen. Darauf freue ich mich. Aber Sie werden mich doch hoffentlich nie wieder nach Michael Asselmann fragen, mein Freund?", sagte er. Es klang nicht wie eine Frage, sondern wie ein Befehl – obwohl er die Stimme nicht erhoben hatte. Seine Augen blickten kalt in das Gesicht seines Gegenübers.

Der Anwalt schüttelte den Kopf. „Aber nein, ich werde bestimmt nicht noch mal fragen. Warum sollte ich. Ich kenne niemanden namens Michael Asselmann. Alles ist gut so, wie es ist. Es ist sogar sehr gut und ich bin Ihnen zu aufrichtigem Dank verpflichtet."

„Das freut mich sehr, Bernd. Wirklich. Nichts soll unsere neue Freundschaft schließlich trüben."

Der Deutsche sah in die unbeweglichen Augen des Alten unter den buschigen Brauen. Ein Schauer fuhr ihm über den Rücken und ließ ihn unter der Bräune einen Moment blass werden: „Ich möchte Sie nicht zum Feind haben, Felix Edmundowitsch."

Der alte Russe sagte nichts und legte ihm dann wie beiläufig den Arm um die Schultern, als sie weitergingen. Es war ein erstaunlich kraftvoller Arm, wohl stark genug, jemanden mit einem Abschleppseil um den Hals an einem Heizungsrohr langsam in die Höhe zu ziehen. Der Arm schien auf einmal den Anwalt irgendwie erdrücken zu wollen und er fühlte, wie eine eiskalte Hand plötzlich nach seinem Herzen zu greifen schien und ihm die Brust eng dabei wurde.

Dann ließ ihn der alte Mann plötzlich wieder los.

Er wechselte jetzt vom Russischen in fehlerfreies Deutsch und sagte bedauernd: „Oh, es tut mir leid. Ich habe Ihnen wehgetan. Verzeihen Sie mir."

Der andere schluckte. „Nein, nein, alles in Ordnung."

Der Russe lachte herzlich und seine Augen strahlten wieder. „Mein Gott, was führen wir hier bloß für sonderbare Gespräche. Man könnte denken, wir üben Szenen für einen dieser schrecklichen amerikanischen Gangsterfilme. Sie müssen einen schlimmen Eindruck bekommen haben. Ich wollte Sie doch nicht erschrecken."

„Natürlich nicht. Ich habe Sie gut verstanden.

„Ach, das freut mich wirklich sehr, Bernd. Ich bin doch schließlich nur ein alter Mann, wem sollte ich denn etwas antun können? Ein Großvater wie ich?"

„Ich wüsste tatsächlich niemanden, Felix Edmundowitsch."

„Sehen Sie, so ist es." Er lächelte jetzt versonnen. „Habe ich Ihnen eigentlich schon einmal von meinen Enkeln erzählt? Wirklich wunderbare Kinder…"

Mein ist die Rache

Thomas Keppler arbeitete seit 30 Jahren in diesem Café. 30 Jahre, in denen er fleißig und völlig unauffällig gewesen war und nichts Besonderes passiert war. Bis zu diesem Sonntag im September. Dabei war es anfangs ein ganz gewöhnlicher Sonntag gewesen. Die Tische drinnen wie draußen waren voll, ein paar Familien saßen an langen Kaffeetafeln und feierten den Geburtstag von Oma oder Opa. Vor dem Tresen war eine lange Schlange, denn der Kuchen war im Außer-Haus-Verkauf ebenso beliebt wie im Café selbst. In der Luft hing der Geruch nach dem Parfüm alter Damen, gemischt mit dem von frischem Kaffee. Geschäftig lief das Personal auf und ab, balancierte Tortenstücke, Eisbecher, Kännchen mit Kakao und Kaffee und unzählige Gläser mit Latte Macchiato. Keppler rotierte an einem solchen Sonntag von morgens bis in den späten Abend, er war der dienstälteste Ober und verbrachte nicht selten zwölf Stunden mit Arbeit. Er konnte sich an Tagen wie diesen gut an seine ersten Wochen erinnern und wie er sich in die Arbeit gestürzt hatte, um zu vergessen. Damals war er ein junger Bursche gewesen, es war Ende der 80er Jahre und im Stadtzentrum gehörte dieses Café vielleicht nicht zu den besten aber wohl zu den bekanntesten.

Keppler war froh gewesen, nach einer langen dunklen Zeit wieder arbeiten zu können, erst als Lehrling, später dann als Kellner. Die alten Damen, die er einst bediente, behielten zu dieser Zeit noch ihre Hüte oder Mützen auf und sprachen viel über ihre Männer, die längst tot waren, aber während des Krieges und in den Aufbaujahren anscheinend Heldenhaftes geleistet hatten. Aber das war schon wieder über ein Vierteljahrhundert her. Die Damen mit den Hüten waren längst auf denselben Friedhöfen wie ihre Männer. Jetzt war es die Generation von Keppler, die langsam alt wurde und sich an vergangene Zeiten erinnerte.

In die Nähe des Eingangs setzte sich ein Paar, eines dieser typischen Pärchen, das wohl auf die 70 zuging, an einen Ecktisch. Sie mit rötlichem Kurzhaarschnitt und großer Steppweste, er in einem ältlichen Sakko, offenem viel zu eng sitzenden Hemd und mit dunkel getönter Brille. Keppler servierte am Nachbartisch zwei üppige Stücke Frankfurter Kranz und einmal Eierlikörtorte mit drei Kännchen – alte Leute liebten diesen lauen Filterkaffee in Kännchen – und gab dann diesem Pärchen mit einem professionellen Lächeln die Karte.

„Guten Tag, die Herrschaften, ich bin gleich bei Ihnen. Ihren Kuchen wählen Sie bitte selbst am Buffet."

Fünf Minuten später kam er zurück.

Der Mann las noch in der Karte, aber seine Frau hatte bereits zwei Bons vom Kuchenbuffet geholt.

„Zwei Tassen Kaffee und zweimal Eierschecke.", sagte sie und drückte Keppler die Bons in die Hand.

„Sehr gern, die Herrschaften", sagte er mit gelernter Höflichkeit und eilte in Richtung Buffet. Dann servierte er umgehend mit eleganter Professionalität die Eierschecke und wandte sich den nächsten Gästen zu.

Eine Viertelstunde später stand Keppler wieder am Tisch, die Dame hatte gewinkt, um zu zahlen. Ihr Teller war leer, doch der Herr hatte seinen Kuchen nicht angerührt und starrte immer noch in die Karte.

„War unsere Eierschecke nicht zu Ihrer Zufriedenheit?", fragte Keppler, ohne dass ihn die Antwort übermäßig interessiert hätte. Er hatte das ältliche Paar nie zuvor gesehen und Laufkundschaft brachte meist wenig Trinkgeld.

„Mein Mann sagt, es wäre keine klassische Eierschecke, jedenfalls nicht so wie früher.", sagte die Frau, zuckte verlegen mit den Schultern und sah den Mann fragend an.

Der Mann warf ihr einen kurzen scheelen Blick zu, schwieg weiter und räusperte sich dann nur ein paarmal missbilligend.

Dieses Räuspern… Keppler fühlte plötzlich ein ganz sonderbares Unwohlsein. „So, so, das tut mir leid.", sagte er, kassierte ab und eilte auf wankenden Beinen in die Küche. Dort setzte er sich und fühlte, wie sich von den Füßen her ein sonderbares bleiernes Gefühl in seinem Körper ausbreitete – wie eine leichte Lähmung. Erst war es eiskalt, dann siedend heiß. Er zwang sich, ruhig zu bleiben, atmete tief durch, es wurde etwas besser und er stand wieder auf.

„Alles klar, Thomas?", fragte ein Kollege, der gerade hereinkam und ein großes Tablett mit einem halben Dutzend Kännchen abholte. „Du bist etwas blass um die Nase."

„Ja, danke, geht schon, wohl etwas viel Stress heute." Er versuchte ein kleines Lächeln hinzubekommen. „Ich muss nur mal kurz an die frische Luft".

Draußen ebbte das sonderbare Unwohlsein langsam weiter ab. Nur noch ein leichtes Zittern in den Knien blieb. Pass besser auf dich auf, sagte eine innere Stimme, lebe gesünder, du bist keine 20 mehr... Thomas Keppler war 48 Jahre alt. Er wusste, dass er immer bis zum Anschlag arbeitete. Im Café fehlten mindestens zwei Kellner, die kompensierte er seit Jahren. Seit über 20 Jahren war er hier, sechs Tage die Woche, zwölf Stunden am Tag. Jetzt signalisierte ihm sein Körper zum ersten Mal deutlich, etwas kürzer zu treten.

Eine gute Stunde später hatte Keppler die innere Stimme schon wieder vergessen. Er fühlte sich wieder bestens, nur etwas müde. Die Nachmittagsgäste wichen den ersten Abendbesuchern. Die Zahl der Kuchenbestellungen ließ deutlich nach, jetzt dominierten Wiener Würstchen, Ragout Fin und Roastbeef mit Bratkartoffeln. Noch zwei Stunden bis das Café schließen würde.

Zeit für Keppler, eine Zigarette auf dem Hof zu rauchen. Draußen stand schon ein Kollege aus der Küche.

237

„Na, Thomas, mal wieder fast geschafft, was? Echt wieder voll heute, die olle Bude. Alleine ein Dutzend Ragout Fin schon aus der Küche raus. Dass die Leute das noch runterkriegen…"

„Eben ein echter Klassiker, unser delikates Würzfleisch. Seit 50 Jahren unerreicht in Qualität und Geschmack.", zitierte Keppler schmunzelnd die Speisekarte.

Der Koch lachte und blies den Rauch in die Luft. „Ja, unerreicht in Qualität und Geschmack. Würzfleisch ist auch immer noch eine schöne Umschreibung für das fiese Zeug."

„Na, bald ist Feierabend. Gott sei Dank. Mir reicht es auch echt für heute." Keppler zog eine Schachtel Zigaretten heraus. Mist. Leer. Er hatte die letzte vor ein paar Stunden geraucht.

„Sag mal, kannste mir mal mit einer Zigarette aushelfen?"

„Na klar." Der Kollege hielt Keppler eine Schachtel Karo hin.

Keppler wollte gerade zugreifen, da räusperte sich der Koch und Kepplers Blick saugte sich an der Zigarettenschachtel fest, während dieses Räuspern in seinen Ohren wie Donnergrollen klang. Seine Beine wurden weich und er schwankte.

„Mensch, Alter, was ist denn los?", hörte er wie durch Watte die Stimme seines besorgten Kollegen, „Ist dir nicht gut?"

Keppler sah plötzlich etwas wie einen dunklen Vorhang vom Himmel herunterkommen, der ihm das Licht nahm und fühlte nur noch, wie kräftige Hände ihn packten und der Kollege laut rief: „Ich brauche schnell Hilfe, hier kippt einer um!"

Als Keppler wieder zu sich kam, lag er im Aufenthaltsraum des Personals. Ein älterer Mann beugte sich über ihn.

„Na, geht's wieder?"

Keppler schluckte. „Ja, ich denke schon."

Der Mann hielt Kepplers Handgelenk. „Sie sind da draußen im Hof plötzlich umgekippt. Ich bin Arzt und saß mit meiner Frau im Café. Ihr Kollege hat mich geholt."

„Danke", sagte Keppler, „danke, ich weiß nicht, was mit mir los war. Plötzlich war alles dunkel um mich herum."

„Vermutlich nur ein Schwächeanfall. Wahrscheinlich stressbedingt. Heute etwas viel gearbeitet, was?" Er ließ das Handgelenk los. „Ihr Puls ist jetzt wieder völlig normal. Aber Sie sollten sich mal bei einem Internisten richtig durchchecken lassen. EKG und großes Blutbild. Können Sie jetzt aufstehen?"

„Ja, ich denke, es geht wohl wieder." Keppler erhob sich vorsichtig. Alles fühlte sich wieder normal an.

„Na denn …", der Arzt klopfte ihm auf die Schulter.

„Nochmals danke", sagte Keppler.

„Dafür nicht", lächelte der andere. „Ich nehme erstmal einen doppelten Cognac auf den Schreck."

Später, in der Bahn auf dem Weg nach Hause, grübelte Keppler über den heutigen Tag nach. Gleich zweimal ein merkwürdiger Schwächeanfall, das war doch nicht normal. Er musste wirklich völlig überarbeitet sein. Oder etwa ein heimtückischer Virus? Zum

Glück war am morgigen Montag Ruhetag, da konnte er ausschlafen und sich erholen. Er horchte auf seinen Herzschlag. Ruhig und gleichmäßig pochte sein Herz. Kein Virus, dachte er erleichtert. Nur zu viel Arbeit.

Zuhause nahm er sich ein Bier aus dem Kühlschrank, setzte sich vor den Fernseher und schlief bei irgendeiner Talkshow dann sofort ein. In den frühen Morgenstunden erhob er sich mit schmerzenden Gliedern von der Couch und trottete ins Schlafzimmer. Halb schlummernd zog er sich aus und warf sich ins Bett, zog die Decke bis zum Kinn und dämmerte langsam wieder dem Reich der Träume entgegen.

Doch plötzlich war er mit einem Schlag hellwach. Ein Zittern überkam ihn, wieder dieses sonderbare taube Gefühl in den Beinen. Die Atemluft wurde knapp, sein Herz raste. Keppler war speiübel, er warf die Bettdecke von sich, stürzte schwankend ins Bad und übergab sich. Eine Weile saß er schwer atmend neben der Kloschüssel. Er drehte den Wasserhahn voll auf und hielt den Kopf darunter. Nach ein paar Minuten ließ das Zittern nach und das Herz beruhigte sich.

Kein Virus. Auch nicht überarbeitet. Jetzt wusste er, was mit ihm los war. Es stand alles vor seinem geistigen Auge, als wenn es gestern erst gewesen wäre. Alles war wieder da. Er schlurfte wie ein uralter Mann in die Küche und zündete sich mit zitternden Fingern eine Zigarette an.

„Lassen Sie den Bürger bitte reinbringen", sagte der Mann im unauffälligen dunklen Anzug, der hinter einem Schreibtisch saß und routiniert einen Aktendeckel öffnete.

„Jawohl, Genosse Oberleutnant", sagte der uniformierte Feldwebel und winkte zur Tür. „Reinbringen, den Mann." Ein zitternder junger Bursche in Hemd und Jeans wurde von zwei Volkspolizisten hereingeführt.

„Bitte, nehmen Sie Platz."

Er setzte sich zögerlich auf den Stuhl, der gegenüber des Schreibtisches stand.

„Guten Tag. Bitte entschuldigen Sie die widrigen Umstände. Aber Sie wissen sicherlich, warum Sie hier sind, junger Mann?", fragte der Oberleutnant und lächelte freundlich.

„Nein." Der junge Mann sah ihn verständnislos an.

„Aber die Genossen von der VP haben Ihnen doch bestimmt etwas gesagt, nehme ich an."

„Aber selbstverständlich haben wir das getan", schnarrte einer der beiden Polizisten. „Zur Klärung eines Sachverhaltes, das habe ich dem Bürger gesagt."

„Na, dann bin ich ja beruhigt. Dann ist doch alles korrekt. So ist es. Die Klärung eines Sachverhaltes. Eines wirklich völlig banalen Sachverhaltes."

Er räusperte sich und griff nach der Schachtel Karo, die auf dem Schreibtisch lag und zündete sich eine Zigarette an.

„Aber was ist das denn hier für ein Sachverhalt?", fragte der junge Mann sehr schüchtern.

Der Oberleutnant winkte müde in Richtung der beiden Polizisten. „Danke, Genossen, ihr könnt gehen. Ich kümmere mich darum. Wir brauchen bestimmt nicht lange."

Die beiden salutierten wortlos und verschwanden. Der Oberleutnant sah den Feldwebel an. „Sie benötige ich im Moment auch nicht mehr. Ich sage Bescheid, wenn ich Sie wieder brauche."

Als sie alleine waren, fragte der junge Mann noch einmal schüchtern: „Was ist denn das für ein Sachverhalt?"

Sein Gegenüber zündete sich eine Karo-Zigarette an, schmunzelte und räusperte sich erneut. „Sie sind aber neugierig. Erstmal zum Protokoll. Also: Ich bin Ihr Vernehmungsführer. Oberleutnant Walter Schmidt. Und um eines gleich sicherzustellen: Ich frage, Sie antworten. Nicht umgekehrt. Haben Sie das verstanden?"

„Ja, natürlich, das habe ich. Aber warum?"

Der Oberleutnant grinste. „Sie haben das Prinzip nicht verstanden, wie ich merke. Aber das wird sich geben. Sie hören mir bitte genau zu und antworten. Keine langen Ausführungen, einfach und präzise. Haben Sie das wenigstens verstanden?"

„Ja. Habe ich." Der junge Mann sah ängstlich zu Schmidt.

„Gut. Dann wird das hier eine reine Formsache, die schnell erledigt ist. Sie sehen, auch wir haben ein Interesse daran, rasch zu Ergebnissen zu kommen."

„Ja – aber zu was für Ergebnissen?"

Schmidt lachte, nahm die Schachtel Karo und stand auf. Er setzte sich auf die Schreibtischkante und hielt dem Jungen die Zigaretten hin. „Sie fragen ja schon wieder! Wir hatten doch gerade abgemacht, dass ich die Fragen stelle und Sie antworten! Na, nix für ungut. Rauchen Sie?"

„Ja, hin und wieder."

„Na, dann greifen Sie mal zu."

Zitternd nahm der junge Mann eine Zigarette und der Oberleutnant gab ihm Feuer.

„Danke, Herr…"

„Schmidt. Oberleutnant Schmidt von der Kriminalpolizei. Sie werden merken, es ist alles ganz einfach."

„Ja, ja, natürlich. Ich verstehe." Er verstand überhaupt nichts. Zitternd sog er an der Karo.

„Ich will es kurz machen, dann können Sie gehen und ich kann mich wieder um die anderen Sachen hier kümmern." Er zeigte auf die vielen Akten auf seinem Schreibtisch und seufzte bekümmert. „Sie glauben ja gar nicht, womit sich heutzutage so ein kleiner Oberleutnant alles befassen muss. Also, bringen wir es schnell hinter uns."

Er lächelte. Der junge Mann lächelte zurück. Seine Angst verflog langsam.

„Natürlich, sehr gern."

Der Offizier schaltete das Tonbandgerät auf dem Schreibtisch ein.

„Wie gesagt, nur ein kleiner Sachverhalt, den wir klären möchten. Reine Formsache. Zur Dokumentation wird unser Gespräch jetzt hier aufgezeichnet. So geht das dann ganz fix mit dem Protokoll und wir beide haben schnell Feierabend. Alles verstanden?"

„Ja."

„Gut. Sie sind Thomas Keppler, geboren am 27. Oktober in Mittenberg. Ist das richtig?"

„Ja, das ist richtig."

„Na wunderbar. Dann erzählen Sie mir doch mal, wie Sie in diese komische konterrevolutionäre Gruppe reingeraten sind. Mensch, Sie als Junge aus gutem Arbeiterhaus! Das passt doch überhaupt nicht zu Ihnen! Aber keine Sorge, das kriegen wir bestimmt zusammen wieder hingebogen."

Eine Stunde später war der junge Mann schweißgebadet. Die Fragen des Stasi-Offiziers surrten nur so durch seinen Kopf. Ja, er hatte sich vor einem Vierteljahr von einem Mitschüler überreden lassen, mit in diese Kirchengruppe zu gehen. Nein, dort wurde für den Frieden gebetet, niemand habe irgendwelche gewalttätigen Aktionen geplant. Ja, er wäre noch ein- oder zweimal dort gewesen. Nein, Flugblätter habe er nicht getextet. Und auch das junge Mädchen mit der roten Strickmütze, dessen Nachnamen er nicht kannte, sei nicht wieder aufgetaucht.

Nein, der Pfarrer habe niemanden angestiftet, Aktionen außerhalb der Kirche zu organisieren. Im Gegenteil, er habe davor gewarnt.

„Ach Mensch, Junge", Schmidt schüttelte bekümmert den Kopf und ging zum „Du" über. „Ich hatte doch so für uns beide gehofft, dass wir hier pünktlich zum Feierabend raus sind! Wirst du denn zu Hause gar nicht erwartet?"

„Doch. Meine Mutter…"

Der Oberleutnant kratzte sich nachdenklich am Kopf. „Ja, richtig, deine Mutter. Dein Vater ist ja schon seit einem Jahr tot. Trauriger Fall. So unter eine Baumaschine zu kommen."

Der junge Mann blickte zu Boden. „Ja, das war schlimm für uns. Woher wissen Sie das denn?"

Der Offizier seufzte. „Mensch, und besoffen war dein Vater damals auch noch. Das ist doch furchtbar für den Sohn. Der Vater kommt betrunken auf der Baustelle ums Leben. Und lässt dich mit der Mutti allein. Da hat man natürlich auch Frust, was? Da muss man mal ein bisschen Dampf ablassen, oder?"

Dem Jungen standen die Tränen in den Augen. „Ja. Das war nicht leicht für uns. Aber ich habe nie irgendwas gemacht, was verboten war. Höchstens vielleicht mal im Jugendclub etwas zu viel getrunken."

„Natürlich. Das ist doch völlig normal. Manchmal muss man auch einen über den Durst trinken, wenn es nicht mehr geht. Und so wie dein Vater die Mutti behandelt hat…"

245

Der junge Mann schwieg. Um seine Mundwinkel zuckte es. Dann sah er den Oberleutnant an. „Woher wissen Sie das alles?" Eine Träne lief ihm über die Wange.

„Na, na, denk an unsere Abmachung! Ich stelle die Fragen, du antwortest. Das hat doch bis jetzt ganz gut geklappt! Aber lass uns nicht vom Thema abkommen." Er seufzte wieder mitfühlend. „Ich glaube, ich weiß, wie das war, da bei euch zuhause. Du warst richtig wütend, hast Frust gehabt. Kann ich gut verstehen. Dann haben diese Kirchenleute dich geholt und du bist da hingegangen. Kann ich auch noch verstehen. Und dann hetzten die über unser Land. Wollen dich auch noch zur Wehrdienstverweigerung anstiften." Er schüttelte traurig den Kopf. „Mensch Junge, da hört doch dann der Spaß aber auf."

„Die haben aber gar nicht gehetzt. Und geholt haben die mich auch nicht. Ich bin hingegangen, weil ich wissen wollte, was die so machen. Nee, gehetzt haben die nie." Er wischte sich die Tränen ab und zog die Nase hoch. „Entschuldigung."

Schmidt öffnete eine Schreibtischschublade und warf ihm wortlos ein Päckchen Taschentücher zu.

„Danke." Der Junge nahm eins heraus und schnäuzte sich geräuschvoll. „Die haben nicht gehetzt, wirklich nicht."

„Nein? Haben die nicht? Immer ganz lieb gewesen? Aber die haben doch bestimmt mal über politische Aktionen gesprochen. Gehört doch zu so einer richtigen Gemeinde auch dazu."

„Politische Aktionen? Aber die gab's da auch nicht. Nur über Gebete und Losungen und die Bibel wurde viel diskutiert. Und gesungen wurde viel. Und es ging um so einen Friedensmarsch. Aber das war ja nicht politisch."

Der Oberleutnant zog die Brauen hoch. „Na, na – und da hast du dich nicht gefragt, was das denn werden soll? Ein Friedensmarsch?"

„Doch."

„Und?"

„Es ging um eine Mülldeponie, da sollte der Friedensmarsch hingehen. Da wurde nämlich heimlich Sondermüll vergraben. Und zu einer Kaserne sollte es auch noch gehen."

„Ach, sieh mal an! Eben haben wir noch gebetet, dann laufen wir plötzlich schon zu einer Mülldeponie und dann zu einer Unterkunft der Armee!" Schmidts Stimme wurde lauter. „Da kommt aber richtig was zusammen! Staatsfeindliche Hetze, Zusammenrottung, Rowdytum – das sind doch keine Kavaliersdelikte. Das sind richtig große Klamotten, für die du lange in den Bau kommen kannst. Ist dir das überhaupt klar?"

Keppler sah zu Boden und schwieg.

„Na schön, lassen wir das mal für den Moment. Muss ja nicht jeder hier erfahren." Er räusperte sich. „Kopf hoch, Junge! Das kriegen wir doch irgendwie zusammen wieder hin. Schau mich mal an: Wer sagt denn eigentlich, dass da Sondermüll liegt?"

Keppler sah hoch. „Na, das Fernsehen."

Schmidt überlegte anscheinend. „Ach, stimmt, da war wohl mal was in der Aktuellen Kamera? Weißt du noch wann?"

„Nee, nee, da nicht. Das war im ZDF." Keppler biss sich zu spät auf die Zunge.

„So, so, im Westfernsehen. Und das glaubst du? Diesen Provokateuren da drüben glaubst du mehr als unseren Journalisten? Mensch Junge! Du bist doch nicht so blöde, denen auf den Leim zu gehen!"

Keppler schluckte und schwieg. Er sah wieder zu Boden.

„Na, schön, Schwamm drüber. Vergessen wir mal den Quatsch mit dem ZDF. Ich will dir helfen." Schmidt räusperte sich. „Und was war das mit dem Marsch zur Unterkunft der Armee?"

„Alles ganz friedlich. Schwerter zu Pflugscharen. Darum ging es. Weil in dieser Kaserne gefährliche Atomwaffen sind. Frieden schaffen ohne Waffen."

Schmidt schüttelte ärgerlich den Kopf. „Was für ein gefährlicher Unsinn! Frieden schaffen ohne Waffen – Quatsch. Wahrscheinlich auch so ein Mist aus dem verdammten Westfernsehen."

Er sah Keppler in die Augen.

„Sag mal, weißt du nicht, dass die bewaffneten Organe viel mehr für den Frieden tun als es eine Kirchengruppe könnte? Bald 40 Jahre schon haben wir ihnen den Frieden zu verdanken! Das waren nicht irgendwelche Pastoren, sondern unsere Armee."

Keppler zuckte hilflos die Schultern. „Darüber habe ich gar nicht so richtig nachgedacht."

„Aber nachdenken ist doch wichtig, Junge!" Oberleutnant Schmidt schlug mit der flachen Hand auf den Schreibtisch und Keppler zuckte zusammen. „Du sollst doch ein denkender Bürger werden und ein vorbildliches Mitglied der Gemeinschaft."

Er stand auf und stupste Keppler aufmunternd an die Schulter. „Mach doch mal deinen Kopf an! Schließ dich doch nicht selbst aus. Du wirst dieses Jahr die Schule beenden, willst vielleicht mal studieren und doch bestimmt auch zur Armee wie jeder richtige Mann. Da kannst du doch nicht jeden Quatsch glauben, den die im Westen verzapfen!"

Der Junge sagte nichts und kaute an den Nägeln. Er hatte Angst, wollte nach Hause und fürchtete den jovialen Offizier mit der charmanten Plauderstimme, der irgendwie viel zu viel Verständnis hatte.

Der Oberleutnant setzte sich wieder auf die Kante des Schreibtisches und ließ die Beine baumeln. „Also, du willst niemandem schaden. Das kann ich gut verstehen. Niemand sollte seine Freunde verraten. Aber darum geht's doch nicht. Diese Leute sind keine Freunde. Sie wollen nichts Gutes für dich. Es geht hier um viel mehr, mein Junge. Es geht um die Zukunft. Um deine Zukunft, um meine Zukunft und die Zukunft unserer Heimat! Und diese Kirchenleute wollen keine Zukunft wie wir beide sie wollen.

Diese komischen Betbrüder halten nämlich leider gar nichts von der Entwicklung des freien Menschen im Sozialismus."

Keppler hörte auf an den Nägeln zu kauen und sah wieder zu Boden. „Das sind aber keine komischen Betbrüder", murmelte er in einem leichten Anflug von Trotz.

„Hast ja Recht, tut mir leid, das mit den Betbrüdern." Schmidt kratzte sich nachdenklich am Kopf. „Die meinen das ja auch eigentlich gut. Aber bitte denk doch mal einen Moment nach – war da nicht vielleicht doch etwas Komisches, worüber dort geredet wurde?"

Keppler schüttelte den Kopf. „Aber ich kann Ihnen nicht mehr erzählen! Es gibt da nichts. Wirklich nichts."

„Versteh mich nicht falsch. Ich will dich hier weder aushorchen, noch was gegen deine Kirchenfreunde sagen. Ich bin schließlich auch mal konfirmiert worden, mein Vater hielt nicht besonders viel von der Jugendweihe. Wir sind uns vielleicht näher, als du denkst."

Keppler schwieg, sah den Oberleutnant etwas irritiert an. Er schluckte. „Wie meinen Sie das?"

Schmidt räusperte sich umständlich und bot ihm eine zweite Zigarette an. „Tja, eine alte Geschichte. Aber ich will sie dir gern erzählen. Das war nicht leicht damals bei uns zu Hause. Mein Vater war Handwerker mit eigenem, kleinen Betrieb. Er war ein guter Handwerker, aber er hatte überhaupt kein Gefühl für gesellschaftliche Verantwortung. Bei ihm gab's nur die Arbeit und den lieben Gott.

Ich habe lange gebraucht, bis ich merkte, dass meine Eltern einfach nicht darüber nachdenken wollten, wie wir dieses Land zu einem schönen Land für alle Menschen machen. Sie haben nie kapiert, dass Geld allein keinen Wert hat. Arbeiten und Beten. Protestantische Ethik. Mit Taufe, Konfirmation und frommen Predigten ohne Ende. Aber alles ohne Herz und Leidenschaft." Er schnaubte. „Ich musste mir meinen Weg bis hinter diesen Schreibtisch hart erkämpfen. Du kannst mir glauben, dass ich manchmal ganz schön angeeckt bin, bis ich merkte, was im Leben wirklich zählt. Ich habe lange darunter leiden müssen."

Keppler schwieg immer noch, doch die Angst wich langsam aus seinen Augen.

Der Oberleutnant drückte mit einem Räuspern seine Zigarette aus. „Du siehst, ich weiß, wovon ich rede. Die meinen das gut, die Kirchenleute. In der Theorie. Aber in der Praxis schaden sie sich und allen anderen. Deshalb muss man ihnen auf die Finger klopfen."

„Wirklich?"

„Ja, leider. Auch um sie vor sich selbst zu schützen."

Schmidt trat ans Fenster und sah eine Weile hinaus. Dann sagte er: „Aber erzähl mir mal was über den Pfarrer, den Friedel Eggers. Den hast du doch auch kennengelernt. Der hat sich das bestimmt alles ausgedacht. Die Gebete, die Freizeiten, den Friedensmarsch und diese ganzen Aktionen. Ist ja auch 'ne tolle Leistung! Was ist denn das für ein Typ? Der soll ja so richtig gut diskutieren können.

Was hatte der denn so alles für Ideen? Was wollte der mit dem Friedensmarsch zur Deponie? So richtig Krawall machen?"

„Nein. Er wollte nicht, dass irgendwelche Gewalt angewendet wird. Mein ist die Rache, spricht der Herr, hat er immer gesagt."

Der Oberleutnant drehte sich verdutzt zu Keppler um. „Na, der hat ja Nerven. Mein ist die Rache, spricht der Herr – das hat er wirklich so gesagt?

„Ja."

„Da ist er aber gefährlich auf dem Holzweg, der Genosse Gottesmann." Schmidt grinste kopfschüttelnd, klopfte sich vor die Anzugbrust und betonte sarkastisch: „*Mein* ist die Rache! Das wird der Herr Pfarrer noch merken, wenn ihm sein Herrgott endgültig abhandenkommt. *Mein* ist die Rache."

Zwei Minuten später verließ Schmidt das Büro, nachdem er dem jungen Mann noch einmal jovial auf die Schulter geklopft hatte.

„Na also, war doch halb so schlimm! Das war's dann auch schon für heute!"

Eine Stunde saß Keppler dann allein auf dem unbequemen Stuhl vor dem Schreibtisch. Dann wurde abrupt die Tür wieder geöffnet. Doch nicht Schmidt kam herein, sondern der Feldwebel.

„Ziehen Sie Ihre Jacke an. Sie werden zur weiteren Vernehmung verlegt!" Sein Ton war aggressiv.

„Aber ich denke, es ist alles geklärt?"

„Sie werden sofort verlegt, Jacke anziehen!" Der Feldwebel wurde lauter.

„Wieso? Wo ist der Herr Oberleutnant?"

„Der Genosse Oberleutnant hat das Objekt bereits verlassen."

„Ich will aber jetzt mit ihm sprechen! Er hat nämlich gesagt, wir sind fertig für heute. Ich will nach Hause zu meiner Mutter!"

„Schluss jetzt mit dem Gequatsche! Sie haben hier gar nix zu wollen. Mitkommen! Kein Widerstand! Sonst lege ich Ihnen Handfesseln an!" Jetzt brüllte der Feldwebel ihm direkt ins Gesicht.

Thomas Keppler saß in seiner kleinen Küche, rauchte und sah wieder alles vor sich. Den kahlen Vernehmungsraum, den Oberleutnant Walter Schmidt und den Feldwebel, der ihm dann doch noch Handschellen anlegte und ihn zu einem Wagen brachte, der ihn dann ins Untersuchungsgefängnis der Staatssicherheit fuhr. Hier saß Keppler tagelang in einer Zelle. Zuerst tauchte kurz ein unfreundlicher älterer Hauptmann auf, der ihn barsch aufklärte, es werde wegen einer schweren Straftat gegen ihn ermittelt, aber nicht sagte, wegen welcher.

Keppler fing an zu zweifeln – und zu verzweifeln. Was wollte man von ihm? Nachts brannte dauernd das Licht grell in der Zelle, tagsüber ließ man ihn stundenlang in einem Zimmer mit Handschellen warten, um ihn dann unverrichteter Dinge und ohne Erklärung wieder in die Zelle zu bringen. Niemand sprach mit ihm.

Dann war Oberleutnant Walter Schmidt plötzlich wieder da. Keppler war froh, endlich ein bekanntes Gesicht zu sehen. Er wurde immer wieder vernommen. Schmidt beherrschte die ganze Klaviatur eines klugen Verhörs. Schmidt drohte, Schmidt schmeichelte. Er sorgte dafür, dass das Licht nicht mehr jede Nacht in der Zelle brannte. Schmidt hatte Verständnis, Schmidt hatte Mitgefühl. Schmidt versorgte Keppler während der Verhöre mit Karo-Zigaretten und mit Bohnenkaffee, Schmidt scherzte und hatte Pfefferminz und auch mal ein Stück Schokolade dabei. Schmidt war der einzige Mensch in diesem Gefängnis, mit dem er reden konnte. Niemand sprach sonst mit ihm. Keppler freute sich nach ein paar Tagen auf die Verhöre. Der Oberleutnant wurde fast wie ein großer Bruder für ihn – ein Bruder, den man fürchtet, aber ohne den man nicht mehr leben kann. Dessen Stimme man braucht. Der Herbst kam und ging, Weihnachten und Silvester verbrachte Keppler im Gefängnis. Einmal kam ein Anwalt, ein kluger kleiner Mann im Trenchcoat mit flinken Augen hinter einer Nickelbrille, der ihm riet, reinen Tisch zu machen, nur so könne er beim bevorstehenden Prozess mit einer geringen Strafe davonkommen. Aber Keppler hatte keine Ahnung, was er sagen sollte. Der Anwalt zuckte die Schultern und ging. Dann kam wieder nur Schmidt.

Am Ende blieb dem Oberleutnant nichts mehr verborgen. Kepplers großer Hass auf den Vater, der gesoffen hatte und die Mutter immer wieder schlug. Kepplers Zuflucht in der Bibelgruppe. Die

Nachmittage im Gemeindehaus, bei denen gesungen und wild diskutiert wurde. Und Kepplers Homosexualität. Dessen heimliche schüchterne Zuneigung zu Pfarrer Friedel Eggers, der geschieden war und unter schweren Depressionen litt.

Schmidt belohnte Kepplers Vertrauen auf seine Art. Er erzählte ihm Geschichten über Pfarrer Eggers. Der so harmlos wirkende Pfarrer, der sich an Konfirmanden vergangen habe. Der schon als Student gegen den Sozialismus gehetzt habe. Der als Bürger meinte, Gott mehr gehorchen zu müssen, als den Menschen und eine tückische Widerstandszelle aufgebaut hatte. Der Heuchler, der sich wegen seiner Neigung zu kleinen Jungs von seiner Frau getrennt habe. Der niemanden lieben konnte, weil er abartig war. Und dieses krankhafte Dasein habe sich dann kriminell Bahn gebrochen, war in Hass gegen das Land, gegen die Menschen, die es aufgebaut hatten und schützten, umgeschlagen. Pfarrer Eggers, der Mittelpunkt einer reaktionären Zelle, die sich über das ganze Land auszubreiten drohte.

Keppler brach irgendwann zusammen. Sein ganzes Leben rauschte wie ein Film an ihm vorbei. Nach dem Unterzeichnen des Abschlussprotokolls sah er den Oberleutnant Schmidt nicht wieder. Keppler versuchte, sich in seiner Zelle mit dem Bezug des Kopfkissens zu strangulieren. Er kam in die psychiatrische Abteilung des Gefängnisses. Man stopfte ihn dort mit Tabletten voll und schien ihn völlig vergessen zu haben.

Dann fuhr irgendwann nachts ein Bus vor, in den man Keppler hinein schob. Darin saßen bereits einige andere Häftlinge. Alle hatten eine Verschwiegenheitserklärung unterschrieben. Unser Arm ist lang, sagte der Offizier, der Keppler diese Erklärung vorlegt hatte, unser Arm reicht in jeden Winkel dieser Welt. Vergessen Sie das bitte nicht, Herr Keppler.

Der Bus hielt an einem Schlagbaum, die Bewacher stiegen aus, dann durchfuhr man Sperranlagen und hielt vor einem hell erleuchteten Krankenhaus. Thomas Keppler war im Westen. Thomas Keppler war frei.

Nicht frei aber war er von seinen dunklen Erinnerungen. Immer wieder kam nachts der Oberleutnant in seine Träume, rauchte mit ihm, goss Kaffee nach, fragte, brüllte, lachte, scherzte, drohte. Schmidt, dieser exzellente Verhörspezialist, an den er, Thomas Keppler, nach und nach alle Mitglieder der Jugendgruppe und den depressiven Pfarrer verraten hatte. Pfarrer Eggers verlor die Gemeinde, er wurde entlassen, die Jugendgruppe zerfiel. Dem Pfarrer wurde der Prozess gemacht wegen seiner staatsfeindlichen Äußerungen und seiner zersetzenden Tätigkeit im ganzen Land. Er gestand alles. Was ihn aber um den Verstand brachte, waren die Behauptungen, er habe sich an Konfirmanden vergangen. Nie hatte er sich etwas zuschulden kommen lassen, der Pfarrer Eggers, nie war er jemandem zu nahe getreten, geschweige denn hatte er jemanden angefasst. Keinen einzigen brauchbaren Zeugen gab es, nicht einmal Kepplers erpresste Aussage war wirklich belastend. Aber es gab die Gerüchte, genährt und immer wieder von der Stasi in Umlauf gesetzt. Diese Vorwürfe zerfraßen den Pfarrer. Er sprang während einer Prozesspause aus dem Fenster des Bezirksgerichtes und verblutete auf dem Straßenpflaster.

Die Kirchenleitung ließ ihn verschämt unter Ausschluss der Öffentlichkeit bestatten. Kein Wort von der Kanzel, keine Anzeige in der Zeitung, kein Aushang in seiner alten Gemeinde. Denn die Kirche schämte sich für den Pfarrer Eggers – wer weiß, ob er in den Abgründen seiner Seele nicht doch vielleicht Unzucht getrieben hatte. Außerdem standen Leute wie er dem Dialog mit dem Staat im Wege. Die Kirchenoberen wollten den Ausgleich mit dem Regime, nicht den Konflikt wegen einiger renitenter Pastoren wie Friedel Eggers.

Keppler saß in der Küche und drückte seine Zigarette im Aschenbecher aus. Er erhob sich schwerfällig und setzte sich einen Kaffee auf. Schlafen würde er nicht mehr können in dieser Nacht. Oberleutnant Walter Schmidt war wieder da. Nach fast 20 Jahren war er zurück. Keppler hatte ihn am Räuspern im Café erkannt. Deshalb hatte er die Panikattacken gehabt. Schmidt, der das Leben unschuldiger Menschen zerstört hatte. Der böse Geist, von dem er gedacht hatte, er sei verschwunden, war zurückgekehrt. Keppler ballte die Fäuste, er fing an zu heulen, hemmungslos, verzweifelt.

Draußen graute der Morgen und er lag mit dem Kopf in den langsam trocknenden Tränen auf dem Küchentisch und dachte angestrengt nach. Seine Jobsuche, das Einleben im Westen, die ersten Monate im Café, ein paar Beziehungsversuche, der Tod seiner Mutter kurz vor dem Mauerfall – immer hatte er Schmidt und die Haft erfolgreich verdrängt. Bis gestern. Da war er wieder in sein Leben getreten – wie ein Untoter. Nur dieses Mal würde nicht Schmidt siegen. Dieses Mal würde Keppler triumphieren. Er hatte einen Vorteil: Der Oberleutnant war alt geworden – und hatte ihn nicht erkannt. Jetzt brauchte er nur etwas Geduld. Er würde sich seines Peinigers entledigen.

Die nächsten Tage verbrachte Keppler nach Feierabend vor seinem Laptop und recherchierte nach Schmidt. Allerdings vergebens. Die Idee, ihn im Netz zu finden, war naiv, das merkte er bald. Oberleutnant Walter Schmidt war ein Phantom, das in tausenden von Varianten in den Suchmaschinen auftauchte. Dann nahm sich Keppler einen freien Tag und fuhr zur Stasiunterlagen-Behörde. Nach langem Warten und vielen Anträgen bekam er zwei Aktenordner. Mit einem dicken Kloß im Hals saß Keppler im Leseraum, biss sich auf die Zunge und ließ dann doch den Tränen freien Lauf. Nicht einmal der Name seines Peinigers stimmte, Oberleutnant Walter Schmidt hieß in Wirklichkeit Wolfgang Grossmann und war ein Major gewesen.

Verraten und verkauft, ging es ihm durch den Kopf, ich habe meine Freunde verraten und die Stasi hat mich dann in den Westen verkauft, als ich nichts mehr wusste. Am Ende der unzähligen Verhöre fand er eine kleine Notiz: *Quelle ist vollständig abgeschöpft, Vorgang Chorknabe nach erfolgreicher Zersetzung und Tod des E. abgeschlossen. Verbringung des Keppler in die BRD ist gemäß Weisung erfolgt.* Daneben eine Unterschrift: *Grossmann, Major.* Und eine Quittung war dabei. 24.000 West-Mark hatte die DDR für den Verkauf von Thomas Keppler in die Bundesrepublik Deutschland erhalten. Das war im Februar 1989 gewesen. Ein halbes Jahr später war seine Mutter gestorben, neun Monate später brach die Mauer zusammen und Major Wolfgang Grossmann hörte auf zu existieren. Eine halbherzige Ermittlung der Volkspolizei gegen ihn wegen Freiheitsberaubung vom Frühjahr 1990 wurde wegen des ungeklärten Verschwindens von Grossmann wieder eingestellt. 20 Jahre später war er dann für tot erklärt worden.

Keppler fand sonst nichts über Grossmann alias Schmidt. Das Internet kannte ihn nicht. Auch im Café ließ sich der Stasi-Offizier nicht wieder blicken. Keppler ging nachts durch die Straßen, ruhelos und voller Wut. Zuerst dachte er darüber nach, Grossmann zu töten. Aber wie?

Er sah auf seine Hände. Sollte er den Mann erwürgen? Keppler hatte keine Ahnung, wie man jemanden erwürgte. Er recherchierte im Internet, sah sich grauenhafte Videos an, die ihn entsetzten und in Tränen ausbrechen ließen. Dann dachte er daran, den anderen zu erschießen, doch woher sollte er eine Waffe bekommen? Er hatte noch nie geschossen und außerdem Angst vor illegalen Waffenhändlern. Auch ein Messer schied aus, denn Keppler wusste nicht, wie man beim ersten Stich das Herz traf. Die Vorstellung, dass dabei wahrscheinlich Blut über seine Hände floss, bereitete ihm Übelkeit. Vielleicht könnte er Grossmann mit einer Plastiktüte ersticken? Er sah den röchelnden Mann vor sich, dessen aus den Höhlen quellende Augäpfel. Würde er seinem Peiniger bei dessen Todeskampf ins Gesicht schauen können? Einige Male sah er diese Szene im Traum, wachte schweißgebadet auf.

Mit diesen finsteren Gedanken lief er durch die Stadt, Nacht für Nacht, Woche für Woche. Er könnte Grossmann von einer Brücke ins Wasser stürzen, überlegte er. Man müsste ihn dafür aber aus dem Haus locken. Oder war es besser, einen Mörder zu beauftragen? Unendlich dehnten sich die Nächte Kepplers, der irgendwann überlegte, wie wohl Grossmann selbst nach einem unbekannten Mann gefahndet hätte. Er kaufte einen Stadtplan, rasterte ihn, untersuchte alle Klingelschilder, alle Briefkästen. Erst in direkter Nähe des Cafés, dann zog er die Kreise weiter. Der noch unerforschte Teil des Stadtplans wurde im Laufe der Monate immer kleiner.

Bei der Arbeit am Tage sah er übernächtigt aus, die Kollegen munkelten, er habe vielleicht AIDS, weil er so blass und unkonzentriert war. Sein Vorhaben kam ihm immer aberwitziger vor. Er konnte sich jetzt nicht mehr vorstellen, Grossmann zu töten. Aber er wollte ihn zur Rede stellen, ihn anklagen, wenigstens ein Wort des Bedauerns hören.

Eines Tages meinte er, Grossmann entdeckt zu haben. Ein alter Mann mit Hut trottete mit einem Hund an der Leine in der Dunkelheit durch die Straßen. Der Gang, die Art, hin und wieder zu hüsteln – das musste er sein. Keppler pirschte sich mit klopfendem Herzen heran und verfolgte Mann und Hund. Unter einer Laterne blieben die beiden stehen, weil der Hund ein Bein hob. Der Mann räusperte sich. Wie ein Knall tönte es in Kepplers Ohren. Keppler trat heran und nahm seinen ganzen Mut zusammen.

„Major Wolfgang Grossmann?", fragte er und versuchte mit fester Stimme zu sprechen.

Der andere sah erstaunt in sein Gesicht und hob den Kopf. „Wie? Was sagen Sie da?"

„Sie sind doch Major Wolfgang Grossmann!"

„Nein – warum? Wer ist das?" In der Stimme schwang Angst.

Keppler packte den Mann am Kragen. „Versuchen Sie nicht, mich zu belügen! Ich weiß, dass Sie es sind!"

„Lassen Sie mich los! Hilfe!!"

Keppler sah im schwachen Lichtschein die ängstlichen Augen des anderen. Das war nicht Grossmann. Diese Augen hier waren furchtsam, nicht herrisch.

Er ließ den anderen los und begann am ganzen Körper zu zittern.

„Es… es tut mir leid. Eine Verwechselung. Es tut mir leid."

„Ich heiße Wiebau, Edgar Wiebau. Ich bin Rentner, kein Major. Wirklich. Was wollen Sie denn von mir? Bitte, bitte tun Sie mir nichts. Wollen Sie meinen Ausweis sehen? Ich heiße wirklich Wiebau."

„Es… es tut mir leid. Eine Verwechselung…"

„Bitte, ich will damit nichts zu tun haben …"

„Gehen Sie weg", ächzte Keppler.

„Wie bitte?"

„Gehen Sie weg!", brüllte Keppler bevor ihm die Tränen in die Augen schossen. „Gehen Sie nach Hause!"

Der alte Mann lief eilig davon, zerrte den Hund an der Leine hinter sich her, drehte sich noch einmal kurz um und sputete sich, rasch zu verschwinden.

Keppler atmete schwer, schlug die Hände vors Gesicht. Dann rannte er davon, rannte bis nach Hause und warf sich auf das Bett. Wieder heulte er stundenlang und wusste gar nicht, ob aus Verzweiflung über das, was ihm damals angetan worden war – oder aus Wut darüber, dass er Grossmann noch immer nicht gefunden hatte.

Tage und Wochen, Monate gingen ins Land. Es war Winter geworden. Keppler hatte seine Suche inzwischen aufgegeben. Aber er hatte keinen Frieden gefunden. Immer wieder tauchte Grossmann in seinen dunklen Träumen auf, ebenso wie der Pfarrer Eggers. Grossmann saß hinter einem riesenhaften Schreibtisch, lachte höhnisch, rief „*Mein ist die Rache*". Dann lief Eggers mit wehendem Talar über eine schwarze Wiese – bis er sich in einem Wall aus Stacheldraht verhedderte und ihn Grossmann mit Gelächter überschüttete, ihm eine Plastiktüte über den Kopf zog und dem Sterbenden mit donnernder Stimme „*Mein ist die Rache*" zurief.

Im Café merkten die Kollegen, dass Keppler sich veränderte. Er war mürrisch, sah seit Monaten schlecht aus. Seine Schwindelanfälle kehrten immer wieder zurück. Ein Arzt verordnete ihm Massagen für den Rücken und blutdrucksenkende Medikamente. Aber es wurde nicht besser. Dann überwies der Arzt ihn zu einer Psychologin. Hier brachte Keppler kein Wort heraus und saß minutenlang mit einem Heulkrampf im Sprechzimmer. Die Psychologin stellte ihm ein Rezept für Beruhigungstabletten aus, gab ihm einen neuen Termin und schickte ihn nach Hause. Dort setzte sich Keppler an den Küchentisch und verbrachte den Rest des Tages damit, stundenlang aus dem Fenster zu starren und darüber nachzudenken, wie sein Leben weitergehen sollte. Am Abend wollte er eigentlich früh zu Bett gehen und wanderte dann doch wieder ziellos durch die Straßen und kam erst spät nachts heim. Wenn er am nächsten Tag seine Schicht im Café antrat, konnte er sich kaum noch auf den Beinen halten. Immer wieder verschwand er zwischendurch und schlief heimlich auf der Toilette ein.

So verbrachte er Woche für Woche. Bei der Psychologin ließ er sich nicht mehr blicken und warf die Beruhigungstabletten ins Klo. Manchmal dachte er daran, sich das Leben zu nehmen.

Der Winter ging irgendwann langsam zu Ende. Im Café verschwanden die Pelzmäntel der alten Damen von den Garderoben. Der Schnee taute und die Sonne schien immer häufiger. Keppler schlief wieder etwas besser, Grossmann kehrte jetzt nur noch gelegentlich in seine Träume zurück. Aber der unruhige Winter hatte seine Spuren in Kepplers Gesicht hinterlassen. Kepplers Schläfen waren jetzt grau, sein Gesicht schmaler und um den Mund hatten sich tiefe Falten eingegraben. Außerdem war er unglaublich sensibel gegenüber lauten Geräuschen geworden. Immer noch hatte er das typische Räuspern des Stasi-Offiziers im Ohr. Es machte ihn wahnsinnig. Immer wenn sich irgendwo jemand räusperte, drehte Keppler sich schweißgebadet um – nur um festzustellen, dass irgendein dämlicher Gast hustete, der absolut keine Ähnlichkeit mit Grossmann hatte. Den ganzen Tag kribbelte dann seine Kopfhaut und seine Hände waren schwitzig. Er fühlte sich häufig schlecht, war oft unkonzentriert und für seine Kollegen ungenießbar. Abends ärgerte er sich dann zu Hause über sich selbst und versuchte sich klarzumachen, dass er Grossmann wohl nie wieder sehen würde.

Endlich fand er mal wieder eine Nacht lang Schlaf und hoffte dann vorsichtig, sein Trauma doch noch irgendwann zu überwinden.

Grossmann war alt, vielleicht war er längst gestorben? Krebs, überlegte Keppler, es war bestimmt Krebs, er hatte bei der letzten Begegnung im Café nicht gesund ausgesehen. Grossmann war starker Raucher gewesen. Ja, vermutlich war er an Krebs gestorben. Wahrscheinlich langsam und qualvoll. Er lag längst auf dem Friedhof, vermutlich seit Monaten. Deshalb hatte er ihn auch nicht gefunden. Dieser Gedanke ließ Keppler wieder ruhiger werden und er begann, das Geschehene zu vergessen. Die Erinnerungen verblassten. Er hatte, so schien es, sein Trauma endlich überwunden. Der große Schatten wich langsam von seiner Seele.

Bis zu jenem Sonnabend im späten Mai. An diesem Tag war Grossmann plötzlich wieder im Café. Keppler hatte am Tresen ein Tablett beladen, als Grossmann hineinkam und sich an einen Tisch in der Nähe des Fensters setzte. Keppler stand mit dem Rücken zu ihm und plauderte gerade kurz mit dem Kollegen hinter dem Buffet. Da hörte er das Räuspern. Wie ein Schuss knallte es wieder in seine Ohren. Aber dieses Mal brach ihm weder der Schweiß aus, noch wurden seine Knie weich. Es war, als ob er die vergangenen Monate mit den Ängsten und der Verzweiflung mit einem Male abgeschüttelt hätte. Er fühlte sich wie ein Athlet, der lange und hart für einen wichtigen Kampf trainiert hatte. Heute würde er Grossmann zur Rede stellen. Heute war sein Tag, der Tag, auf den er so viele Jahre gewartet hatte. Eine unglaubliche Freude durchströmte ihn. Der Major konnte ihm nicht mehr entkommen.

Keppler servierte unauffällig weiter, vermied es aber, Grossmann zu bedienen. Der saß ohnehin im Revier eines Kollegen. Er musterte ihn verstohlen. Grossmann sah rüstig und erstaunlich gesund aus, obwohl er einen Gehstock dabei hatte. Und er war allein, keine Spur von seiner Frau. Keppler hielt Abstand, er hatte kein Interesse, dass der Major ihn womöglich doch noch erkannte. Er bat einen Kollegen, ihn später zu vertreten und wartete darauf, dass Grossmann ging. Er fühlte sich, als ob er auf den Startschuss für einen Hundertmeter-Lauf wartete und doch war sein Puls völlig ruhig.

Dann war es endlich soweit. Grossmann zahlte, zog seinen Mantel an und ging. Keppler folgte in vorsichtigem Abstand. Er wusste inzwischen ganz genau, was er tun würde: Grossmann zur Rede stellen und ihn ein paar Mal ohrfeigen. Einige demütigende Ohrfeigen in das Gesicht dieses Mannes, das würde ihm als Genugtuung reichen. Mehr hätte auch der Pfarrer Friedel Eggers nicht getan, da war er sich vollkommen sicher.

An einer Bushaltestelle blieb Grossmann stehen, spielte gelangweilt mit dem Spazierstock. Niemand sonst wartete dort. In der Ferne war bereits der Bus zu sehen. Keppler musste jetzt zuschlagen, wer weiß, wo der andere hinfuhr oder mit wem er sich womöglich noch traf.

Er ging auf Grossmann zu.

„Wolfgang Grossmann?"

Der drehte sich mit einem nervösen Räuspern um. „Was? Wer will das wissen?"

„Ich. Thomas Keppler."

Der Alte schüttelte grimmig den Kopf. „Nie gehört. Kenne keinen Keppler. Kenne auch keinen Grossmann. Verschwinden Sie, junger Mann. Ich gebe nichts an Bettler."

„Sie kennen mich sehr gut, Herr Grossmann. Oder soll ich lieber Oberleutnant Walter Schmidt sagen? Untersuchungsgefängnis der Staatssicherheit, Herbst 1988. Das waren Sie!"

„Ich heiße Meyer und bin ein völlig unbescholtener Rentner. Das ist eine Verwechselung. Gehen Sie weg!"

„Sie sind Major Wolfgang Grossmann, ehemaliger Offizier der Staatssicherheit, mein sogenannter Verhöroffizier."

Der andere sah ihn böse an. „Es heißt Vernehmungsführer, junger Mann, nicht Verhöroffizier. Aber Sie sollten verschwinden, sonst hole ich die Polizei. Sie belästigen mich."

Der Bus kam langsam näher.

Keppler trat dicht an Grossmann heran. „Sieben Monate habe ich unschuldig gesessen! Sieben Monate wurde ich von Ihnen verhört, immer wieder und wieder! Der Pfarrer Friedel Eggers. Den habe ich Ihnen verraten. Dafür schäme ich mich bis heute. Er hat sich das Leben genommen."

Der andere ignorierte ihn und würdigte ihn keines Blickes. Gleich würde der Bus halten und er konnte verschwinden.

„Und warum? Weil ich Ihnen nicht standhalten konnte! Weil ich so feige war! Eggers war unschuldig, er hatte niemandem etwas getan. Er war ein guter Mensch und ich habe ihn verraten!" Seine Stimme begann zu zittern.

Der Alte grunzte unwirsch, dann räusperte er sich: „Der Eggers. Dieser Pfaffe. Subversives Element, der Kerl. Ein Republikfeind, der hatte diese Friedensmärsche organisiert. Wenn Sie wegen dem in Haft waren, dann ja wohl zu Recht. Aber ich kann mich nicht an Sie erinnern."

„Sie haben mich verhört! Monatelang!"

„Ach was. Wir wollten den Eggers, nicht so ein Würstchen wie Sie. Und hören Sie auf mit dem Major! Ich bin als Oberstleutnant ausgeschieden. Schluss mit dem Gequatsche, verstanden?!"

Die Ruhe des Mannes ließ Keppler jetzt das Blut in den Kopf schießen. „Von mir aus auch Oberstleutnant!" Er brüllte jetzt. „Auch gern Genosse Oberstleutnant! Aber das ist mir scheißegal! Ich will eine Erklärung von Ihnen! Sie haben mein Leben zerstört! Sie haben den Pfarrer Eggers auf dem Gewissen!" Er packte den alten Stasi-Mann am Kragen.

Grossmann schubste ihn grob weg und hob drohend den Stock. „Lassen Sie das, Sie Rowdy!" Er blickte Keppler scharf an, der schwer atmend vor ihm stand. „Natürlich! Jetzt erkenne ich Sie!" Er grinste. „Na klar, Sie waren doch dieser Homosexuelle, der mir den Eggers lieferte. Sie Denunziant." Grossmann spuckte aus.

„Ich habe nie jemanden verraten!" Keppler zitterte am ganzen Leib und seine Lippen bebten. „Sie haben mich dazu damals gezwungen. Sie sind ein Verbrecher!"

„Unsinn! Ich habe damals nur meine Pflicht getan! Ich war Offizier der Deutschen Demokratischen Republik. Verschwinden Sie oder es setzt was!!"

„Ich will, dass Sie sich entschuldigen!! Ich will, dass Sie mich um Vergebung bitten!" Keppler traten die Tränen in die Augen, er sah kaum noch etwas.

Der Bus war fast da und begann quietschend zu bremsen.

Der andere lachte höhnisch. „Vergebung? Sie wollen Vergebung? Sie lächerlicher Vogel! *Mein ist die Rache!* Haben Sie das vergessen? *Mein ist die Rache!*"

Keppler sprang auf ihn zu, da riss Grossmann den Stock hoch und schlug ihm brutal ins Gesicht. „*Mein ist die Rache!*", brüllte er noch einmal und lachte. Keppler wurde schwarz vor Augen.

Als er wieder zu sich kam, lag er in einem Krankenhausbett. Ein unbekannter Mann beugte sich über ihn. „Na, Herr Keppler? Wieder bei Bewusstsein?"

Keppler fasste in sein Gesicht. Es war unter Binden begraben und fühlte sich dumpf an. Der Mund war klebrig.

„Der Mann hat Ihnen die Nase und das Jochbein mit seinem Stock zertrümmert. Zum Glück haben die Zähne nichts abbekommen.

Man hat Sie operiert. Mein Name ist Neugebauer, ich bin von der Polizei. Ich möchte Sie ein paar Dinge fragen, wenn es geht."

Keppler grunzte leise irgendwas.

Neugebauer fuhr fort: „Wir haben den Busfahrer schon vernommen. Er steht noch unter Schock. Der alte Mann, der Sie niedergeschlagen hat, hieß Walter Schmidt, ein Rentner. Er ist gestolpert und unter den Bus gekommen. Er wurde regelrecht zermalmt. Er starb unter Qualen noch an der Unfallstelle. Ein furchtbares Ende. Ich möchte aber gern von Ihnen wissen, was da los war bevor er sie bewusstlos schlug und dann stolperte."

Keppler begann sich plötzlich zu schütteln, erst ganz leicht, dann immer heftiger. Der Polizist drückte den Rufknopf. „Herr Keppler? Bleiben Sie ruhig. Es kommt gleich jemand zu Ihnen."

Der andere bebte wie unter einem Anfall von Schüttelfrost. Neugebauer machte sich ernsthaft Sorgen – bis er merkte, dass Keppler zu lachen schien. Er beugte sich hinab. „Herr Keppler?"

Langsam beruhigte sich Keppler. Dann sagte er deutlich hörbar trotz des Verbandes: „Ist er wirklich tot, der Alte?"

„Ja. Er ist tot."

Ein Lächeln breitete sich unter den Verbänden aus. „Mein ist die Rache, spricht der Herr!", sagte Thomas Keppler und eine Träne lief in den Kopfverband, *„Mein ist die Rache!"*

Zu guter Letzt

Alle Personen und Geschichten sind natürlich frei erfunden. Alle Ähnlichkeiten sind zufälliger Natur. Wenn es aber Leserinnen oder Leser gibt, die meinen, sich oder jemand anderen wiedererkannt zu haben, mögen sie unbedingt Kontakt mit mir aufnehmen. Ich verspreche ihnen, dass ich dann versuche, eine neue Geschichte zu schreiben, in der diese Leser nicht nur die Hauptrolle spielen, sondern wahlweise entweder jemanden übervorteilen und unter die Erde bringen oder aber selbst beseitigt werden.

Köln, im Februar 2019

Malte Bastian
malte.bastian@gmx.de

Inhaltsverzeichnis